光文社文庫

PIT 特殊心理捜査班・水無月玲

五十嵐貴久

光　文　社

Contents

プロローグ	一九九八年、八月二十二日	5
Chapter 1	New duties	9
Chapter 2	Criminal	42
Chapter 3	Another incident	61
Chapter 4	Re-examination	84
Chapter 5	Things left behind	119
Chapter 6	Sting operation	144
Chapter 7	Dissappearance	181
Chapter 8	Arrested criminal	198
Chapter 9	Confusion	224
Chapter 10	On-site investigation	238
Chapter 11	Suicide leap	266
Chapter 12	Truth	292
エピローグ	二〇一七年、八月二十三日	345

解　説　千街晶之《せんがいあきゆき》　348

「神と悪魔が闘っている。そして、その戦場こそは人間の心なのだ」

ドストエフスキー『カラマーゾフの兄弟』（新潮文庫／訳・原卓也）

プロローグ　一九九八年、八月二十二日

平たく潰《つぶ》したジュースの空き缶を蹴りながら、二人の少年が歩いていた。リュックサックを背負い、陽に焼けた顔は真っ黒だ。口元から覗く歯だけが白かった。

「白い線から出たら、アウトだからね」

わかってるよと答えたタッチャンが、歩道の自転車専用レーンで空き缶を強く蹴った。クラス一背が高くて、スポーツ万能、四年生では唯一のサッカー部レギュラーだ。

五メートル以上転がった空き缶が、白線ぎりぎりで止まった。あぶねー、と笑ったタッチャンが、次はシュンの番な、と肩を叩いた。

小学校から団地まで、毎日タッチャンと帰る。空き缶蹴りゲームを始めて一年近く経つが、飽きたことはなかった。今では習慣になっている。二泊三日、千葉県勝浦《かつうら》市のお泊まり会から帰ってきた今日も、それは同じだった。

レーンの白線内に入らないと、戻ってやり直しになるというルールは二人で決めた。慎重に狙って蹴るシュンはめったに外さないが、距離は短くなる。

タッチャンは毎回思いきり蹴る。レーン内に入るかどうかは五分五分だが、距離が長いので常にゲームは一進一退だった。

夜、おまえん家《ち》に行くからとタッチャンが言った。今日はシュンの誕生日だ。友達が六人来ることは、前から決まっていた。

「あのさ……」

任せとけ、とタッチャンが胸を叩いた。

「ミナも来るってさ。アイツもすげえ喜んでたよ。ゼッタイうまくいくって」

そうかな、と顔を伏せたシュンの肩に、大丈夫だって、とタッチャンが手を回した。

「オレの作戦に間違いはない。二人きりにするから、お前は自分の気持ちを伝えるんだ。それで全部オッケーさ」

わかった、と小さくうなずいた。中学生と高校生の兄がいるタッチャンは、こういう時誰よりも頼りになる。

「ラストな。見てろ、ゴール決めてやる」

団地まで二十メートルほどの場所で、タッチャンが宣言した。団地の敷地内に入れば勝ちだが、二十メートルは遠い。

前を歩いていたシュンが振り向いた時、タッチャンが思いきり空き缶を蹴った。浮き上がった缶がシュンの手に当たって、その場に落ちる。

ヤッベー、とタッチャンが半ズボンから出ている太ももを何度も叩いて笑った。

「大反則だ。罰ゲームだぜ。一時間、誰とも喋っちゃダメだ。ひと言でも何か言ったら、おまえはミナにふられる」

そのまま団地の中に駆け込んでいった。空き缶が体のどこかに触れたら、一時間黙っていなければならない。それも二人で決めたルールだ。

別の棟に入っていく背中を見送ってから、シュンは自分の棟のエレベーターに向かった。部屋は四階だ。

ボタンを押そうと手を伸ばすと、ドアが開いて、中から黒いビニールのレインコートを着た中年男が出てきた。知らない顔だ。手で腹を押さえながら、足を引きずるようにして団地の裏手に歩いていく。

三鷹《みたか》市の再開発区域に指定されている団地裏の雑木林は、去年から造成工事が始まっていた。ブルドーザーが何台も入って、毎日土や木を掘り起こしているが、まだ半分も終わっていない。あんなところへ行って、何をするつもりなんだろう。

気味悪い、と思いながらシュンはエレベーターに乗り込んだ。日曜で、父も母も家にいる。夜の誕生会の準備をしているはずだ。

でも、一時間誰とも話してはならない、とタッチャンと約束している。どうしようかと思ったが、親と話してもバレるはずがない。黙っていたふりをすればセーフだ。

肩から下ろしたリュックサックを手にぶら下げたまま、ドアノブを引いた。鍵は開いていた。

「ただいま！」

返事はなかった。玄関にリュックサックを放ってリビングに入ると、母がテーブルに顔を伏せていた。

肩に触れると、そのまま体が床に落ちた。仰向けになった母の腹が、真っ赤に染まっている。

腰を抜かして座り込んだシュンの目に、ソファの横で倒れている父の姿が映った。いつものポロシャツとチノパン姿だったが、元が何色なのかわからないほど、全身が血にまみれていた。

リビングの床は血の海だった。両の手のひらが、ペンキを塗ったように赤くなっている。

パパ、と震える声で呼びかけると、一瞬父の目が開いた。何か言おうとした口から大量の血が迸《ほとばし》り、そのまま動かなくなった。

まばたきさえできないまま、シュンは両親の死体を見つめた。その後の記憶はない。

ひとつだけ覚えているのは、雑木林から聞こえてくる蟬《せみ》の凄《すさ》まじい鳴き声だけだった。

Chapter 1　New duties

1

七月十三日、金曜日、午前九時半。桜田門《さくらだもん》警察総合庁舎別館、四階会議室。

蒼井俊《あおいしゅん》は立ったまま、左に二ミリほどずれていた紺のレジメンタルタイを両手で直した。

かけている銀縁眼鏡《めがね》のつるが右側だけ重く感じられたが、手は触れなかった。一度触ってしまえば、一日中意識せずにはいられないとわかっている。

とにかく座ってよ、と特殊心理捜査班・PIT班長代理の大泉実篤《おおいずみさねあつ》警部補が自分の隣のパイプ椅子を手で軽く叩いた。M字に後退した額が脂《あぶら》で光っている。

PITとはPsychology Investigation Team の略称で、捜査一課直属の捜査支援部署だ。心理学の手法を使い、犯人像を分析するのが主な仕事だった。

「言いたいことはわかるけど、ＳＳＢＣ（捜査支援分析センター）からＰＩＴへの異動は、決まっていた話じゃない」

十月からです、と俊はスーツの腰につけている迷彩柄のウエストポーチから小型のタブレットを取り出し、ＰＩＴへの異動と小さな声で言った。すぐに合成音声が流れ出した。

『五月十七日ＡＭ11：01、ＳＳＢＣ犯罪分析課田畑《たばた》係長より、ＰＩＴへの異動についてメール受信。同日ＰＭ13：22、面談。現在担当している犯罪予測システム開発を優先することで同意。五月二十九日ＡＭ10：21、ＰＩＴ大泉班長代理からのメールを受信。同日及び三十一日、トータル七十三分間のミーティング。現在の仕事を優先したいと要請。六月一日ＰＭ１：00、ＳＳＢＣ、ＰＩＴの協議により、十月一日付けでのＰＩＴへの異動が決定』

合成音声が停止した。そうだけど、と大泉が顔をしかめた。

「十月の異動が七月に前倒しになっても、別に構わないでしょうに。何か困ることでもあるの？」

説明したはずです、と俊はタブレットをスチール製の長机に載せた。

「ＳＳＢＣでぼくが担当している犯罪予測システム開発について、区切りがつくのは九月末だと……中途半端な形でチームから抜ければ、完成期日が遅れます。それでは本末転倒でしょう」

「予定は三年後だって、田畑さんも言ってたじゃない」実際には更に時間が必要だと聞いてるよ、と大泉が言った。「今回の異動は一種のレンタルで、ＰＩＴでの仕事が終わればＳＳＢＣに戻ることになってる。数カ月早くなったって、別にいいでしょうに」

理由は他にもあります、と俊は僅《わず》かに斜めになっていたタブレットの位置を直した。

「コンピューター犯罪特殊捜査官として警視庁に採用されているぼくは、捜査についてまったくの素人《しろうと》です。肩書こそ巡査部長ですが、実態は技術職のエンジニアに過ぎません。ですが、ＰＩＴは現場への臨場《りんじょう》が多いと聞いています。ぼくが異動したところで、何ができるわけでもないと思いますが」

理屈じゃかないませんな、と苦笑した大泉が顔を後ろに向けた。奥のソファに座っていた痩身《そうしん》の男が電子タバコのカートリッジをくわえたまま、無言で天井を見つめている。

俊は小さく頭を下げた。捜査一課理事官の高槻修吾《たかつきしゅうご》警視が立ち上がり、スチールの長机に直接尻を載せた。

俊より一〇センチ以上高い一九〇センチの長身には、圧倒的な威圧感がある。四十九歳とは思えない貫禄《かんろく》だ。

説明したのか、と高槻が無表情のまま言った。まだです、と大泉が後退している額を両手の親指でこすった。

一時間前、三人目の死体が発見された、と高槻がカートリッジを長机に置いた。

「まだ詳しい報告は聞いていないが、状況から考えて間違いなく奴だろう。二人ならまだしも、三人というのは最悪の状況といっていい」

何のことですかと尋ねた俊に、例のV事件だよと大泉が囁いた。高槻がポケットから出した数枚の写真を無造作に長机に放った。酷《ひど》いですなと大泉がつぶやく前に、俊は目を背《そむ》けた。

写っていたのは若い女性だったが、顔に無数の傷痕がある。口が耳元まで裂かれ、首から下は切断されていた。

「君もV事件の捜査支援を担当していたはずだ」高槻が指でつまみ上げたカートリッジをくわえ、奥歯で強く噛んだ。「事件の概要はわかっているな？　最初の殺人が起きたのは五月十五日、次は六月十四日、そして今朝、三人目の犠牲者が見つかった。被害者はいずれも二十代のＯＬ。犯人はVと名乗り、警察、マスコミに犯行声明のメールを送り付けている。このままでは四人目の犠牲者が出るだろう。その前に逮捕しなければならない」

絶対にだ、と高槻が写真を突き付けた。しまってください、と顔を背けたまま俊は言った。

「つまり、ぼくの異動が早くなったのはV事件のためですか？　それならＳＳＢＣにいてもできるはずですが」

私もそう思ってる、と高槻がうなずいた。

「だが、PITの水無月《みなづき》班長から強い要請があった。V事件に関して、君のビッグデータ解析能力が必要だと言っている。PITのプロファイリングと組み合わせれば、Vの所在の特定、早期逮捕が可能だと……正直なところ、私はAIによる犯罪発生予測と防止システムについて、これっぽっちも信じていない。全刑事がそうだと言ってもいいだろう」

知っています、と俊はうなずいた。

「古いタイプの刑事なら、そう考えるのは当然です。理解してほしいとも思っていません」

ビッグデータ解析の処理能力が向上していることはわかっている、と高槻が言った。

「認識力、分析力、識別力、処理能力速度、その他すべてだ。それについては信頼している」私も君がPITへ行く必要はないと思っているが、と苦々しい表情を浮かべた。「V逮捕のために君の協力が不可欠だと水無月は言っている。もともと、別の案件のため、君のPITへの異動は決定事項だった。それは説明したたし、君も了解しているな？」

「はい」

だが、三人目の犠牲者が出た以上、最優先で解決しなければならないのはV事件だ、と高槻が言った。

「逮捕のためなら、どんな手段でも講じるつもりでいる。PITが君の協力を望んでいるなら、それもいいだろう。仕事の内容は変わらん。何が不服なんだ？」

尖《とが》った口調が、内心の苛立《いらだ》ちを表していた。V事件はその残虐《ざんぎゃく》な手口から、マスコミが大きく取り上げている。二人目の犠牲者が出た時点で連続殺人とわかり、犯行を防ぐことができなかった警視庁に対し、非難の声が上がっていた。

三人目の女性が殺害された今、世論を含め警察批判の声はますます大きくなるだろう。絶対に四人目の犠牲者を出すわけにはいかないという高槻の立場は、俊にも理解できた。

水無月班長は優秀だよ、と大泉が分厚い唇をすぼめた。

「プロファイラーとして、本庁内に右に出る者がいないのは知ってるよね？　経験も長いし、数々の事件で犯人逮捕に貢献している。精神分析医としての実績は、学会でも認められてるし――」

ＰＩＴはプロファイリングをメインにした支援部門です、と俊は眼鏡のレンズを専用の布で拭いた。

「ビッグデータ解析とは、方法論がまったく違います。だいたい、プロファイラーとか精神分析医とか、ああいう連中をぼくは信用していないんです。あれはちょっと性能のいい占い師に過ぎません」

そりゃ言い過ぎだよ、と大泉が呆《あき》れたように言った。君がどう考えても構わんが、と高槻が重い声で言った。

「プロファイラーと占い師を一緒にしてもらっては困る。警視庁はプロファイリングの有要性を認めている。だが、時間がかかるという欠点もある。水無月が君を必要としているのはそのためだ。君のビッグデータ解析で、一日でも早くVを発見するんだ」

非常事態なんだよ、と機嫌を取るように大泉が言った。正式な辞令は二時間以内に出す、と高槻が立ち上がった。

「本日午後一時から、君はＰＩＴ・特殊心理捜査班員だ。担当はVの捜索と特定」

「しかし――」

鋭い目で睨《にら》みつけた高槻が、蒼井警部は立派な警察官だったとつぶやいた。やめてください、と俊は顔を上げた。

「いつから警察は世襲制になったんです？　父は父、ぼくはぼくです」

親子は親子だ、と俊の肩を叩いた高槻が、よく似ているとつぶやいた。俊は鼻の頭を掻《か》いた。

身長一七五センチ、体重六〇キロという体形、鋭く尖った顎。特に鼻筋から口元の辺りは、親戚からも父に生き写しと言われていた。

目だけは母親似で、小さい時はよく女の子と間違われた。今もそれはコンプレックスで、角張った銀縁眼鏡をかけているのはそのためだ。

「これだけは言っておく。もし蒼井警部が今も警視庁にいたら、身命を賭《と》してV逮捕に当たったはずだ」

高槻が会議室を出て行った。大泉に促されて、俊はタブレットをウエストポーチに押し込んだ。

2

午後一時、俊は大泉と共に別館地下一階の会議室に向かった。V事件について、捜査支援部門に対し、捜査の指揮を執《と》っている一課三係長から、情報共有のブリーフィングが行われることになっていた。

　それは癖なのかい、と階段の踊り場で大泉が振り返った。

「何のことですか」

　段を一歩降りるたびに、壁に触れるだろうと大泉が言った。

「角を曲がる時にもそうするよね。何か意味があるのかな、と思ったんだよ」

　特には、と俊は右手をポケットに入れた。緊張している時、無意識のうちに何かに触れる癖があるが、説明しても理解されないだろう。

　お父さんのことはよく覚えてるよ、と大泉が足を止めたまま言った。

「亡くなられてもう二十年か……わたしの五期上だけど、本当に世話になったもんだ。蒼井警部は一課のエースで、わたしは同じ一課といっても所属は一係、要するに総務担当だから仕事は全然違ったけどね。あの頃の連中はみんな君のお父さんを尊敬していたし、誇りに思ってた。高槻理事官だってそうだよ。あの人はわたしより五、六歳年下だけど、蒼井警部に憧《あこが》れていたんだ。まさか、あんな酷いことがねえ……」

無言のまま、俊は大泉を追い越した。階段を降りた右側に会議室があった。

ドアを開くと、十五人ほどの男女が席に着いていた。捜査支援部署、SSBC、PITの捜査官、それに三係の刑事たちだ。

後ろから入ってきた大泉の隣に座ると、時間だ、とやや小柄な中年男が立ち上がって合図した。捜査一課三係長の駒田《こまだ》警部だ。ポマードでがっちり固めた頭髪が、烏《からす》のように黒い。

横にいた若い刑事が会議室の照明を落とし、駒田の後ろにある小型スクリーンにパソコンの画像を映した。一行の文章がアップになる。

〈秋葉原《あきはばら》・コインロッカー・V〉

大きく息を吐いた駒田が、説明すると口を開いた。

「これは今朝七時五十分、警視庁ホームページに届いたメールの全文だ。五月、六月と連続して起きているV事件でも、同様のメールが送られてきたのはわかっているな？　すぐ秋葉原駅を管轄している外神田《そとかんだ》署に連絡、機捜、所轄、そして我々三係が秋葉原駅構内及び周辺を捜索したところ、午前八時半、電気街口と中央改札口を結ぶ東西自由通路にあるコインロッカーから、女性のバラバラ死体が発見された」

スクリーンの画像が切り替わり、正面から撮影されたコインロッカーが映し出された。

縦五段、横十列。薄い緑色の扉が半分ほど開け放たれている。

今映っているのは、一番左上、角のロッカーだと駒田が言った。画像がアップになり、俊は思わず口を手で押さえた。

黒いビニール袋から、人間の手首が突き出している。血に染まった細い指の爪が、半分剝《は》がれていた。

ロングになった画像の一番左上に、駒田がレーザーポインターで丸を描いた。

「ここから右下に向かって一段ずつ、バラバラになった女性の体のパーツが入っていた。二段目には右肩から上腕部、三段目には右胸部の一部、四段目は右の腰部から臀《でん》部《ぶ》、そして五段目、一番下段には右足太ももと足首」

背後で舌打ちする音がした。更に、と駒田がレーザーポインターを右にずらした。

「正面から見てその右隣に左脚部、そこから右斜め上方に向けて、同様に体の左半身の部位が押し込まれていた。上段中央、正確に言えば右から四つ目には頭部が置かれている。つまり、犯人はコインロッカーをキャンバスに見立てて、正面を向いた女性の体を復元したことになる。過去二件のバラバラ殺人とまったく同じだ」

五月十六日、水曜日午前十時、ＪＲの職員によって上野《うえの》駅のコインロッカーで十一個の肉塊が発見されたのが、V事件の始まりだった。殺害した女性を解体し、それぞれのパーツをコインロッカーに並べて配置するという異常な猟奇殺人だ。

SSBCの特殊捜査官として、俊も現場周辺の防犯カメラ映像の分析を担当していたため、事件についてはよく知っていた。

これまでの経緯について、改めて説明しておくと駒田が言った。

「以後上野事件と呼ぶが、時系列で言うと前日の五月十五日深夜十一時過ぎ、警視庁にメールが届いた。文面は〈上野駅・コインロッカー・V〉それだけだ。担当者から報告が上がったが、この時点では意味不明で、悪戯《いたずら》とさえ言えないと判断された。誰だって無視しただろう。これだけじゃ、何のことだかさっぱりわからないからな」

スクリーンに秋葉原とは違うベージュ色のコインロッカーが映し出され、頭部だけの女性の顔がアップになった。細面《ほそおもて》、長い黒髪、目は閉じている。下顎が原形を留めないほどに潰されていた。

吐き気が込み上げて、俊は口を押さえたまま立ち上がった。座ってろ、と後ろから声がしたが、体が硬直して動くことができない。

固く目をつぶったが、瞼《まぶた》の裏に長い髪の女の顔が焼き付いて離れなかった。目眩《めまい》がして、倒れかけた体を支えた大泉が、大丈夫かいと囁いて椅子に座らせた。

静かに、と駒田が苛ついた声で言った。

「蒼井巡査部長、君もこの画像は見ているはずだ。いいかげん慣れてくれ……説明を続ける。このバラバラ死体が発見された翌日の午前八時、警視庁及び主要新聞社五社、NHK及び民放キー局に犯行声明のメールが送られてきた」

俊はつぶっていた目をゆっくり開いた。スクリーンにメールの文面がそのまま映し出されていた。

〈自分は人殺しが好きだ。とても楽しいから。森で獣を殺すより楽しい。人間は一番危険な動物だ。殺人は最高のスリル。女を裸にして身体を切り刻み、セックスするのは最高に楽しい。自分の名前は言わない。これは始まりに過ぎない。まだまだ遊びは止めない。誰も自分を止められない〉

読み上げた駒田が、これはアメリカの連続殺人鬼、ゾディアックの手紙をモチーフにしたメールだ、と首を振った。

ゾディアック事件は一九六八年から七四年にかけてアメリカで五人の男女を殺害したゾディアックを名乗る犯人による連続殺人事件だ。現在も犯人は不明なままで、警察や新聞社に犯行声明の手紙を送付したことから、劇場型犯罪の典型例として、よく知られている。

「上野駅のコインロッカーから女性のバラバラ死体が発見されたことは、五月十六日のテレビのニュース、翌日の新聞朝刊でも大きく取り上げられた。ただし、警視庁はマスコミ各社にいくつかの情報を伏せて報道するよう要請している。被害者女性は全裸で、衣服はコインロッカー内になかったが、この事実は報道されていない。だが、〝裸にして〟という一文があることから、このメールを送ってきた人物が犯人である可能性は高い、と我々は判断した」

　メール送信者を特定することができなかったのは、担当者として俊も知っていた。ＳＳＢＣのコンピューター犯罪課がＩＰアドレス、サーバーを徹底的に調べたが、犯人がメール接続経路匿名化システム〝Ｔｏｒ《トーア》〟を使用していたため、追跡は不可能だった。暗号化したメールを複数のサーバー経由で送受信するため、誰がどこで、どんな内容のメールのやり取りをしていたのか、外部から解読することはできない。

　上野東署に捜査本部を設置、我々三係が中心になって捜査を始めたが、今日に至るまで大きな進展はない、と駒田が首を曲げた。

「上野事件において、犠牲者となった女性の身元確認には丸二日かかっている。衣類、バッグ等遺留品はなく、写真ではわからなかったかもしれんが、眼球はくり貫かれ、口腔内の歯も砕かれていた。乳房、性器を抉《えぐ》り取り、切り刻んでいる。性交の痕跡はなかったが、それ以上に酷い。また、両手の指がすべて焼かれていたため、指紋も検出できなかった。捜査本部内でも怨恨《えんこん》による殺人、快楽殺人者による犯行と意見が分かれ、捜査が後手に廻ったことは認めざるを得ない」

約ひと月後、六月十四日木曜日午前八時、再び警視庁にメールが届いた、と駒田がスクリーンに視線を向けた。〈恵比寿《えびす》駅・コインロッカー・V〉という一文がそこにあった。

「Vという署名は、マスコミ宛てのメールになかった」我々も情報を提供していない、と駒田が言った。「そのため、上野事件の犯人が送ったメールと判断し、西恵比寿署に連絡、二時間後の午前十時、駅から百メートルほど離れた場所に設置されていたコインロッカーで、女性のバラバラ死体を発見した」

スクリーンが切り替わったが、俊はその直前に顔を伏せた。血に染まった傷だらけの女性の顔など、見たくなかった。

「この段階で我々は二件の事件を同一犯による犯行と見なし、連続殺人事件としてマスコミに概要を公表した。犯人をVと呼ぶことにしたのも、恵比寿事件以後だ」

二件の事件に共通するのは、被害者が都内の会社で働く二十代のOLで、身長一六〇センチ前後、やや細身、長いストレートの黒髪という外見で、一人暮らしをしているということだ、と駒田が説明を続けた。

「恵比寿事件の被害者の身元はすぐ判明したが、上野事件の被害者と関係はなかった。出身地、学校、会社、いずれも接点はない。Vがこの女性をターゲットに選んだのは、条件を満たしていたからだと思われる。そして今朝七時五十分、再びVからメールが送られてきた。秋葉原駅というワードがあったため、捜査員が駅に急行した」

画像を、と駒田が命じた。スクリーンが切り替わり、コインロッカー全体が映し出された。

「上野、恵比寿事件と同様に、秋葉原でも犯人はV字形に死体の各部位を配置している」

意図は不明だ、と駒田がレーザーポインターでコインロッカーの中央上段を丸く囲った。そこに映っていたのは、黒いビニール袋から覗いた目、鼻、顎《むご》に惨い損傷のある女性の顔だった。

顔を背けた俊の背中に、何かが当たった。振り向くと、顔色の悪い中年男が馬鹿にしたような笑みを浮かべていた。

川名《かわな》くん、と床に落ちていたペットボトルのキャップを拾い上げた大泉が顔をしかめた。「会議中だよ。蒼井くんは今日からＰＩＴへの異動が決まってる。子供じゃないんだから、こんなことは――」

教育ですよ、と川名基三《もとぞう》巡査部長が頭の後ろで手を組んだ。唇の右端に引き攣《つ》れた傷跡がある。グレーのジャケットを着た両肩が、極端に上がっていた。

「ちゃんと見ておけ。ここはシエンと違う。死体の写真もまともに見れないんじゃ、話にならない。ＰＩＴでは、自分の目で死体を確認しなきゃならんこともあるんだ」

〝シエン〟とは刑法犯罪に対する捜査を行う刑事を側面から支援する部署及びその担当者

を指す。警視庁では捜査支援分析センター、鑑識課、科学捜査研究所等がそれに当たる。

現場に臨場することはあるが、犯人の捜査、逮捕に直接かかわることはほとんどない。刑事が〝シエン〟と呼ぶ場合、蔑称に近いニュアンスが含まれている。

俊は深く息を吸い込んで、大泉が指に挟んでいたペットボトルの蓋を川名の机に置いた。乾いた音が鳴った。

「ぼくが死体を確認する必要はありません。役割が違います」

そうかい、と薄く笑った川名の唇が歪んだ。まだ続きがある、と駒田の声が響いた。指示を受けた刑事がマウスをクリックすると、短い英文がスクリーンに浮かんだ。

〈ｔｏ　ｂｅ　ｃｏｎｔｉｎｕｅｄ　Ｖ〉

今から二時間前、本庁に届いたメールだ、と駒田がその場にいた全員に目をやった。

「訳すまでもないが、続きがあるという意味だ。ただ、犯人がＶと名乗っていることは恵比寿事件後に公表済みだから、このメールを送ってきたのが犯人とは言い切れない」

係長はどう考えてるんですか、と川名が質問した。十年以上所属していた捜査一課から、二年前にＰＩＴへ転属している。駒田の部下だった時期もあり、遠慮する様子はなかった。

「定形文だから、特徴はない」判断不能だ、と駒田が言った。「この文面からわかることは何もない」

「メールの発信元は？」

それは彼に聞け、と駒田が顎をしゃくった。ご指名だぞ、と川名が俊の肩を後ろから叩いた。

「これまで、VはＴｏｒを使ってメール送信を行っています」川名の手を払いのけて、俊は立ち上がった。「このメールも同じだと聞きました。Ｔｏｒを使える人間は少なくありません。Ｖでなくても可能です」

君の意見は、と駒田が反対側に顔を向けた。Ｖでしょう、とベージュのブラウスの上に白衣を着た色白の女性がはっきりした口調で答えた。

「根拠は？」

駒田がデスクを軽く叩くと、水無月玲《れい》が細い指で目の前にあったファイルを開いた。腰の辺りで金属がこすれる音がした。

悪戯目的の愉快犯が送りつけてきたメールにしては手が混み過ぎています、と玲がショートボブの髪に手をやった。

「Ｔｏｒは専門知識がない者が簡単に使えるシステムではありません。Ｖと考えていいと思います」

渋面のまま、駒田が頭を強く掻いた。ポマードのついた手をハンカチで拭《ぬぐ》ってから、秋葉原事件についてSSBC及びPITに詳細な状況を伝える、と左右に目を向けた。

玲と目が合って、思わず俊は顔を伏せた。前にも会議で顔を合わせたことはあったが、巡査部長の俊と警部の玲では立場が違う。個人的に話をしたことはない。

四十五歳だと聞いていたが、中性的な顔立ちのためか、四十歳、あるいはそれ以下に見えた。童女のような笑みには、菩薩《ぼさつ》像を思わせるものがある。一般的な意味での美人とは言えないが、切れ長の目、やや薄い唇、その他のパーツもバランスが取れていた。

「秋葉原駅のコインロッカーで、バラバラにされた女性の死体が発見されたのは今朝八時半」駒田がホワイトボードに時刻を記した。「衣服その他、所持品はなかった」

前の二件と同じですねとうなずいた玲に、身元は判明していると駒田が言った。

「今日の昼前、無断欠勤をしている女性社員がいると中央区の印刷会社から通報があった。被害者の名前は河野純見《かわのすみ》、二十七歳」

スクリーンに顔写真が映し出された。長い黒髪、やせ形、色白だが、他に大きな特徴はない。どこにでもいそうなOLだ。

「新潟県出身、地元の高校を出て東京の私立白銀《はくぎん》大学に進学、卒業後オザワ印刷に入社、総務部勤務」

「Vが彼女を殺害したのはいつです？」

玲の問いに、昨日の夜だ、と駒田が答えた。

「七月十二日、彼女はいつも通り九時に出社した」

午後六時過ぎに仕事を終え、六時十三分にタイムカードを打刻し、その後最寄りの茅場《かやば》町《ちょう》駅に向かい、六時二十八分の電車に乗っている、と説明が続いた。

「六時三十七分、秋葉原駅電気街口改札を出ている。同四十分、駅近くのコンビニに入り、海藻のサラダとツナサンドを買っている姿が、防犯カメラに映っていた。店を出たのは六時五十四分」

それ以降は、と玲が尋ねた。コンビニを出て外神田通り方向へ向かったところまでは、近くの銀行ATMの防犯カメラに画像が残っていた、と駒田がホワイトボードをマジックで叩いた。

「その先はカメラが設置されていなかったが、寄り道をした形跡はない。帰宅したと考えていいだろう」

画像が変わり、瀟洒《しょうしゃ》な白い建物が映った。彼女が住んでいたマンションだ、と駒田が言った。

「メゾン・オークラといって、駅からは徒歩十五分ほどだ。地図を出せ」

スクリーンに千代田区管田《すがた》三丁目付近の地図がアップになった。駒田がレーザーポインターで細い道を指した。

「コンビニを出た時間から考えて、七時半までには帰宅していただろう。上野、恵比寿事件でもそうだったが、Vは河野純見のマンションを下見していたと思われる。だが、いつなのかは不明だ」

不審人物を見た者はいないんですか、と川名が身を乗り出した。現在、近隣住人に聞き込みをしている、と駒田が首を振った。

「メゾン・オークラは全十室、若いサラリーマンやOLが住んでいる。ありがちな話だが、彼らは同じマンションの住人と交流がない。知らない人間を見かけたとしても、不審には思わなかっただろう。前の二件もそうだったが、目撃情報は期待できない」

「彼女は帰宅したところを殺害されたわけですね。正確な時間は？」

確実な時間は特定できない、と駒田が苦笑した。

「検死に回したが、死体の損壊が激し過ぎて、数時間の幅が出ると報告があった。夜八時以降十二時前後ということになるんだろう」

「死体を解体したのはどこです？」

「前の二件と同じ、浴室だ」

「侵入の手口も同じですか」

Vは河野純見の行動を監視していたようだ、と駒田がホワイトボードに手のひらを当てた。

「彼女が帰宅した直後、何らかの業者と偽ってドアを開けさせた。玄関に大量の血痕が残っていたから、その場で刺したと考えていい。死因は失血死、ほぼ即死だったはずだ。そのままVは家に上がり、死体を浴室へ運んでバラバラに解体した」

鬼畜の所業だよ、と大泉が体を震わせた。解体に使用したのはノコギリと鋭利な刃物、と駒田がホワイトボードを強く叩いた。

「切断面はかなり粗い。パーツごとに切断しているが、力任せに押し切っている痕跡もあった。解剖学的な知識はなかっただろう。作業に要した時間は四時間前後」

最低でもそれぐらいはかかったでしょう、と玲がうなずいた。Ｖはバラバラにした肉塊を黒のビニール袋に入れて朝を待ち、部屋を出たと駒田が口を尖らせた。

「河野純見は身長一六〇センチ、体重四四キロとやせ形だった。内臓を含め、Ｖはかなりの量の肉、骨を浴室に残している。血液はほとんど流れ落ちてしまっただろう。秋葉原駅で発見された体のパーツは全部で二〇キロほどだ。キャリーバッグ、または大きめのバッグを使用して運んだと考えられる」

駅までの距離は、と川名が質問した。約一・二キロと駒田が地図上の道路を指し示した。

「秋葉原駅の一日の乗降者数は、定期券使用者が約十二万人、それ以外が十三万人、計二十五万人だ。大ざっぱな計算だが、朝の六時から八時までの二時間で約八万人が駅を利用したことになる。実際にはもっと多かっただろう。Ｖは意図的に通勤ラッシュの時間帯を待ち、最も駅構内が混雑している時間を狙って、コインロッカーに死体のパーツを入れていったと考えられる」

待ってください、と俊は手を上げた。

「駅構内には防犯カメラがあるはずです。コインロッカーに近づいた人間を調べれば、絞り込みも可能でしょう」

秋葉原駅にはおよそ百台の防犯カメラがある、と駒田が口元を拭った。

「だが、その九割は改札、ホームに集中している。連絡通路全体を撮影しているカメラは一台しかない。コインロッカーは通路の脇に沿っているが、朝六時から八時までの二時間で、約五万人以上がその前を通っただろう。とても絞り込める人数じゃない」

前の二件もそうでしたね、と玲が言った。Vは駅舎を事前に調べている、と駒田がうなずいた。

「カメラの位置は、簡単にわかっただろう。駅のカメラの精度は決して高くない。画像も不鮮明だ。今のところ、伝えられる情報はそれだけだ」

レーザーポインターのスイッチを乱暴に切った駒田が椅子に腰を下ろした。しばらく沈黙が続いた。

彼女から指摘があった、と駒田が玲に顔を向けた。

「上野では五月十六日、恵比寿は六月十四日、そして今朝の秋葉原。それぞれの駅構内、もしくは付近に設置されているコインロッカーから女性のバラバラ死体が発見された。実際に殺害したのはその前日で、規則性があるというのが彼女の意見だ」

約ひと月間隔です、と玲がうなずいた。四件目の殺人は絶対に阻止しなければならん、と駒田が唸《うな》り声を上げた。

「こんな異常で残虐な殺人を、これ以上許すわけにはいかない。警察への信頼を根底から揺るがしかねない事態だ。どんな困難があっても、絶対に犯人を逮捕する」

その場にいた全員がうなずいた。Vは警視庁、マスコミ各社に犯行声明メールを送りつけている。挑発行為であり、逮捕が遅れれば模倣犯が出る危険性もあった。

「水無月班長、次の殺人も約ひと月後に起きるということか？」

もっと明確なポイントがあります、と玲がピンク色の唇を開いた。

「三件の殺人はいずれも新月か、その前後に行われています」

新月、と駒田がつぶやいた。三度続けば意図的なものと考えるべきでしょう、と玲が握っていたボールペンをデスクに置いた。

「Vは新月の日を選んで、女性を殺害している可能性が高いと考えられます」

次の新月はいつだと尋ねた駒田に、八月十一日ですと玲が答えた。満月や新月の日に重犯罪の発生率が高くなるそうだな、と駒田が額を指で押さえた。

「何か関係があるのか？」

あれは俗説です、と玲が右頬にえくぼを浮かべた。

「統計的には無意味な数値に過ぎません。ただ、明らかにVはシリアルキラー、連続殺人犯で、彼らは独自のルールを持っています。新月の日に女性を殺すと決めているのかもしれません。次の犯行日を特定するための要素になり得ます」

シリアルキラーのルールか、と駒田が口元を歪めた。

「他に何かあるか？」

特には、と玲が首を振った。君の要請で蒼井巡査部長がＰＩＴに異動した、と駒田が俊を指さした。

「コンピューター犯罪特殊捜査官なら、画像解析は専門分野だろう。全力でＶの特定に当たれ。以上だ」

照明がつき、会議室が明るくなった。俊は素早く立ち上がり、廊下に出た。

3

逆流してくる胃液を堪《こら》え、トイレに飛び込んだが遅かった。床に少量の吐物《とぶつ》がこぼれ落ちていく。

口を手で押さえたまま、個室に入った。壁に手を当てて体を支えたが、震えが止まらない。胃が小刻みに収縮し、そのたびに嘔吐《おうと》した食べ物の切れ端が便器に吸い込まれていく。

五分後、ようやく吐き気が止まった。トイレットペーパーで口を拭い、深呼吸を繰り返していると、背後のドアが開いた。

「いいよな、特殊捜査官様は」情けない奴だ、という川名の声がした。「現場へ行かなくていいし、汚れ仕事もしなくていい。キーボードを叩いているだけで給料が貰える。しかも採用されたら即巡査部長だ。十七年働いてる俺と階級は一緒ってわけだ。笑えるよ」

無言で俊はドアを閉めた。鍵をかけるところまで、気を回す余裕がなかった。

「トイレに立てこもる気か？　別に構わんが、PITルームで班長代理が騒いでたぞ。お前のコンピューターが届いたとか言ってたが、あんな馬鹿でかい――」

ドアを開け、個室から飛び出した。後始末ぐらいしろよという川名の声が聞こえたが、無視して通路を走った。特殊心理捜査班、PITルームは本庁舎別館一階の最奥部だ。

総務部施設課の担当者が、高さ三メートル、幅二メートルの大型コンピューターを搬入しているのが見えた。気をつけてください、と息を切らしながら俊は叫んだ。

「大学院の研究室で使用しているレベルのコンピューターです。壊れたから交換しましょう、というわけにはいきません」

大丈夫だよ、と軍手をはめた大泉が顔を覗かせた。

「言われた通り、SSBCからこっちへ運んだけど……セッティングは誰がやるの？」

ぼくですと答えて、俊はPITルームに足を踏み入れた。狭いですねとつぶやくと、君を含めて六人の部署だからね、と大泉が二の腕で額の汗を拭った。

「有明《ありあけ》のSSBC分室とは違うよ。あそこは広くていいよね……とにかく、中に入ってよ。

入口で突っ立っていられたんじゃ、搬入できない」

言われるまま奥に進むと、濃紺のスリーピースを着た男と若い女性が困惑した顔で肩をすくめていた。

「班長代理、あたしは聞いてません。いきなり大型コンピューターを、しかも三台なんて……」

呆れたような声で女性が言った。彼女は春野杏菜《はるのあんな》巡査、と大泉が笑みを浮かべた。

「蒼井くんは今年三十だよね？　じゃあ二年後輩ってことかな。四月に生活安全部からPITに来たばかりだけど、優秀だよ。ちょっと気が強いのが難かな」

大泉を睨むふりをした杏菜が、よろしくお願いしますと頭を下げた。スリムだが、陸上競技の選手を連想させる筋肉質の体つきだ。

巡査部長の原茂之《はらしげゆき》だ、とスリーピースが自己紹介した。時代劇の役者のような整った顔立ちをしている。原くんは所轄の新両国署《しんりょうごく》にいたんだ、と大泉が肩を叩いた。

「三年前、本庁に上がってきた。本人は刑事部勤務を希望していたけど、水無月班長がPITに引っ張った。プロファイラーとしての資質が高いそうだ」

自分ではわからないんですが、と原が頭を掻いた。僅かに頭を下げただけで、俊はコンピューターから目を離さなかった。

そのウエストポーチはファッションなんですか、と杏菜が指さした。目の奥で、笑いが躍っている。

スーツに不釣り合いなのはわかっていた。センスが悪いと思われても仕方ないが、機能性優先のためと説明するのも面倒だった。

何か言いかけた杏菜に、止めとけ、と原がやんわり言った。刑事にファッションセンスを求めても意味がないと思っているのだろう。

最後の一台です、と施設課の担当者が声をかけた。

「どこに置きますか？　場所がないんですが」

おかしいな、と大泉が首を捻った。

「ちゃんと測っておいたんだよ。キャビネットを移して、三台分のスペースを確保したはずなのに……参ったな、奥のロッカーを移動するしかないけど、そうなるとまた最初からやり直しだ」

わたしのデスクの横に、と入ってきた水無月玲が言った。素早く歩み寄った杏菜が、通路に置かれていた台車をどかして道を空けた。

ありがとう、とうなずいた玲が両腕で車椅子の車輪を動かして通路を進み、とりあえずここに置いてください、と自分のデスクの左側を指した。

「後で逆側のキャビネットを整理して、場所を作ります。蒼井くん、それでいいわね？」

問題ありません、と俊はうなずいた。微笑を浮かべた玲が車椅子を動かして、そのままデスクについた。高さが調整され、車椅子のまま仕事をすることが可能になっている。

「今朝話したように、蒼井巡査部長が今日付けで異動になった。彼はコンピューター犯罪特殊捜査官で、スキルも高い。重要な戦力になってくれるはず」

水無月玲が車椅子を使用する障害者なのは、俊も知っていた。車椅子の女性プロファイラーとして、マスコミに取り上げられたこともある。ある意味では、警視庁で最も有名な警察官ということになるかもしれない。

デスクに載っていたファイルを開いた玲が、経歴を読み上げた。

「蒼井俊、出生地東京、一九八八年生まれ、三十歳。私立江南《こうなん》大学技術工学部卒。ＩＴ企業サイバーアースに入社後、ＳＥとしてＡＩ企画部に所属」

着ていた白衣を無造作に車椅子の背にかけた。まっすぐ伸びた背筋に、ベージュのブラウスがよく似合っている。やや低いがよく通る声で、毅然とした話し方だが、どこか女性らしさが滲み出ていた。

サイバーアース社では、ＡＩによるビッグデータ解析と未来予測システムの開発を担当していましたと俊は言った。

「開発の過程で、何度かレポートを提出したんですが、それが警視庁の目に留まったと聞いています。ちょうど一年前に誘いを受けて、転職を決めました」

ビッグデータ解析のスペシャリスト、と玲がファイルを閉じた。

「ＰＩＴにとっては、メリットのある異動ね。もっとも、本人はそう思っていないみたいだけど」

どういう意味ですかと尋ねた杏菜に、ＰＩＴへの異動を断わったと聞いた、と玲が組み合わせた両手に自分の顎を載せた。

そうではありません、と俊は床に視線を落とした。

「ただ、ビッグデータ解析とプロファイリングでは、アプローチが違います。ＰＩＴ、特殊心理捜査班は、プロファイリングとそれに基づく捜査支援を担当する部署ですよね？」

三年前までＰＩＴはＳＳＢＣの一部署だった、と玲が言った。

「ＳＳＢＣ、捜査支援分析センターは警視庁刑事部に設置された部署で、大きく分けると二つの部門がある。ひとつは君がいた分析検査支援課で、もうひとつはプロファイリング捜査支援課。でも、正確な情報がなければプロファイリングは機能しない。そのためにはプロファイラーが臨場することが必要だと考えた当時の刑事部長が、ＳＳＢＣのプロファイリング捜査支援課とは別に、ＰＩＴを独立した部署に昇格させた。班員が現場に出ることによって、得られる情報の精度が高くなったのは確かよ」

「ＰＩＴがＳＳＢＣのプロファイラーとスタンスが違うのはわかっていますが」プロファイリングは事件発生後の情報分析手法です、と俊は言った。「ＡＩによるビッグデータ解析は、事件が起きる前の情報を調べることもできる。スタンスがまったく逆ですから、異動する意味がないと言っただけで――」

馬鹿馬鹿しい、と背後で声がした。川名が立っていた。

「ＡＩだ、ビッグデータだ、そんなことばかり言っていても、犯人は逮捕できん。それもわからんのか？」

正確な情報がなければ刑事は動けないでしょうと言った俊に、偉そうなことを、と川名が大きな音を立てて洟《はな》をかんだ。

「ＡＩ、ＡＩと世の中は騒いでいるが、要するに高性能のコンピューターだろ？　計算能力がどれだけ速くなったって、捜査はできない。現場では何の役にも立たんよ」

それは認識不足です、と俊は肩をすくめた。

「ディープラーニング、つまり深層学習機能を備えたＡＩの能力は、一日単位で飛躍的に向上しています」

川名の鼻先に、俊は自分のタブレットを突き付けた。

「ＡＩ自らが膨大な量のデータを取り込み、解析を繰り返すことを学び、更に情報を重層的に組み合わせて全体像を把握し、推定、推論することも可能になっています」

川名がまばたきを繰り返した。一九八〇年以降、全世界での一人当たりの情報総量が、四十カ月ごとに倍加しているというデータがありますと俊は言った。

「二〇一二年時点で、毎日二五〇京《けい》バイトのデータが作成されていますが、そのスピードは日々加速しています。優秀なＡＩは、それだけで刑事百人分の仕事をこなせるんです」

お前みたいな素人に何がわかる、と川名がデスクを叩いた。

「事件っていうのはな、キーボードを叩いて、はい終わりってわけにはいかないんだよ」

ストップ、と玲が片手を上げて二人を制した。

「不毛な議論は止めなさい。確かに、プロファイリングとビッグデータ解析のベクトルは違う。でも、残虐な連続殺人事件が現実に起きている。Ｖは三人の女性を殺害し、その死体をバラバラに解体した上で、コインロッカーに並べて置くような猟奇犯罪者よ。このままでは、四人、五人と犠牲者が増えていく。それは絶対に止めなければならない」

「もちろん、わかっています」

お互いの協力が必要になる、と玲が言った。

「プロファイリングだけでも、ビッグデータ解析だけでも、Ｖ逮捕は難しい。それぞれ情報を共有し、補い合って捜査支援する。君に来てもらったのはそのためよ」

ビッグデータ解析によってＶを捜すように、と玲が命じた。もう始めています、と俊はうなずいた。

「ＰＩＴへの異動によって、上野駅、恵比寿駅、秋葉原駅の防犯カメラへのアクセス許可が出ました。今、事件が発生した日と前後二週間の画像データを入力中です」

画像データって、と大泉が目を丸くした。

「駅構内の防犯カメラの画像ってことかい？　三駅で三百台はあるはずだよ。前後二週間分っていったら、単純計算で二十万時間以上だ。入力にどれぐらい時間がかかると思ってるの？」

二百八十七分、と俊はタブレットに表示されている数字を読み上げた。

「夜までには終わるでしょう」

そんなことをして何になる、と川名が怒鳴った。

「それで犯人を捕まえられるのか？」

画像データをＡＩが解析すれば、三人の被害者の動きがわかりますと俊は言った。

「Ｖは彼女たちの近くにいたはずです。三人とも山手線で通勤していましたが、乗車時間、区間が違います。三人の女性の周りに同一人物が映っていれば、それがＶです。偶然が入り込む余地はありません。顔を覗き込んだり、不自然に接近するなど不審な行動を取っていれば、より確実です」

不審な動きをしているというだけでは曖昧《あいまい》過ぎる、と玲が口を開いた。

「入力条件に以下の項目を加えるように。二十代から四十代、男性の可能性が圧倒的に高い。左利き。現場に残っていた足跡から、身長は一六〇センチ台、足のサイズは二四ないし二五。鑑識の結果から、この情報は確実と考えられる」

タブレットに直接タッチペンで情報を書き込んだ俊に、プロファイリングの結果も伝えておくと玲が言った。

「独身で一人暮らし、住居は都内もしくは近県。家族と同居している場合は、独立した部屋を持っている。犯行現場に指紋、汗、毛髪などの残留物がないこと、凶器を準備していること、被害者の情報を事前に調べていることから、計画的な性格で、犯罪に関して一定以上の知識があると考えられる」

タブレットを閉じて椅子に腰を下ろした俊に、何をしてる、と川名が鋭い声で言った。

「のんびり座ってないで、さっさとデータを分析しろよ」

解析です、と俊は振り向かずに答えた。

「ＡＩがオートで実行しています。今は待つだけです」

それだけ言って、目をつぶった。静かな作動音がＰＩＴルームに広がっていた。

Chapter 2　Criminal

1

一時間が経った。他の班員たちが自分のパソコンと向き合っている。俊はタブレット上で画像データの入力状況を確認したが、特に大きな問題はなかった。

あと三時間半とつぶやいて、ゆっくり顔を上げた。しばらく前から、視線には気づいていた。

蒼井さんはSSBCにいたんですよね、と隣の席の春野杏菜が顔を寄せて囁いた。好奇心が強いのだろう。忙《せわ》しなく目が動き、俊とコンピューターを交互に見ている。

「あそこって、どういう部署なんですか？　他の刑事はシエンって呼んでますけど」

捜査支援分析センターと答えて、俊は椅子を後ろにずらした。距離を詰めたまま話すのは苦手だった。

「前は犯罪捜査支援室と呼ばれてたそうだ。文字通り、事件捜査に関するあらゆる支援を担当している。特に情報全般の分析捜査支援の役割が大きい。画像解析やコンピューターの電子鑑識がメインの部署だ。でも、そんなことは知ってるだろ？　君の方が、警視庁ではぼくより経験が長いんだから」

本庁勤務は二年前からです、と杏菜が小声で言った。

「それまでは所轄の交通課で、ミニパトに乗ってました。本庁では生安《せいあん》に配属されましたけど、女性だといろいろ難しいこともあって……もともと、プロファイリングには興味がありました。希望して、四月にＰＩＴへ異動したんですけど、まだわからないことも多くて……」

ぼくはもっとわからない、と俊はタブレットをスワイプした。こんなこと言ったらまずいかもしれませんけど、と杏菜が左右に目をやった。

「シエンって……あんまりいいニュアンスじゃないですよね？」

仕方ないさ、と俊は肩をすくめた。

「いい悪いの話じゃなくて、それが警察の伝統なんだ。現場に出て直接犯罪と向き合い、証拠を集めて犯人を逮捕する捜査畑の刑事の方が上位に立つ。実際には支援部門の方が重要な役割を果たすことが多くなっているけど、その辺りは慣習もあるし、なかなか変わらないんじゃないかな。そうは言っても時間の問題で、いずれ立場は逆転するだろうけどね」

「立場が逆転する？」

もう刑事が靴底を磨《す》り減らして聞き込みをしたり、血眼《ちまなこ》になって目撃者を探す時代じゃない、と俊はタブレットを指で弾《はじ》いた。

「額に汗して努力することが悪いなんて言うつもりはないよ。だけど、遅くても十年以内に警察の在《あ》り方が大きく変わる。犯人逮捕より犯罪防止に重点が置かれ、ＡＩによる未来予測と、それによる犯罪発生防止が警察の仕事の大部分を占めることになるだろう」

「蒼井さんが開発している犯罪予測システムが、刑事の代わりになるってことですか？」

知ってるはずだ、と俊は川名の背中に目を向けた。

「医者、弁護士、会計士、株のトレーダー、数え上げたらきりがない。今ある職業のほぼ半分、四九パーセントがＡＩで代替可能と言われている。公務員だってそうだし、警察も事情は同じさ。それは時代の流れで、誰にも止めることはできない」

警察官という職業がなくなるなんて信じられません、と杏菜が首を振った。そうは言ってない、と俊はタブレットをウエストポーチにしまった。

「警察という組織は残るよ。ただ、人数は削減されるだろうし、規模や形態も変わる。今の十分の一程度になると、ぼくは予想しているけど」

蒼井さんは警察が嫌いなんですか、と杏菜が唇をすぼめた。

「否定するようなことばかり……お父さん、蒼井警部が殉職されたのは聞いていますけど、そのためですか？」

俊も噂でしか聞いていないが、十五年前、杏菜の祖母は〝人が死ぬところを見たかった〟という理由だけで、十六歳の女子高生に殺されたという。警察官を志したのはそのためで、肉親を殺害された者として、俊の考えに不満があるのだろう。

ＡＩに何ができるんですか、と納得のいかない表情を浮かべた杏菜が三台の大型コンピューターを指さした。

「防犯カメラ画像その他によって、ＡＩが犯人を特定、発見できることはわかってます。でも、刑事の代わりになるとは思えません」

「君は見当たり捜査を知ってる？」

容疑者の顔写真がある場合、その特徴を記憶した上で駅や繁華街などに刑事が立ち、雑踏の中からその人物を見つけだすという捜査方法を見当たり捜査と呼ぶ。

刑事はそれぞれ五百人以上の容疑者、指名手配犯などの顔を記憶し、犯人の摘発に当たるが、現在でも、毎年約百人がこの方法によって逮捕されている。

「ぼくに言わせれば、あんなものは時間と経費の浪費だよ」ドブに捨てるようなものだ、と俊は切り捨てるように言った。「全国で千人前後の見当たり捜査官がいるそうだけど、夏でも冬でも一日中立ってるなんて、どうかしてるんじゃないか？　ビッグデータ解析なら、そんなことをする必要はない。刑事の代わりにカメラを設置するだけだ。撮影した画像と、容疑者の顔写真データを顔認証ソフトで照合すればそれで終わる」

「でも、防犯カメラの画像はそんなに鮮明じゃないし、顔認証ソフトだってまだ適合率は低いんですよね？　信頼性に欠けると思うんですけど」

ＡＩの進歩は君の想像を遥かに上回ってる、と俊は苦笑いを浮かべた。

「今では帽子、マスク、サングラスで顔を隠しても、整形していたって判別できるんだ。それこそ、見当たり捜査官の何千倍の精度でね」

「だけど……」

たとえば新宿駅の乗降者数は一日約三百万人だ、と俊は指を三本立てた。

「三百万人をコンピューターが見分けられるんですか、そう言いたいんだろ？　でも、それは君の認識不足だ。ビッグデータ解析なら、三百万人でも三億人でも同じだよ。刑事の勘では絶対に不可能なことが簡単にできる」

三億人、と杏菜が小さく息を吐いた。これはひとつの例に過ぎない、と俊は椅子の背中に肘を載せた。

「今後もＡＩのディープラーニングは深化し続けていく。ビッグデータ解析によって、犯罪を未然に防ぐことも可能になるだろう。プロファイリングのような古い手法とは、立脚点が違うんだ」

杏菜の表情がわかりやすく変わった。プロファイリングを否定する俊の言葉に怒ったようだ。

「プロファイリングは古くありません。データの蓄積によって分析力は年々向上していますし、心理学や人間工学を取り入れた科学的な手法も――」

勘弁してくれ、と俊は声を潜めた。

「プロファイリングの基礎になっているのは統計学だ。あれは科学なんかじゃない。ぼくに言わせれば占いの一種だよ」

「そんなオカルトみたいな言い方……」

星座、血液型、人相、手相、と俊は指を折った。

「プロファイリングもそれと変わらない。占いを馬鹿にしてるつもりはない。何千年も昔から研究されていて、膨大なデータがあり、しかも毎年更新されている。ビッグデータと呼んでも差し支えないほどの情報量だ。高い確率で傾向を予測できる。統計には意味があるんだ」

「でも、科学じゃないって……」

そりゃそうさ、と俊は杏菜を見つめた。

「全体の傾向は統計でわかるけど、個々の問題については答えられない。例外が多すぎるんだ。それがプロファイリングの限界で、どこまでいっても絶対的な正解を出すことはできない。再現性のないものは科学と呼べない」

過去の実績を見てください、と杏菜が床をパンプスの踵《かかと》で軽く蹴った。

「能力の高いプロファイラーなら、犯人像を詳細に再現することも可能です。今までだって、水無月班長のプロファイリングは多くの事件で捜査に有益な結果をもたらしています」

それじゃ具体的に説明しよう、と俊はウエストポーチから取り出したタブレットを開いた。

「今回のV事件について、水無月さんは犯人像をプロファイリングした。彼女は犯人が男性と指摘している」

違うんですか、と杏菜が唇を尖らせた。そうじゃない、と俊は首の後ろを爪で掻いた。

「Vの性別が男性というのは、過去の統計に基づく推論に過ぎないと言っている。欧米を中心に、世界中のシリアルキラーについて、水無月さんはデータを収集、研究している。何冊も本を出しているし、ぼくも読んだことがある。シリアルキラーの九五パーセントが男だ。だからVは男だという結論になるし、ぼくだってそう思っている」

「だったら、文句を言うのはおかしくないですか？」

それは確率的な答えに過ぎない、と俊は周りを見渡した。

「ここがカジノだったら、ぼくだってVが男だという方に持ってるチップを全部賭《か》けるよ。

赤か黒かみたいな、確率五〇パーセントのギャンブルじゃない。九十五対五以上の確率で男なんだから、借金してでもチップを張る。だけど、これは殺人事件だ。九九パーセントの確率だとしても、Vが男性とは断定できない。可能性が圧倒的に高いというだけの理由で、犯人の性別のような重要なファクターを決めていいとは思えない」

でも、それがプロファイリングの目的であり、意義でもありますと杏菜が言った。

「捜査する側は、犯人像をある程度絞り込む必要があります。すべての人間を捜査対象にしていたら、それこそ時間と人員と経費の無駄でしょう？　捜査の効率化のためにプロファイリングはあるんです」

年齢にしてもそうだ、と俊は鼻の下を強くこすった。素直にプロファイリングを信じている杏菜に、軽い苛立ちがあった。

「シリアルキラーの八割以上が二十代から四十代の男性というのは事実だけど、それも統計上の話で、十代のシリアルキラーも過去には存在した。一九九八年に北九州《きたきゅうしゅう》市で起きた児童連続殺傷事件がそうだ。犯人は中学二年生、十四歳の少年だった」

「覚えてます」

「あの事件を担当したプロファイラーの一人が水無月さんだった。でも、彼女も犯人像を十代の少年というところまでは絞り込めなかった」

可能性があることについては触れていました、と杏菜が声のトーンを落とした。それだけでも彼女の能力の高さがわかる、と俊はうなずいた。

「凡庸なプロファイラーなら、もっと年齢を上に設定しただろう。当初、福岡県警は二十代ないし三十代の男性だと予測していたというから、彼女のプロファイリングには大きな意味があった。だけど、曖昧な結論しか導き出せない欠点があるのは認めるべきだ」

あたしもプロファイリングが絶対だと言ってるわけじゃありません、と杏菜が更に声を低くした。

「確かに、北九州市事件のようなケースもあります。でも、多くの事件で水無月班長が結果を出しているのは事実なんです」

日本の警察がプロファイリングを実地に導入したのは、八八年に都下で起きた連続幼女殺人事件の時だ、と俊はタブレットをスワイプした。ディスプレイに『プロファイリングのすべて』という新書のタイトルと、水無月玲という著者名が浮かんだ。

「ただし、本格的に採用されたのは北九州市事件が初だ。当時、福岡県警にプロファイラーはいなかった。だから、警察庁の指示で警視庁のプロファイラーだった水無月さんが捜査に協力することになり、オブザーバーとして意見を上げたんだ」

詳しいんですねと言った杏菜に、この本に書いてあった、と俊はタブレットを指した。

「他にも北海道警や大阪府警のプロファイラーが捜査会議に加わっている。でも、犯人が少年の可能性があると発言したのは水無月さんだけだった」

得意そうに杏菜が胸を張った。重要なポイントだったのは事実だ、と俊はうなずいた。

「だけど、水無月さんは少年の犯行ということだけではなく、非力な女性、あるいは病気や怪我《けが》などの理由によって、腕力が衰えていた男性の可能性についても言及している」

「それは……捜査のデータが少なかったからだと思いますけど」

ショットガンニングについて聞いたことがあるかい、と俊は足を組んだ。

「あらゆる可能性について触れれば、どれかが当たるという占い師のテクニックだ。ノストラダムスの予言もショットガンニングの一種だけど、プロファイリングはその程度のものに過ぎない」

納得できません、と杏菜が唇を強く噛んだ。

「捜査の方向性を正しい方向に導いたと、あたしは思ってます」

「今回のV事件にしてもそうだ。犯人が二十代から四十代の男性だというのは、わざわざプロファイリングするほどのことじゃない」

「そうでしょうか。犯人の性別、年齢を限定できれば、効率的な捜査が可能になるというメリットが――」

「犯人は夜通し被害者の家にいて、死体の解体作業を行った。しかも平日の夜だ」実家住まいの高校生にできるはずがない、と俊は首を振った。「Vは最低でも高校を卒業している年齢で、一人暮らしの可能性が高い。バラバラ殺人と簡単に言うけど、体力を酷使する作業だ。不眠不休で死体を切り刻むのは、五十代以上の人間にとって厳しいだろう。消去法で潰していけば、二十代から四十代に限定できる。それが正しいとしても、そこからどうやってVを見つける？」

「地理的プロファイリングとか……」

正確なプロファイリングには、どうしても時間がかかる、と俊はタブレットを閉じた。

「Vがいつ次の犯行に及ぶかわからない今、犯人像の想定より犠牲者を出さない方が重要だと思うね」

「ビッグデータ解析なら、それができると？」

当然だ、と俊はこめかみを軽く三度叩いた。体に触れる時、三回繰り返さなければ気が済まない癖がある。

「警視庁がプロファイリングの専門部署を新設したのは、一九九二年、今から二十六年前だ。犯人逮捕のためのアプローチとして、当時は有効だっただろう。でも、今は違う。ビッグデータ解析によって、犯人の特定と発見が容易になった。プロファイリングのような古い手法にこだわる意味はないんだ」

よくわからないですけど、と杏菜が少年のように肩をすくめた。その仕草がよく似合っていた。

「でも、違和感があります」

「違和感?」

蒼井さんに対してです、と杏菜が唇の端を上げて笑った。

「もう少し気を遣った方がいいと思いますよ。断定的な口調はかえって逆効果だと、水無月班長の本に書いてありました。読んでます? 警視庁に勤めると決めたのも、前の会社で何かあったからじゃないですか?」

そんなことはないと目を逸らした俊に、話は終わったの、と白衣に袖を通した玲が声をかけた。しばらく前から聞いていたようだ。

「V事件について、会議を始める。会議室に入って」

うなずいた杏菜が立ち上がった。何もわかっていないとため息をついて、俊はその後に続いた。

2

警視庁捜査支援分析センターは有明の分室に入っている。PITが独立した部署になった際、警視庁本庁舎別館に移されたのは、班員が五名と小人数だったためだ。

別館に入っているのは総務、経理部門等、事件捜査に直接タッチしない部署で、PITルームは五階建てのビルの一階を間借りする形を取っていた。そのため、場所も最奥部にある。

専用の会議室は廊下を挟んだ正面の小さな部屋で、十畳ほどのスペースしかないが、その分機能的な造りになっていた。折り畳みの簡易テーブルがついた椅子が八脚並び、奥には大型スクリーン、マルチ液晶ディスプレイ、そしてホワイトボードが設置されている。アメリカのハイスクールの教室のようだが、企業のプレゼンテーションルームにも似ていた。一番前の席に川名と原が並び、その後ろに杏菜が座っている。大泉は最後方の席だ。俊はその隣に腰を下ろした。

車輪をきしませながら、最後に玲が入ってきた。中央の通路が広く空いているのは、車椅子でも通りやすいように配慮されているためだ。

玲が使っている車椅子は、電動式ではなく、自走式タイプのものだった。詳しくはないが、電動の車椅子は約三十キロの重量があると俊も聞いたことがあった。

他部署との会議は別だが、玲の移動範囲は狭い。コンパクトタイプの自走式車椅子の方が便利なのだろう。

奥に進んだ玲が車輪を回転させて、班員たちの方を向いた。白衣を着ているため、女医か実験中の化学教師のように見えた。

「秋葉原事件の発生に伴い、Vの再プロファイリングを始める」

白衣の襟を直しながら、玲が全員に視線を向けた。

「次の犠牲者が出る前に、Vを逮捕しなければならない。再プロファイリングはそのために行う」

杏菜が大きくうなずいた。当然でしょう、と川名が鼻を鳴らし、大泉と原は無言だった。

「今まで上野事件、そして恵比寿事件を検討し、Vのプロファイリングを進めていたけれど、今日の秋葉原事件によって新たな情報が加わった。それを踏まえて、各自意見を上げるように」

原くん、と玲がロッド式の指し棒を向けた。まるで大学の授業のようだと俊は思ったが、実際に玲はそのつもりなのだろう。彼女にとってPITの班員たちは生徒なのだ。

「秋葉原事件の初動捜査報告書は読んでいるはずね？　何か気づいたことは？」

Vの人格について矛盾を感じました、と原が空咳《からぜき》をした。

「狙いをつけた女性を尾行し、住居を確認していることや、凶器を準備し、物的証拠を遺さないよう留意していることから、周到な計画性を持つ人間と想定していましたが、三件の事件を俯瞰《ふかん》すると、被害者の自宅周辺で目撃されるリスクがあったのは確かです」

続けて、と玲が指し棒をテーブルに置いた。被害者はいずれもマンションに一人で住んでいる若いOLです、と原がペットボトルの水を飲んだ。

「当然、他にも住人がいます。Vが部屋を訪れた時、誰が見ていてもおかしくありません。計画性が高い犯罪者なら、そんなことはしないでしょう。理由は不明ですが、行動に一貫性がありません」

「春野」

指名された杏菜が立ち上がった。

「犠牲者の年齢は三人とも二十五歳前後、あたしとほぼ同じです。あたしも一人暮らしでマンション住まいです」

次はお前が狙われるかもしれんな、と川名が皮肉な笑みを浮かべたが、無視して杏菜が先を続けた。

「マンションの住人同士に交流はなかったと考えられます。あたし自身、他の部屋に住んでる人と話したことはありません。すれ違えば挨拶ぐらいはしますけど、それだけです。他の住人の名前や年齢、職業も知りません。向こうもそうだと思います」

要点を、と玲が言った。慌てたように杏菜が早口になった。

「目撃されることは確かにリスクですが、住人はお互い無関心です。知らない人のことを、特に注意して見たりはしません。リスクとしては小さいと思います」

最近はそんなに人間関係が希薄なのかね、と大泉が眉をひそめた。

「わたしもマンション住まいだけど、ほとんどの住人は顔見知りだよ。お互い名前や仕事も知ってるし、世間話をすることだってある……いや、余計な話でした。すいません。続けてください」

君の意見は、と玲が顔を向けた。おかしな野郎だと思いますよ、と川名が大きな音を立てて洟をかんだ。アレルギー性鼻炎なのか、呼吸が常に荒い。

「最初から言ってるつもりですがね。Vが被害者を尾行しているのは間違いありませんが、プロでも難しい技術《テクニック》ですよ。知らない男が自分の周りをうろうろしていたら、誰だって気づきます。よほど大胆なのか、それとも頭が悪いのか……」

捜査一課に長くいた川名の指摘には、鋭いものがあった。俊も研修で体験していたが、尾行も張り込みも簡単ではない。

班長はどう思ってるんですかと質問した川名に、改めて考えてみた、と玲が口を開いた。

「Vは女性を殺害した後、遺体を損壊した上で解体し、人体模型のようにコインロッカーにレイアウトしている。異常で猟奇的な犯人像を、誰もが頭に思い浮かべたはず」

実際そうでしょうと言った原に、表層的にはそう見える、と玲がうなずいた。

「警視庁やマスコミに犯行声明をメールで送ってきたのも、典型的な劇場型犯罪のパターンね。でも、事実だけを検証してみると、そうとも言い切れない」

持って回ったような言い方は止めてくださいよ、と川名が嚙み付くように言った。

「はっきり言ってもらわないと、自分にはわかりませんね」

Vの行動には無意味なことが多すぎる、と玲が指し棒を取り上げた。

「指を焼いて指紋を消したり、口腔内を殴打して歯をすべて折っても、DNA鑑定によって人物の特定は可能よ。駅のコインロッカーにバラバラ死体を隠している以上、警察は近くに住んでいる女性を被害者と想定して捜査を進めるし、事実その線で身元が確認された。ディテールに時間や労力を費やしているだけで、何の意味もない。計画性の高い犯人による猟奇殺人、あるいは劇場型犯罪に見えるけど、実際には単に運がいいだけの人殺しに過ぎない、とわたしは考えている」

三人の女性を殺害しているのに、何の証拠も見つかっていませんと言った原に、幸運は長く続かない、と玲が首を振った。

「必ずVは逮捕される。それほど時間がかかるとも思えない。ただ、現時点で警察はVの正体を特定できていない。危険な状態が続いているのも確かよ」

君はどう思ってるの、と玲が視線を向けた。意見ではありませんが、と俊はタブレットに指を当てた。

「約三時間後、三つの駅の防犯カメラのデータ入力が完了します。次のステップとして、三人の被害者女性をピックアップします。ぼくとしては、それだけでVの発見は可能だと考えています」

できるわけがない、と川名が吐き捨てた。

「秋葉原駅の一日の乗降客数を知ってるのか？　東京メトロも合わせれば、約三十八万人だぞ。その中からどうやってVを見つけるっていうんだ？」

画像検索ソフトは日々進化しています、と俊はため息をついた。

「いいですか、三人の女性は違う時間、違う駅、違う山手線車両に乗っています。その三人の周辺に同一人物が映っている可能性は、普通ならほぼゼロですよ。それはわかりますよね？」

そんな偶然はないだろう、と川名がうなずいた。

「だが、画像検索にも限界があるはずだ。似ているというようなレベルじゃ、警察は動けんぞ」

誤差をなくすため、条件入力をしていますと俊は言った。

「Vの身体的特徴に合致しない者は、ＡＩが自動的に削除していきます。時間も短縮できます」

見てください、とパソコンのディスプレイを指さした。満員の山手線車両内が映っている。

ファンクションキーを押すと、老人、女性、子供の順で画面から消えていった。こりゃ凄い、と大泉が目を丸くした。

もう一度キーを押せば、一六〇センチ未満、そして一八〇センチ以上の男性が削除されます、と俊は言った。

「その他の情報も合わせれば、一万人を百人に減らすまで、長い時間はかかりません。V

の発見が容易だと、理解してもらえましたか？」

焦る必要はない、と玲が首を振った。

「殺人事件の捜査に間違いは許されない。三人の女性の周辺に同一人物が映り込んでいたとしても、それだけでVとは断定できない。そんな偶然が起きる確率は、君が言うようにほぼゼロだけど、ほぼゼロとゼロは違う。それに、映っていない可能性もある」

苦笑を浮かべた俊に、君は目に見えるものがすべてだと考えている、と玲が言った。

「そうとは限らない。刑事なら、裏の裏まで考えなさい」

俊はタブレットに目をやった。確実な証拠に基づいて犯人を特定、逮捕するのが刑事の仕事だ。曖昧な勘や憶測だけで捜査をするべきではないとわかっていた。

会議室の電話が鳴った。高槻理事官です、と杏菜が内線ボタンを保留にした。

受話器を耳に当てた玲が二、三度うなずいて、すぐ行きますと答えた。

「会議はここまで。川名くん、蒼井くん、一緒に来るように」

それだけ言って、ハンドリムに手をかけた。きしむような音を立てて動き出した車椅子の前に回った大泉が会議室のドアを開ける。立ち上がった川名に続いて、俊は会議室を出た。

Chapter 3　Another incident

1

　別館一階の特別応接室をノックすると、入れ、という低い声がした。扉を開けると、奥のソファで高槻が電子タバコのカートリッジをくわえていた。

　玲が車椅子を滑らせるようにして、ソファの間にあったスペースに移動した。座ったらどうだ、と高槻が向かいの席をカートリッジで指した。

「失礼します」

　乱暴に座った川名の隣に、俊は腰を下ろした。川名の足がガラスのテーブルにぶつかり、置かれていたグラスが揺れて麦茶がこぼれた。

　今日も暑いな、と高槻がネクタイを僅かに緩《ゆる》めた。

「Vについて、ＰＩＴの方針は？」

「プロファイリングとビッグデータ解析の両面からVを捜します」

急いでくれ、と高槻がカートリッジを手の中で転がした。わかっています、と玲がうなずいた。

しばらく無言でいた高槻が、麦茶に口をつけていた川名に目を向けた。

「杉並区弦養寺《げんようじ》公園の死体遺棄事件に関する君の意見書は読んだ」

提出したのは四月末ですと口元を歪めた川名に、そう言うな、と高槻が苦笑した。

「順序が違うだろう。まず直属上司である水無月班長に提出して判断を仰ぐべきで——」

手順は踏んでいますよ、と川名が玲を見ずに言った。

「ですが、証拠がないということで保留扱いになりました。班長の立場はわかりますが、妙な臭《にお》いがするのは確かです。編成上、PITは一課に属しています。理事官に意見書を上げるしかないでしょう」

声が大きい、と高槻がカートリッジをテーブルに置いた。

「蒼井……君は今年四月に起きた杉並の事件について、どこまで知ってる？」

SSBCにも捜査支援の要請がありました、と俊はタブレットを開いた。

「全体会議で説明がありましたが、ぼくの担当ではなかったので、詳細までは聞いていません」

説明を、と高槻に促された川名が口を開いた。

「四月十日火曜早朝、杉並区弦養寺公園の清掃員がゴミ箱に捨てられていた黒いビニール袋を見つけた。中に入っていたのは細かく切断された肉塊で、不審に思った清掃員が警察に通報し、調べたところ、人間の足の一部だと判明した」

そうでしたね、と俊は口に手を当てた。話を聞いているだけで、気分が悪くなってくる。

警察は他のゴミ箱も捜索した、と川名が先を続けた。

「その結果、公園内の約十カ所のゴミ箱から、バラバラになった人間の肉片が発見された。犠牲者は二人、男性と女性で、どちらも頭部は見つかっていない。それぞれの肉片は三センチ四方に切断されていたが、電動ノコギリのような工具を使ったんだろう」

異常な事件ですね、と俊は吐き気を堪えながらつぶやいた。SSBCから複数の担当者が捜査に加わっていた記憶が脳裏を過《よぎ》った。

「しばらく身元の確認ができなかったと聞きました。でも、結局はわかったんですよね？」

杉並区内に住む雑貨店店主とその妻だった、と川名が鼻から息を吸った。

「死体が発見された前日、娘が行方不明者届を出していたんだ。DNA鑑定の結果、その夫婦だと判明した。殺人事件と報道されたが、正確には殺人かどうかさえ不明だ。何らかの理由で死亡した夫婦を、ただバラバラにして捨てていっただけということも考えられる」

あり得ないでしょうと言った俊に、わかってると川名が口元を歪めた。

「状況から考えれば、当然他殺だ。警察もその線で捜査を進めている。怨恨説、新興宗教絡み、快楽殺人者、何人か容疑者が浮かんだが、今も犯人は不明なままだ」

現在も捜査は継続している、と高槻がカートリッジをくわえた。

「だが、何しろ証拠がない。遺留品と呼べる物は黒いビニール袋だけで、スーパーやコンビニでも売っている商品だから、調べても無駄だ。目撃者もいない。この事件について、四月末に川名くんが意見書を提出した」

テーブルに置かれていたクリアファイルを指さした。川名が挟んであったレポート用紙を抜き出し、俊の前に放った。

「長期未解決事件、コールドケースは特命捜査対策室が継続捜査を行っている。それは知ってるな？」自分の同期で、是枝《これえだ》という刑事が特命にいると川名が言った。「弦養寺事件から十日ほど経った頃、意見を聞かれた。何か匂わないかと言うんだ」

「どういう意味ですか？」

「特命捜査対策室は、過去の未解決殺人事件の膨大なデータを持ってる」数字の話は得意だろう、と川名が冷笑を浮かべた。「部署の性格上、是枝は複数の事件を担当していた。弦養寺事件と同じ匂いがする事件が過去に起きている、というのが奴の考えだ。自分も資料を調べたが、場所や時期、手口はまったく違う。だが、二〇〇九年の南青山弁護士一家殺人事件と弦養寺事件には、何らかの繋《つな》がりがある」

そう言われても、と俊は斜めになっていたクリアファイルをまっすぐにした。

「川名さんが言ってるのは、勘の話ですよね」

自分と是枝だけじゃない、と川名が首を振った。

「一課にも同じ意見を持つ刑事がいる。しかも二人だ」

待て、と高槻が手で制した。

「一課と特命捜査対策室には、私から確認を取ったが、確信はないというのが彼らの回答だった。違和感があるだけで、同一犯による犯行と断定してはいないと……強く主張しているのは川名君だけだ」

そりゃそうでしょう、と川名がハンガーのような怒り肩をすくめた。

「理事官から正式な形で意見を聞かれたら、そう答えるしかありませんよ。物的証拠は何もないんですからね。ですが、連中が何かを感じてるのは確かです」

「勘だけで、同一犯による殺人と決めつけるわけにはいかんだろう」

それはわたしも同意見です、と玲がうなずいた。

「川名くんの意見書を読んで、南青山弁護士一家殺人事件について資料を見直しました。あの事件のプロファイリングを担当したのはわたしです」

どうして二つの事件に関係性があると川名くんたちが考えたのか、わたしにはわからないと玲が言った。

「場所も手口も違う。被害者に共通点も関連性もない。常識で考えて、同一犯による犯行というのは無理がある」

常識ですか、と川名がポケットティッシュで洟をかんだ。

「科学だ論理だ合理性だ、班長はそう言うでしょうが、刑事には刑事の勘ってものがあるんですよ。自分一人だけならともかく、是枝や他の刑事も何かおかしいと感じています。証拠がないという理由だけでは、引き下がれませんね」

否定はしていない、と玲が静かに首を振った。

「職業的な直感を軽んじているつもりもない。刑事の勘が真相を導き出すことがあるのは、過去の事例が証明している」

俊はレポート用紙を手元に引き寄せた。『2件の未解決事件に関する意見書』と一行だけ書かれている。

表紙をめくると、「1、2009年南青山弁護士一家殺人事件」とあり、その下に写真が直接貼ってあった。全身を刃物で刺された血まみれの中年男が苦悶の表情を浮かべている。反射的に表紙を閉じたが、一度目に焼き付いた男の顔は消えなかった。

君の意見を検討してほしいと言ったのは水無月くんだ、と高槻が川名に面長の顔を向けた。

「二件の事件はどちらも未解決だ。特命捜査対策室と協議して、弁護士一家殺人事件の再検討を決めたが、事件発生から九年が経っている。捜査に大きな進展はない。現状のままではデータ不足で、どうすることもできないだろう」

そうでしょうね、とふて腐れたように川名が肩をすくめた。蒼井、と高槻が向き直った。

「君をPITに異動させると決めたのは、この件があったからだ。それは前に説明したな？　V事件が起きたため前倒しになったが、本来の目的は二つの事件をビッグデータ解析の観点から見直すことだった」

わたしが要請したの、と玲が言った。

「もう一度徹底的にデータを集め、事件を再検証することが必要よ。君ならそれができる。PITも再プロファイリングを始める」

ビッグデータ解析は可能でしょう、と俊はうなずいた。

「弁護士一家殺人事件について、現場及び周辺の写真や画像が残っていると聞きました。当時と今ではAIの処理能力がまったく違いますし、新技術も開発されていますから、何らかの証拠を見つけることができるかもしれません」

ただし、現状ではV事件の捜査が優先される、と高槻が三人の顔を順に見つめた。もちろんですと答えた玲が、膝に載せていたファイルを俊に渡した。

「弁護士一家殺人事件の報告書よ。まず読んで、意見があれば言うように」

恐る恐る、俊はレポート用紙をめくった。コピーなので、写真に生々しさがないのが救いだった。


十分後、報告書を読み終えたが、意味がわかりません、と眼鏡を外して目を拭った。

「どうして川名さんは、二つの事件が同一犯によるものだと考えたんです？　東京都内で起きたことを除けば、何もかもがまったく違います。根拠は何です？」

勘だ、と川名が唸った。話になりませんね、と俊はレポート用紙を指で弾いた。

「南青山の弁護士一家殺人事件は、今でもマスコミが取り上げることがありますし、理事官から調査を命じられていましたから、概要はわかっているつもりです」

凄惨《せいさん》な事件だった、と川名が渋面を作った。

「犯人は弁護士とその妻、長女と長男、一家全員を殺している。子供は二人ともまだ小さかった……酷いことをしやがって」


不可解な状況で家族四人が殺害されたこの事件は、犯人の行動に謎が多く、九年が経過した今でも未解決事件の代名詞になっていた。

「犯人は現場に異常な量の物証を残してます」ワイシャツの胸ポケットに差していた赤のマーカーで、俊は報告書にアンダーラインを引いた。「指紋、足跡、犯人の血痕、体液。どうして逮捕できなかったのか、不思議なくらいです」


自分が担当していたわけじゃない、と川名が苦い表情を浮かべた。

「現場の死体の状況などから、犯人が二階の浴室の窓から侵入したのは夜八時前後だ。それから一時間以内に一家四人を殺害したが、その後十時間近く弁護士の家に留まっている。仮眠を取った形跡まであった。冷蔵庫の中にあったハムやヨーグルトを食べ、トイレにも行ってる。証拠隠滅を図ってさえいない。捜査に当たった刑事たちは、すぐ解決できると誰もが考えたが、犯人は今も不明なままだ。動機もわからん。現金を物色した跡があったが、それは夫だけだ。女房の財布は金が入ったまま、床に捨てられていた」

「弁護士一家殺人事件と弦養寺公園のバラバラ殺人は、まったく様相が違います。この二件の犯人が同一人物だなんて、あり得ないでしょう」

報告書をテーブルに載せた俊に、自分もそう思っていた、と川名が首を振った。

「二件の事件を結び付けて考えたことはない。だが、事件の報告書や捜査資料を改めて読み直し、同一人物による犯行だと確信した。なぜと言われても、答えられん。刑事の勘としか言いようがない」

勘だけでは厳しい、と玲が車椅子の車輪に手を掛けた。引っ掛かるものがあるんだ、と川名が目だけを俊に向けた。

「弁護士一家殺人事件の遺留品は三百点以上あった。指紋、血液、犯人に直結する重要な証拠もだ。弦養寺事件では、死体を文字通りバラバラにし、何の証拠も遺していない。共通点がないというのはその通りだ」

「それなのに、同一犯による犯行だと？」

意図を感じるんだ、と川名が俊を見つめた。

「警察に対する挑戦だよ。犯人は自分たちを愚弄《ぐろう》している。お前たちにはわからないだろう、想像もつかないだろうってな。奴は自分たちを嗤《わら》っているんだ」

考え過ぎでしょう、と俊は肩をすくめた。唇を結んだ川名が、そうかもしれんなと自嘲するように笑った。

捜査一課とも協議したが、彼らも二つの事件の犯人はそれぞれ違うと結論付けている、と高槻がくわえていたカートリッジを強く嚙んだ。

「だが、私も何かあるような気がしてならない。蒼井、君のビッグデータ解析で何かわかるかもしれん」

現場写真、周辺の防犯カメラ画像などを調べ直すことは可能ですが、と俊は言った。

「データの補正だけでも、相当な時間がかかります。そこから新事実を発見できるか、絶対とは――」

見つけるんだ、と高槻がガラスのテーブルを平手で叩いた。

「これは未公表だが、殺された弁護士の喉にトランプのカードが押し込まれていた。スペードのJだったことから、捜査本部内では犯人をジャックと呼んでいる。川名の意見書にあるように、二つの事件がジャックによるものだとすれば、奴は連続殺人犯、つまりシリアルキラーだ。逮捕されるまで、殺人をやめることはない。また殺人が起きるかもしれん」

そんなことさせてたまるか、と川名が低い唸り声を上げた。調べてみます、と俊はうなずいた。

2

高槻と川名が特別応接室から出て行った。俊は玲の後ろに回った。PITルームまで車椅子を押すつもりだったが、大丈夫、と顔を向けた玲が微笑《ほほえ》んだ。

「自分でできるから……それとも、何か話したいことがあるの？」

前を歩いていた川名が角を折れた。通路を進みながら、水無月さんはどう思ってるんですかと俊は疑問を口にした。

「本当に二つの事件が同一犯によるものだと？　論理的に考えればあり得ないでしょう」

その通りね、と玲がうなずいた。刑事に職業的な勘が備わっているのは否定しません、と俊は言った。

「ビッグデータの観点から言えば、経験を積んだ刑事は無意識のうちに事件のデータを収集、分析して、脳内にデータベースを作っています。現場をひと目見ただけで、事件の全容を把握することも可能です。それは豊富な経験に基づく結論で、信頼性もあります」

車椅子の車輪がきしんだような音を立てた。ですがこの二件の事件は違います、と俊は首を振った。

「未解決事件を抱えた刑事たちが、無理やり同一犯による犯行と結論付けたとしか思えません」ぼくがわからないのは水無月さんです、と横から玲の顔を覗き込んだ。「高槻理事官に川名さんの意見を検討してほしいと要請したそうですが、そんなことをしても時間の無駄だとわかってるはずです」

車輪に手を掛けて車椅子を止めた玲が、通路脇の自動販売機に自分のＩＣカードを当てて、ブラックコーヒーのボタンを押した。

「わたしの足のことを、何か聞いてる？」

詳しくは知りません、と俊は言った。

「マンションの階段を踏み外して転倒したとか、そんな話を聞きましたが、それだけです」

九年前、マンションの階段から落ちた、と玲が腰に手を当てた。

「事故として処理された。でも、本当は違う」

「……どういう意味です？」

二〇〇九年の九月、マンションの階段から突き落とされた、と玲が低い声で言った。

「夜だったし、一瞬のことで、何が起きたのかさえわからなかった。気づいた時には病院にいた」

　プルトップを開けた玲が、コーヒーをひと口飲んだ。俊は無言のまま、話の続きを待った。

「誰かに突き落とされたというわたしの訴えに、警察が現場を調べたけど、マンションの防犯カメラに不審者は映っていなかった。日曜日の夜で、友人と食事をした後だった。少し酔っていたのは本当だし、現場検証でも何も発見されなかった」

「酷い落ち方をしたんですか？」

「足首骨折と腰椎《ようつい》損傷」問題は腰だった、とまた玲が腰に手をやった。「神経に損傷があって、それ以来歩行不能になった」

　これからもずっと、と車椅子の車輪を軽く叩いた。誰に突き落とされたんですかと車椅子の向きを変えた俊に、わたしが知りたい、と玲が苦笑した。

「結局、足を滑らせたための事故と判断された。あまりにも突然だったから、わたし自身前後の記憶がはっきりしていない。でも、わたしを階段から突き落とした人間がいるのは、絶対に間違いない」

「何か思い当たることがあるんですね？」

　一九九七年に警視庁に入庁して、一年後には犯人のプロファイリングを担当するようになった、と玲が言った。

「まだ全国の都道府県警察に、正式なプロファイラーがほとんどいなかった頃よ。警視庁でさえその人数は少なかった。わたしはプロファイラーになることを前提に採用されていたから、すぐ本庁勤務になった。画期的な試みと言えばそうだけど、誰もが手探り状態で、特にわたしには経験不足という大きな問題があった」

「事情はわかります」

わたしのプロファイリングで、早期に犯人が逮捕されたケースもあったと玲が言った。

「だけど、失敗もあった。わたしはまだ未熟で、経験も学ぶ時間も足りなかった。曖昧なプロファイリングをしたために、容疑者扱いされて会社を辞めざるを得なくなった人や、離婚した夫婦もいた。もっと悲惨な結果を招いたこともある。あの頃、警視庁がプロファイリングという手法を安易に考えていたことは否めない」

警視庁がプロファイリング制度の導入を決めた九〇年代前半、その精度は今より低かった。にもかかわらず、プロファイリングの結果と一致する点があるというだけで、参考人、あるいは容疑者扱いされた者は少なくない。玲の中には後悔があるのだろう。

「多くの失敗を教訓に、わたしはより正確なプロファイリングを目指した」

うなずいた俊に、二〇〇九年七月、南青山の弁護士一家殺人事件が起きたと玲が言った。

「あの事件では遺留品の数も多く、検討材料には事欠かなかった。犯人の行動、時間の経過も把握できたし、理想的な条件が揃っていた。プロファイリングの結果を記者会見で公表したのは八月で、的確な犯人像を描いた自信がある。わたしが階段から突き落とされたのは、そのひと月後の九月。関係があると考えるのは当然でしょう」

正確なプロファイリングは、犯人にとって脅威となる。プロファイラーを危険な存在と考え、排除しようと試みる者がいても不思議ではない。

「当時、わたしがプロファイリングを担当していた事件は他になかった。弁護士一家殺人事件の犯人、つまりジャックがわたしを階段から突き落とし、殺そうとしたとしか考えられない」

ため息をついた玲が、戻りましょうと囁いた。

「わたしは三十六歳の時、自分の足で歩くことができなくなった。車椅子がなければどこへも行けない。必ずジャックを逮捕する。どんなに憎んでいるか、君にはわからないでしょう」

俊は何も答えなかった。安易なことは言えない。

「川名くんの意見書は勘だけの話だ、と君が言うのはその通りよ。弁護士一家四人を殺害した犯人、つまりジャックが弦養寺のバラバラ殺人事件の犯人と同一人物だという可能性は低いでしょう。ただ、ジャックがわたしの足を奪ったのは事実で、川名くんや他の刑事たちが二つの事件に何らかの関連があると感じている。同一犯かどうかは別として、二件の事件を調べ直せばジャックを逮捕できるかもしれない。絶対に逮捕して、償わせる」

玲が自分の足に触れた。復讐《ふくしゅう》ですかとつぶやいた俊に、ノーコメント、と苦笑を浮かべた。

「事件から九年が経ったけど、その間に新しい証拠や目撃情報も出ている。それも加味して徹底的な再プロファイリングを行う」

でも、それだけでジャックを逮捕することはできない、と玲が言った。

「ジャック逮捕のために必要と考えたから、君に来てもらった。二つの事件を比較検討すれば、ジャックに近づけるはず。わたしはビッグデータ解析の力を信じている。ジャック逮捕のために力を貸して」

もちろんです、と俊は車椅子を押した。前を向いたまま、ありがとうと玲が静かな声で言った。

3

七月十四日土曜日、午後五時、警視庁本庁舎九階の大会議室で、V事件の捜査会議が始まっていた。PITからは玲、そして川名と俊が加わった。

この日の昼、東洋《とうよう》新聞社と大日《だいにち》テレビにVから犯行声明の手紙が届いていたが、その情報を捜査員全員が共有することが会議の主な目的だった。

Vからの手紙について報告を、と中央の席に座っていた捜査一課長の金沢《かなざわ》がマイクに口を近づけた。立ち上がったのは、紺のブルゾンを着た中年の鑑識課員だった。Vの手紙が大会議室のスクリーンに映し出されている。

「秋葉原事件直後、Vはｔｏ　ｂｅ　ｃｏｎｔｉｎｕｅｄという短いメールを警視庁に送り、今後も殺人を続けると示唆していましたが、マスコミへの手紙ではより明確に、あと十人を殺し、その後自殺すると記しています。時間的に考えると、この手紙を投函した後、警視庁にメールを送っていますが、注意喚起のつもりだったのかもしれません」

どうかしてる、とつぶやいた俊の脇腹を川名が肘でついた。鑑識課員が先を続けた。

「文章の分析は、科捜研の文書鑑定係とＰＩＴが担当しています。鑑識ではVが使用したパソコンとプリンター、封筒、用紙その他を調べました。まず、パソコンとプリンターですが、二年前マツカワ電機が発売したＰ-10ｍｏｄという商品です。現在でも家電量販店、ネット家電ショップなどで扱われており、累計販売台数は約四十万台。購入者リストからVを特定するのは難しいでしょう」

「封筒は？」

金沢の質問に、大手コンビニQ&Rチェーンのプライベートブランド商品です、と鑑識課員が口をすぼめた。

「発売は十年前で、現在まで約二千万枚以上が販売されています。本文を印字している紙についても、新王原製紙の商品で、誰でも簡単に入手可能です。警視庁内のコピー機も同じ紙を使ってるぐらいですから、どうにもなりません」

手紙の文章について分析結果の報告を、と金沢が目をこすりながら言った。寝不足のためか、目が充血している。

「水無月、君の意見は？」

大会議室にいた百人ほどの刑事の視線を受けて、手紙の内容からいくつかの特徴がわかりました、と玲が車椅子に座ったまま口を開いた。

「特徴？」

「まず文章ですが、二〇〇五年前後に中高生の間で流行した言い回し、フレーズが使用されています。主に語尾です。つまり、Vは二〇〇五年当時十二歳から十八歳だったと考えられます」

十五歳だったとすれば、現在二十八歳かと金沢がまばたきを繰り返した。下限二十五歳、上限三十一歳です、と玲が言った。

「これはプロファイリングの結果とも合致します。更に文書鑑定係によると、出身は千葉県北部及びその周辺と考えられるということです。手紙の中に、Vが被害者を刺した際、『こええだろう』と思った、という一文がありますが、標準語で言う『苦しいだろう』という意味です。明確に千葉弁を使っているのはこの一カ所だけですが、そこから現在も千葉県内に住んでいる可能性が高いと考えられます」

「他には？」

「封筒、紙から指紋、体液等は検出されていません。指紋はともかく、汗、唾液の飛沫《ひまつ》さえ残していないのは、Ｖに一定以上の警察及び鑑識の科学捜査に関する知識があるからでしょう。慎重に作業を進めたことが窺《うかが》われます」

どの程度の知識だ、と金沢が握っていたボールペンを二本の指で回した。かなり詳しいようです、と玲が答えた。

「手紙を投函したのは七月十三日の早朝、新宿区内の郵便ポストでした。目立たない場所に設置されており、防犯カメラもありません。事前に下見をしていたと思われますが、手口は徹底しています。加えて、もうひとつ重要な発見がありました」

玲が合図すると、スクリーンの画像が切り替わり、金髪の白人女性が映し出された。

「彼女はアメリカのケーブルテレビで放送されている連続刑事ドラマ〝リンダ・コナーの異常事件ファイル〟で主人公の刑事を演じている女優です」

知らんな、と金沢が顔をしかめた。わたしも詳しいわけではありません、と苦笑した玲が説明を続けた。

「このドラマは先月放送二年目に入っています。日本の地上波、ＢＳ、ＣＳなどでは未放送で、レンタルDVDショップにも置いてありません。ドラマの内容ですが、ニューヨークで起きる猟奇的な殺人事件をリンダと怪奇事件特捜部が調査するというもので――」

どうでもいいだろうと言った金沢に、関係があります、と玲が机を軽く叩いた。

「次の写真を見てください。シーズン2〝悪魔の殺人鬼X〟というエピソードですが、犯人は殺害した女性をバラバラに解体し、パーツを美術館の棚に並べています。その形がXという文字になっているのがわかりますか？　レイアウトの仕方、文字の形に配列するところなど、Vの手口に酷似しています」

スクリーンにドラマのワンシーンが映し出された。大会議室にいた全員の口から、驚きの声が漏れた。確かに似ている、と金沢が咳払いをした。

「つまり、君はVがこのドラマを見ていたと？　模倣犯ということか？」

可能性は高いでしょう、と玲がうなずいた。

「殺人鬼Xのエピソードが放送されたのは、今年の三月二日でした。上野事件が起きたのは五月十五日ですから、Vはリアルタイムでこのドラマを見たと思われます」

日本では未放送だと言ったはずだ、と金沢が眉間《みけん》に皺《しわ》を寄せた。

「Vはどうやってドラマを見たんだ？　三月にアメリカを旅行中、偶然に見たとでも？」

違います、と玲が白衣のポケットからスマホを取り出した。

「携帯電話の配信サイト、モスキートTVがアメリカのケーブルテレビ局と契約して、このドラマを独占配信しています。日本でもこのドラマを見ることは可能です」ただし、スマホユーザーでなければなりません、と玲がスマホを片手で掲げた。「モスキートTVは大手広告代理店が今年一月に立ち上げたばかりの会社です。確認したところ、契約を結んでいる会員数は現在約三十万人、そのうち千葉県内の会員は三千人ほどでした」

その中で男性会員の数は、と金沢が鋭い声で質問した。約千八百人、と玲が答えた。

「モスキートTVに契約者リストの閲覧を要請しましたが、個人情報保護のため、まだ許可は降りていません。ただ、年齢構成についてのデータは公表されています。二十五歳から三十一歳の年齢に該当するのは約三百人」

検討してみよう、と金沢が左右に目を向けた。

「他に何かあるか」

殺人が起きたのは上野、恵比寿、秋葉原駅周辺です、と玲がスクリーンを指した。都内を走るJR、私鉄、地下鉄の路線図が映し出された。

「これまでの捜査は、Vが山手線を利用している東京都民という前提の下《もと》進められていました。状況から考えればやむを得ませんが、今後は千葉県に住んでいる可能性も考えるべきでしょう」

「手紙の文章に千葉の方言が混ざっているからか？」

それもありますが、と玲が車椅子に背中を預けた。

「Vが警察の捜査について、一定以上の知識を持っているのは確かです。東京で殺人を繰り返しているのは、他県に住んでいるからだとわたしは考えています。都内で起きた事件の捜査を担当するのは警視庁で、管轄外の他県の捜査は後回しになります。Vは警察の縄張り意識を利用しているんでしょう。わたしのプロファイリングでは、Vは千葉県在住、スマホユーザー、モスキートTVと契約している二十五歳から三十一歳の男性ということになります」

以上です、と玲が後ろに顔を向けた。蒼井巡査部長、と金沢がボールペンの先を向けた。

「君の意見も聞いておきたい。ビッグデータ解析の観点から、Vについてどんなことが考えられる？」

ぼくの仕事はVを発見することで、意見はありません、と俊はタブレットを手に取った。

「既に上野駅、恵比寿駅、秋葉原駅の防犯カメラ画像の解析作業は終了し、被害者三人の写真も入力済みです。ですが、今のところVを特定できていません。データ不足とＡＩは回答しています」

「では、どうするつもりだ？」

捜索範囲を広げたいと考えています、と俊は言った。

「具体的には、駅以外の防犯カメラ画像をビッグデータ解析します。銀行等金融機関、区役所などの公的機関、コンビニエンスストア、会社のビルや店舗その他に設置されている防犯カメラ画像を回収し――」

そう簡単にはいかん、と金沢が横を向いた。

「画像の入手はどうするつもりだ？　協力を了解しているのはＪＲだけだ。個人情報保護法の絡みもある。いくら警視庁でも、強制的に画像提出を命じることはできない」

そうすると、ぼくには何もできませんと俊はタブレットを置いた。現実は厳しいな、と揶揄《やゆ》するように川名が言ったが、何も答えなかった。

その後、各担当部署から捜査の進捗《しんちょく》状況について報告が続いた。特に大きな進展はなかった。

今日の会議で出た報告、意見について検討し、新たな捜査方針を決定すると金沢が会議の終了を告げた。

「それまでは現在の担当を継続の上、待機。以上だ」

刑事たちが席を立って、出口へ向かった。戻りましょうと囁いた玲が車椅子の車輪を回した。俊は小さく肩をすくめて、その後を追った。

Chapter 4　Re-examination

1

乱暴にPITルームのドアを押し開いた川名が、捜査資料を自分のデスクに放った。続いて中に入った玲がデスクの所定の位置についた。

最後に入室した俊はそのまま席に座り、急ぎ関係各所に画像の提供要請をするべきですと強い口調で言った。

「このままでは、また女性が殺されますよ。Vを発見するためには、事件が起きた三つの駅周辺の防犯カメラ画像をビッグデータ解析するしかありません」

落ち着きなさい、と玲が軽く手を振った。大泉、原、杏菜、三人がそれぞれ目を逸らした。川名だけが睨みつけている。

わかりませんね、と俊はため息をついた。

「PITはSSBCから独立した部署で、捜査支援部門のひとつです。防犯カメラ画像の解析が犯人逮捕に直接結び付いた事件が、過去に数多くあるのは全員が知っているはずです。徹底的に画像検索をすれば、Vを見つけることが可能だとわかっているのに、どうして何もしないんですか？」

君が言うように、防犯カメラが犯人の姿を捉えていたために逮捕されたケースは少なくない、と原が口を開いた。

「これはひとつの例だけど、十数年間逃亡、潜伏していた地下鉄放火事件の犯人が逮捕されたのは、偶然コンビニの防犯カメラに映っていたことがきっかけだった。同様のケースが年々増えているのも事実だよ」

そうでしょうと言った俊に、でもV事件は違うと原が首を振った。

「過去、防犯カメラ画像によって犯人逮捕が可能になった事件では、警察が犯人の顔写真を事前に入手していた。だから警備会社の人間が気づいたり、顔認証ソフトで調べることもできた。でも、Vの顔はまだわかっていない。人相すら不明なんだ。その状況でもAIはVを発見できるのか、正直なところ疑問がある。三つの駅の周辺に、どれだけの数の防犯カメラが設置されているかさえわからないが、数千台以上だろう。すべてを回収するために、どれだけの人手がいると思ってる？　君が思っているほど簡単な作業じゃないんだ」

蒼井さんも電車で通勤してますよね、と杏菜が立ち上がった。

「ラッシュ時の山手線がどれだけ混雑しているか、知っているはずです。三人の犠牲者は普通のＯＬで、電車に乗るのは最も混雑している時間帯でした。車両内にカメラがあったとしても、まともに映っているとは思えませんし、ホームは人で溢れています。固定された防犯カメラがＶを認識できるんですか？」

ＡＩの能力を過小評価していると首を振った俊に、会議室に来なさいとボールペンで規則的にデスクを叩いていた玲が言った。

「君はコンピューター犯罪特殊捜査官で、警察という組織について理解できていないところがある。いい機会だから、説明しておきたい」

小さくうなずいて、俊はＰＩＴルームを出た。説教されてこい、と川名の笑う声が聞こえた。

2

会議室に入ってきた玲が、車椅子を奥で止めた。

「前に来なさい。離れて座ることはないでしょう」

ドア近くに座っていた俊は、立ち上がって玲の正面に席を移した。お説教なんかしない、と玲が微笑んだ。

僕は簡易テーブルに手を置いて、玲を見つめた。何となく、落ち着かない感じがした。

「君に話しておきたかったのは、Vを発見するために、わたしたちがお互いを補完し合わなければならないということ」

「補完？」

プロファイリングでVを見つけることはできない、と玲が小さく肩をすくめた。

「でも、現状ではビッグデータ解析でも難しいでしょう。春野も言っていたけど、ラッシュ時の山手線車両内やホームで、人相さえわかっていないVを捜すのは、どんなに高性能なＡＩでも目隠しされているのと同じよ。能力を発揮することはできない」

「では、他にどうしろと？」

補完し合うしかない、と玲が僕の肩に手を置いた。

「わたしはプロファイラーとして、Vの情報を精査して君に伝える。君はそれをＡＩに入力し、得られた情報をフィードバックする。協力してVの動きを絞り込んでいく以外、Vを見つけることはできない」

「どこから始めればいいんですか？」

まずプロファイリングから、と玲が言った。

「論理的に考えていくつもりだけど、推測や想像で補うしかない部分もあるでしょう。時には飛躍した考察をすることもあるし、大胆な仮説を立てる必要も出てくるはず。いいわね？」

「はい」

Vは被害者を山手線の車両内、もしくは駅で見つけた、と玲が顎に指を当てた。

「なぜだと思う？」

「考えるまでもありません。Vも山手線を利用していたからです」

当然そうなる、と玲が言った。

「行動パターンがわかれば、Vに一歩近づける。そのためには何が必要？」

Vがどこに住んでいるかわかれば、と俊は腕を組んだ。

「会議では千葉県在住と言ってましたよね。どこまで信頼できるんです？」

八〇パーセント以上、と玲がうなずいた。

「Vの手紙は読んだはず。使用している単語、用法、その他に地域的な特徴がある。アクセントと一緒で、句読点の打ち方や語尾が違ってくるの。世代によっても違いは出る。Vが千葉県出身で二十五歳から三十一歳前後なのは、ほぼ確実と言っていい。そして、犯行の曜日は火、水、木とそれぞれ違い、規則性はない。通勤時、退勤時、いずれかの時間にターゲットとなる女性を見つけ、尾行している。現場の下見、コインロッカーの場所の確認、その他慎重かつ徹底的に準備している。更に、殺害後は現場に留まり、徹夜で死体を解体している。つまり——」

正社員ではない、と俊は大きくうなずいた。

「フリーターかどうかさえ怪しいぐらいです。Vには経済的な余裕がないでしょう。実家暮らしの可能性が高いと思いますね」

いいポイントをついている、と玲が小さく笑った。

「わたしも同じ意見。両親と住んでいる実家は、千葉県内にあると考えるのが自然でしょう。だから、Vも千葉県在住ということになる。あくまでも仮定だけど、今は会議をしているわけじゃない。その線で考えてみましょう」

「地域の特定は可能なんですか？」

会議では千葉県北部と言ったけど、と玲が形のいい唇を尖らせた。

「その可能性が高いというだけで、接している周辺地域かもしれない。北部と簡単に言っても、対象となる範囲は広い。ただ、検討するための材料はある」

「何です？」

Vは上野で最初の殺人を犯した、と玲が言った。

「なぜ上野だったと思う？」

千葉県から東京へ出るために電車を利用していたか、その路線の停車駅に上野があったんでしょう、と俊はタブレットを開いて検索した。東京と千葉を結ぶいくつかの路線がデイスプレイに浮かんだ。

「京葉《けいよう》線、総武《そうぶ》線、東京メトロ東西《とうざい》線、都営《とえい》新宿線……内房《うちぼう》線、外房《そとぼう》線もあります。乗り入れまで含めると、他にもあるようですね」

千葉県内から東京都内へ電車で移動するのは、乗り換え、乗り入れの手間を考えなければ、無数のルートがある。極端に言えば、Vが千葉県内のどこに住んでいたとしても、神奈川県、埼玉県など他県を経由して都内へ入ることは可能だ。

だが、今回の事件で三人の被害者に関係性はない。Vが彼女たちを殺害したのは偶然性が高い。複雑なルートを使って上野へ出たのではなく、普段から利用している電車に乗っていて、上野事件の被害者と遭遇したと考えるべきだろう。

千葉県から上野へ直接出ることができるのは常磐《じようばん》線と京成《けいせい》線だけ、と玲が俊のタブレットに指を当てて拡大した。

「死体が発見されたのは、JR上野駅のコインロッカーだった。従って、Vが利用していたのは私鉄の京成線ではなく、JRの常磐線だったと考えられる」

可能性が高いのは認めます、と俊はうなずいた。

「ですが、そこから先は？　東京の日暮里《につぽり》から宮城県の岩沼《いわぬま》まで、常磐線には八十の駅があります。千葉県内に限定しても、松戸《まつど》から天王台《てんのうだい》まで十駅です。それ以上は絞り込めません」

十分でしょう、と玲が膝の上で手を組んだ。

「君は上野、恵比寿、秋葉原、三駅の防犯カメラ画像の検索を終えている。次は今言った常磐線十駅の防犯カメラを調べて、山手線三駅の画像と比較すればいい。被害者女性の出退勤時間はわかっているから、Vが常磐線に乗車していた時間も予想できる。条件次第では、それだけでVを特定できるでしょう。君はプロファイリングを非科学的だと考えているようだけど、仮説に基づいて確認作業をするのは科学の手法よ。更に言えば、物的根拠がなくても検証できるのがプロファイリングの優れた点。もちろん、実際に作業をするのは君で、大変なのはわかってる。でも、それが仕事でしょう」

ＪＲの協力態勢は整っているから問題ないと言った玲に、すぐ始めますと俊はタブレットを閉じて立ち上がった。もうひとつ、と玲が指を一本立てた。

「過去に学びなさい」

「過去？」

過去の類似した犯罪を調べれば、Ｖに近づくヒントが見つかる、と玲が車椅子のハンドリムに手を掛けた。

「Ｖを発見し、絶対に逮捕しなければならない。君の役割は重要よ。ビッグデータ解析の精度を上げるためにも、過去の事件を見直すべき」

わかりましたとうなずきながら、まるで教師と生徒だと思った。玲の言葉には説得力があり、指示に従うべきだと思わせるものがあった。

意外と素直ね、と玲が微笑んだ。失礼しますとだけ言って、俊は足早に会議室を出た。背後で掠《かす》れた金属音がしたが、振り向かなかった。

3

現代の科学捜査において、防犯カメラ画像の解析は最も有効な武器と言っていい。犯人をカメラが撮影していれば、そのまま動かぬ証拠になるし、逃走している場合でも、主要幹線道路に設置されているNシステムによって追跡が可能だ。

しかも、防犯カメラは二十四時間休むことなく目を光らせている。どのような手段を用いても、犯人はカメラから逃れることができない。

ただし、その力が限定的なものであることも事実だった。V事件のように、犯人の顔が不明な状態では、解析そのものが困難だ。

俊は玲のアドバイスに従って、常磐線の十の駅の防犯カメラ画像の検索を始めたが、Vを発見できなかった。そこで、上野、恵比寿、秋葉原の三駅周辺を広範囲にわたって捜すと方針を決めたが、JR以外の画像提供の協力態勢が整っていないため、作業をストップせざるを得なかった。後手に回ったことは否めない。

玲を通じて高槻理事官、駒田三係長、更に金沢捜査一課長にも画像提供要請を急ぐよう伝えたが、反応は鈍かった。ビッグデータ解析によってVを発見すること自体、難しいと考えているのだろう。元IT企業の社員に過ぎない特別職採用のコンピューター捜査官に口出しされたくない、ということかもしれなかった。

防犯カメラ画像がなければ、ビッグデータ解析も何もない。俊としても動きが取れなかったが、状況を変えたのは、マスコミや世論の力だった。

一刻も早いV逮捕をという圧力に押されるように、銀行その他金融機関が自主的に防犯カメラ画像の提供を申し出たことから、他の企業、会社等もそれに追随した。バス会社、タクシー会社からは、ドライブレコーダーの画像提供の申し出もあった。

七月二十三日、月曜日、ようやくすべての態勢が整い、画像検索の準備を始めていた俊に、会議を始めるそうです、と杏菜が声をかけた。ウエストポーチにタブレットを押し込んで、俊は立ち上がった。

「あの……はっきり言いますけど、スーツにウエストポーチはやめた方がいいと思いますよ」

横に並んだ杏菜が囁いた。どうしてと尋ねると、単純にカッコ悪いです、と答えがあった。

「便利なんだ」

そうかもしれませんけど、と杏菜がため息をついた。

「何て言うか……眼鏡もそうですけど、わざとですか？　オタクっぽく見せて、得することがあるとは思えないんですけど」

ルックスが悪いわけじゃないのに、とつぶやいた杏菜に背を向けて、俊は会議室のドアを開いた。ファッションより機能性を重視しているうちに、このスタイルにたどり着いた。それだけのことだ。

さっさと座れ、と川名が俊と杏菜に顔を向けた。

「お前たちは動きが鈍いな。もう全員揃ってるんだぞ」

すいません、と頭を下げた杏菜の隣に俊は腰を下ろした。会議室に集まった五人の班員の顔を順に見つめていた玲が、始めましょうと軽く手を叩いた。

「V事件について、ネットが今までの比ではないほど大きく騒ぎ始めている」

あたしもそう思っていました、と杏菜が自分のノートパソコンのキーボードに触れた。

「秋葉原駅で死体が発見され、報道が始まった直後からその予兆はありましたが、先週末から検索ワードのトップがV事件になっています。関連ワードの上位には、バラバラ殺人、OL、山手線、山手線などが並んでますね」

山手線、と首を傾げた大泉に、誰でも考えつきますよ、と川名がうんざりしたように言った。

「ネット探偵って奴です。素人が心理学者やプロファイラーを気取って、思いつきの妄想で推理を披露しているんですよ。上野、恵比寿、秋葉原、いずれも山手線の駅ですからね。結び付けて考えるのは、誰だってできます。ほとんどの奴が、次に殺人が起きる駅を原《はら》宿《じゅく》もしくは五反田《ごたんだ》と予想しています」

なぜだろうね、とまた大泉が首を捻った。ホワイトボードに大きな円を描いた玲が、マジックペンで三カ所に丸をつけた。

「Vが最初に女性を殺したのは上野だった」1、と右上の丸に数字を書き込んだ。「恵比寿駅は上野から外回りで十三番目の駅になる。山手線は全二十九駅だからほぼ反対の位置と考えていい。そして、秋葉原で第三の事件が起きた。上野駅から二つ目の駅よ。ネット探偵たちは、そこに規則性があると考えた。次の事件は恵比寿から外回り、もしくは内回りで二つ目の原宿もしくは五反田で起きると予想している」

二つの丸に、玲が2と3と数字を書き入れた。ゲームじゃないんだぞ、と川名が口元を歪めたが、テレビのコメンテーターも同じことを言ってました、と杏菜が手を上げた。

「Vがオセロゲームを楽しんでいる、というミステリー作家のコメントもネットに出てましたし、そういう考え方をする人は多いみたいですね」

ネットの連中が騒ぐのは悪いことじゃないと思います、と原が顔を上げた。

「原宿だ五反田だというのは、何の根拠もない話ですが、これだけ山手線が注目されれば、利用者も注意するようになるでしょう。Ｖが殺した三人の女性のルックスに共通点があるのも、ニュースになっていました。条件に当てはまる女性は警戒心を強めます。警察が注意喚起するより、効果的かもしれません」

ネットではＶのプロファイリングも始まっている、と玲がうなずいた。

「二十代以上の男性、身長一六〇センチ前後、そこまでは警察のプロファイリングと一致している。でもその他は憶測で、リュックサックを背負っているはずだとか、薄気味悪い笑みを浮かべているとか、根も葉もないことを垂れ流しているけど、いずれにしても山手線はＶにとって危険な場所になった。少しでも不審な動きをすれば、通報されたり、その場で写真に撮られ、ツイートされることもあり得る。危険区域となった山手線の駅でターゲットを捜すような、リスクの高い行為はしないはず」

ネットやマスコミが騒いでいることにも、それなりの意味があったわけね、と玲がホワイトボードの円全体に×印をつけた。

「山手線の各駅に、Ｖは近づけなくなった。でも、シリアルキラーが自分から犯行を止めることはない。では、次にＶがどう動くか。春野、意見は？」

「東京以外の場所に移動する可能性が高くなる気がします」

気がするというのはプロファイラーにとって禁句よ、と玲が指し棒を振った。

「でも、結論としては正しい。Ｖは組織としての警察の在り方に詳しい。次の殺人を他県で行えば、警視庁と県警、二つの組織が協力態勢を取らなければならなくなる。密接な情報交換があると思う？」

簡単にはいかんでしょう、と川名が舌打ちした。

「V事件には世間も注目していますからね。どこの県警だって、Vを逮捕すれば大金星です。警視庁には負けられないという意識もあるでしょう。情報を秘匿することはないにしても、持っている札を伏せておくぐらいのことは平気でしますよ」

警察同士の確執ですかと言った傍に、素人は黙ってろと川名が吐き捨てた。

「きれいごとだけで世の中通ると思ってるのか？　敵でもないし、ライバルってわけでもないが、仲良しこよしでやっていけるほど甘い仕事じゃない。こっちのプラスが向こうのマイナスになることだってある。Vのような残虐な殺人犯を逮捕するのは、警察の義務だし、責任だ。必要なら協力するが、何でもってわけじゃない」

残念だけど現実はその通りね、と玲が指し棒を伸ばした。

「捜査態勢が混乱すれば、Vにとって大きなメリットが生まれる。次の事件がどこで起きるか、見当さえつかなくなるから、警察も集中的に人員を配備できなくなる。高い確率で、次の殺人は他県で起きると予測できる。それがどこか、可能性が最も高いのは――」

千葉県ですね、と原が言った。玲がスクリーンに千葉県の地図を投写した。

ですが、千葉は広いですよ、と大泉が眉間に皺を寄せた。

「確か、捜査会議では県北部に住んでいたか、今も住んでいるか、そんな話が出ていたと思いますが、それだけでVを探せますかね」

彼が調べている、と玲が視線を向けた。あくまでも蓋然性《がいぜんせい》の問題ですが、Vが利用していたのは常磐線の可能性が高いと考えられます、と俊はタブレットをスワイプした。

「千葉県内の北部に住んでいるとすると、上野駅に出るためには常磐線を経由するのが一般的ですし、便利です。もちろん、例外はありますが」

現状をまとめてみた、と玲がスクリーンを切り替えると、合成音声が文章を読み上げた。

『一、Vの手紙をプロファイリングした結果、Vは千葉県北部在住の可能性が高い。二、Vは定期的に千葉県から東京へ移動している。理由として、通勤、通学、アルバイトその他が考えられる。三、Vは上野駅に出て、山手線に乗り換えている。四、Vが利用している可能性のある路線は以下の通り。新京成《しんけいせい》電鉄、流鉄流山《りゅうてつながれやま》線、JR武蔵《むさしの》野線、東武野田《とうぶのだ》線、JR成田《なりた》線。五、いずれにしても常磐線沿線の駅を経由する可能性が高い』

Vは常磐線の駅周辺に住んでいるということですか、と大泉が質問した。そうとは限りませんが、と玲が苦笑した。

「正直なところ、現段階でVの現住所を特定することはできません。ただ、Vが千葉県在住とすると、上野に出るために柏駅を利用している確率が高いのは確かでしょう。柏駅にはJR東日本、東武鉄道が乗り入れています。路線としては常磐線、東武野田線があり、千葉県内の多くの市から、柏駅へ出ることができます。また、柏駅付近は千葉県内でも大きな商業地で、水戸《みと》街道、その他幹線道路も通っているので、利便性が高い駅です。他の路線でも、千葉県から都内へ移動することは可能ですが、上野に直結している柏駅を使うのが現実的だと思います。ただ、Vが柏駅周辺に住んでいると断定しているわけではありません」

柏駅より上野駅に近い常磐線の駅がありますと言った杏菜に、南柏《みなみ》、北小金《きたこがね》、新松戸《しんまつど》、馬橋《まばし》、北《きた》松戸、松戸、と原が指を折った。

「その六駅の周辺に住んでいる場合、柏駅を利用することはあり得ません。結局、Vがどこに住んでいるのか、特定はできませんね」

どうにもならんですなとため息をついた大泉に、そうでもありませんと玲が笑みを濃くした。

「蒼井くん、他に何かある？」

過去の連続殺人事件について調べました、と俊はもう一度タブレットをスワイプした。

「犯人の傾向は明確に二つに分かれます。ひとつは土地勘のある自宅近くの場所で殺人を繰り返すタイプ、もうひとつは意図的に自宅から離れた場所を選ぶタイプです。Vは後者の典型的な例と言えるでしょう」

東京で殺人を犯したのは、自分の安全のためというわけね、と玲がうなずいた。

「だけど、今、東京はVにとって危険な場所になった。捜査を攪乱《かくらん》する必要もある。Vが次に動くのは、乗り慣れている常磐線の駅になる可能性が高い。常磐線と言っても、実際には二種類ある。ひとつは各駅停車、常磐緩行線《じょうばんかんこう》で、綾瀬《あやせ》駅と取手《とりで》駅を結んでいて、十四の駅がある。ただ、上野駅には乗り入れしない。Vが利用しているのは、常磐快速線と考えていい」

スクリーンに常磐快速線の路線図が映った。柏駅の次に停車するのは松戸駅、と玲が言った。

「以下北千住《きたせんじゅ》、南千住《みなみ》、三河島《みかわしま》、日暮里を経由して上野駅に到着する。でも、北千住から先は東京都内の駅よ。Vがどこに住んでいるのかはわからなくても、次に殺人を犯すのは東京以外の県で、常磐線快速が停車する駅と考えられる。松戸駅、柏駅、我孫子駅、天王台駅、そして取手駅の五つがその候補になる。取手以北は宮城県まで続いているけど、時間的に厳しい。切り捨てて構わないでしょう」

そこまで絞り込みが進めば、Vの発見も可能ですねと言った杏菜に、松戸駅から天王台駅は千葉県、取手駅は茨城県にあると玲が頬を両手で挟んだ。意外に子供っぽいことをする、と俊は笑いを堪えた。

「言うまでもなく、管轄は千葉県警と茨城県警よ。まだ事件が起きてもいないのに、警視庁の協力要請を受け入れるはずがない。しかも根拠がプロファイリングだけというのでは、余計に納得できないでしょう」

そこは自分たちが考える問題じゃありませんよ、と川名が頭を強く掻いた。

「上同士が話し合うべきで、ＰＩＴとしては意見を上げるしかないんじゃないですか？」

捜査本部に結果を報告する、と玲がプロジェクターのスイッチをオフにした。

「どう判断するかは、金沢一課長と駒田係長次第ね。この五駅に絞り込めば、蒼井くんのビッグデータ解析も有効に使える。とはいえ、他県警の了解が取れるかどうかは何とも言えないけど」

Ｖ事件に関しては以上と言った玲が、立ち上がりかけた俊を制した。

「もうひとつ、検討しておきたい事案がある」

足を組んでいた川名が姿勢を正した。ジャックですかと尋ねた俊に、他に何があるのと玲が微笑んだ。

4

俊は周りに目を向けた。大泉、川名はもちろんだが、原も杏菜もジャック事件について詳しく知っているようだ。全員がノートパソコンを見つめている。

共有ファイルを開くと、弁護士一家殺人事件と弦養寺公園バラバラ殺人事件の概要、そして犯人像のプロファイリングの結果がまとめられていた。

結論の項目が空白ですと言った俊に、データ不足なんだ、と原が口をへの字に曲げた。

高槻理事官から、正式に弁護士一家殺人事件の再検討を命じられた、と玲が川名に目をやった。

「同一犯による犯行かどうかは別にして、二〇〇九年の南青山弁護士一家殺人事件について、当時の技術では難しかった画像補正、検索、現場周辺の防犯カメラ画像のビッグデータ解析、その他が可能になっている。蒼井くん、何かわかったことは？」

無茶言わないでください、と俊は眼鏡のつるを口にくわえた。

「ひと月前、高槻理事官から弁護士一家殺人事件の防犯カメラデータを調べるよう命じられましたが、ＳＳＢＣの仕事もありましたし、データそのものが古いため、補正に時間がかかります。まだ半分も終わっていません」

腕組みをした川名を横目で見た玲が、俊に視線を戻した。

「君の意見を言いなさい」

ビッグデータ解析をすれば、新しい事実が発見できると思います、と俊は川名に目をやった。

「ですが、二つの事件が同一犯によるものとは思えません。ＡＩの力を借りるまでもなく、それぐらいすぐわかりますよ」

それは勘じゃないのか、と川名が横を向いたまま言った。違います、と俊はタブレットを指で弾いた。

「二件の事件に共通点はありません。被害者も、犯行の手口も、場所も、時間も、何もかもです。データの裏付けがあるんです。二つの事件の犯人は別人ですよ」

どうして断言できる、と川名が向き直った。

「同じ人間が違う手口で人を殺した例は、いくらだってある。共通点がないのは、意図的にそうしているのかもしれん」

何のためにですかと言った俊に、それはわからんが、と川名が組んでいた腕をほどいた。

「共通する意図を感じる、と前に言っただろう？　奴は……ジャックは警察を挑発している。蔑《さげす》んでいると言った方がいいかもしれん。ゲームでもしているつもりなのか……」

さっぱりわかりませんと肩をすくめた俊に、二件の事件のビッグデータ解析を進めるように、と玲が命じた。

「わたし自身、今のところ二つの事件の犯人が同一人物とは考えていない。でも、それは先入観なのかもしれない。弁護士一家殺人事件、弦養寺事件、どちらもプロファイリングを担当したのはわたしで、二件とも再検討したけど、明確な結論は出せなかった。だから、違うアプローチを試みる」

違うアプローチ、と杏菜が首を傾げた。

「プロファイリングのためのデータが不足しているというのは、原さんが言った通りだと思います。他にどんな方法があるんですか？」

被害者学、と玲が答えた。

「通常、プロファイリングは犯罪者の心理を考えるところからスタートする。どういう動機や理由があって罪を犯すに至ったか、それを突き詰めていくことで、犯人像を明らかにしていく。でも、今回はそのためのデータが絶対的に不足している。だから、被害者学の手法を使う。なぜその人物が被害者となったのか、その理由を探ることで犯人像をあぶり出す」

初めて聞きますなと言った大泉に、数年前アメリカで研究が始まった学説です、と原が囁いた。

時系列順に考えてみましょう、と玲が川名に指し棒を向けた。

「二〇〇九年の弁護士一家殺人事件について、被害者についての情報を詳しく説明するように」

背広のポケットからメモ帳を取り出した川名が、付箋《ふせん》を貼ってある頁を開いた。

「事件の被害者は四人。まず弁護士の秦野《はたの》宏幸《ひろゆき》四十二歳、その妻で専業主婦の弓子《ゆみこ》三十五歳。長女の宏美《ひろみ》七歳、小学校二年生、そして長男の弓人《ゆみと》五歳です」

「被害者の人物像について、わかっていることは？」

二人の子供については特に何も、と川名がメモ帳をめくった。

「女房の弓子に関しては家族、友人の証言があります。彼女は事務員として法律事務所で働いていましたが、そこで知り合った秦野と結婚して、仕事を辞めています。家庭的な性格で、恨まれるような人ではなかったと誰もが口を揃えて言っています。長女が通っていた小学校の担任も、明るくて親しみやすいお母さんだったという印象を持っていました。他の母親たちも同様です」

「夫は？」

秦野宏幸は私立栄王《えいおう》大学を卒業して司法試験に合格、先輩の法律事務所に勤務した後、三十四歳で独立していますと川名が言った。

「事件の五年前に亡くなった父親も弁護士で、正義感が強く、仕事熱心だったそうです。南青山の家は骨董《こっとう》通《どお》りから一本入った辺りにある一軒家で、父親から相続しています。母親は近所に妹夫婦と住んでいました。両家には頻繁に行き来があり、一家四人の死体を発見したのも妹です」

何か恨みを買うようなことはなかったんですか、と原が質問した。それは何とも言えない、と川名が口元を拭った。

「秦野は刑事事件をメインに扱う弁護士で、依頼人の中には反社会勢力の人間もいた。懲役刑を食らって、弁護士を逆恨みする奴もいる。性格は温厚だったというが、そんなことは関係ないからな」

動機になり得る、と玲がうなずいた。もうひとつ、と川名がメモ帳の頁をめくった。

「被害者の自宅は再開発区域に指定されていて、近隣にあった十数件の住宅から住人が転居していました。秦野も同意したんですが、長女の学校の関係で転居が遅れていました。事件当時、周囲の家には誰も住んでいなかったんです。その辺りの事情を知っている者にとっては、狙いやすい家だったと言えるでしょう」

犯罪を構成する理由はあったわけね、と玲がまたうなずいた。

「犯人にとっては、押し入って騒がれたり、叫び声が上がったとしても気づかれないメリットがあった。だから、あの家を襲った。でも、矛盾がある。わたしはあの事件のプロファイリングを担当していたから、何度も現場に行っている」あの頃は歩けたから、と苦笑を浮かべた。「秦野家の前には、小さな児童公園があった。犯行時刻は午後八時前後で、公園に誰かがいてもおかしくない。押し入るにしても、もっと遅い時間を選ぶべきでは？事件が起きたのは日曜で、秦野が家にいた可能性も高かった。女性や子供はともかく、秦野に抵抗されることをどうして考えなかったのか」

「秦野個人に恨みを持っていたとすれば、秦野が家にいる日曜日を選ぶのは当然では？」原が意見を言った。「その場合、抵抗は想定していたでしょう。不自然とは思えません」

でも、犯人の狙いが秦野だったとは限りませんよね、と杏菜が手を上げた。

「だとすると、水無月班長が指摘したように、犯人にとってはリスクがあったと思いますが」

他にも説明がつかない事があります、と川名が口を開いた。

「以下ジャックと呼びますが、ジャックは水道管を伝って二階の浴室の窓から侵入しています。身の軽い者なら可能だったことは立証済みですが、街灯もありましたし、周辺に住んでいた者がいなかったとはいえ、目撃されるリスクはあったんです。それに、窓が開いているかどうか、外からでは確認できません」

それについては母親の証言が残っています、と原が古いファイロファックスを開いた。いわゆるシステム手帳だが、昔から使っているのだろう。表紙の革が割れていた。

「夏になると、入浴の際、換気のため浴室の窓を開けておく習慣があったそうです。犯人はそれを知っていたのかもしれません」

それはどうかなあ、と大泉が象のようにゆっくりと顔を左右に振った。

「家族ならともかく、他人にそんなことを話すかね？　むしろ、偶然と考えるべきじゃないの？　壁の水道管を伝って二階に上がったら、たまたま浴室の窓が開いていたというだけで、ジャックとしては窓を割って侵入するつもりだったんじゃないかな」

一軒家ですからね、と俊はタブレットをスワイプした。さまざまな角度から撮影されている家の写真がディスプレイに浮かび上がった。

「これだけ大きな家なのに、防犯カメラはなかったんですか？」

父親の持ち家で、築三十五年だと川名が言った。

「昔は防犯カメラをつけてる家なんて、ほとんどなかったからな。秦野も必要を感じなかったんだろう。母親の証言では、父親が亡くなって相続した時も、そんな話は出なかったそうだ」

「最初からジャックは一家全員を殺すつもりだったんでしょうか」

凶器の包丁を準備していたことは確かだ、と川名がうなずいた。

「だが、殺害目的だったのか、脅すためだったのか、それはわからん。ジャックは侵入後一階に降り、玄関前の廊下で秦野を刺殺した。その際、揉み合いになり、ジャックは負傷している。おそらく、手を切ったんだろう。この時、凶器の包丁は先端が折れている。その後、リビングにいた息子を紐で絞殺し、二階に上がって子供部屋にいた母親と娘を、秦野家にあった文化包丁で刺し殺した。そこからがこの事件の一番大きな謎なんだが、十時間近く家の中に留まっていたことがわかっている」

ストップ、と玲が手を上げた。

「事件の概要は全員が共有している。今はなぜ秦野一家が被害者となったのか、そこに焦点を絞る。事件当時、あの家の周辺には誰も住んでいなかった。秦野が弁護士だったのは、調べればわかったはず。金があると考えて押し入ったのか、それとも恨みを持つ人間がいたのか……川名くん、その線で意見を言うように」

そのつもりですが、と川名が暗い目になった。

「二つの事件に通底しているのは、異常に純度の高い悪意だと思いますね。憎悪と言ってもいいかもしれません。まともな人間じゃないことは確かです。秦野家の人間ということではなく、殺す相手は誰でもよかったのかも……」

うなずいた玲が、弦養寺事件について説明をと言った。事件が起きたのは四月十日です、と立ち上がった原がファイロファックスを開いた。

「杉並区の弦養寺公園のゴミ箱から、細かく切断された肉片が発見されたのがすべての発端でした。DNA鑑定の結果、公園近くで雑貨店を営んでいた成田《なりた》明《あきら》と、その妻英子《えいこ》と判明しました」

二人の店はインドやミャンマーなどのインテリア雑貨を扱っていました、と原が説明を続けた。

「被害者の二人は大学の同級生で、年齢は共に五十五歳です。環境問題に関心が深く、店や自宅近くの住人に健康食品や無農薬野菜を強引に売り付けるなど、迷惑していた人もいたようですね。二人とも荻窪《おぎくぼ》にある新興宗教の信者で、それも関係していたのかもしれません」

親切で世話好きだったという証言もあります、と杏菜が言った。そこは何とも言えない、と原が首を振った。

「ただ、異常な事件だ。犯人は二人を殺したんだろうが、肉片しか見つかっていないこともあって、直接の死因ははっきりしていない。肉片はすべて三センチ四方の同サイズだった。ゴミ箱に捨てるためには、細かく切断しないとゴミの投入口に入らないのは確かだけど、まったく同じサイズにする必要なんてないだろ？」

噂では新興宗教絡みってことになってるよね、と大泉が囁いた。可能性はあるでしょう、と原がうなずいた。

「まったく同サイズに切断したのも、何かの儀式のためと考えれば理解できます。ただ、二人が入っていた新興宗教団体は徹底的に調べましたが、心証はシロだったということです。教団内でのポジションも高く、人間関係もそれなりにうまくいっていたようですね」

なぜその二人が殺されたのか、と玲が顎に人差し指をかけた。

「個人的な怨恨、その他は？　雑貨店の経営状態はどうだったの？」

「恨まれるようなことはなかったはずだ、と娘が証言しています」原がファイロファックスに視線を落とした。「憎まれたり嫌われたりするような人柄ではなかったし、はっきり言えば周囲から変人扱いされていたので、親しい友人もいなかったようです。いたとすれば例の新興宗教の信者たちですが、仲間を殺す理由はないでしょう」

でも動機はあったはず、と玲が言った。そうなんですがと言ったきり、原が口をつぐんだ。

デスクの電話が鳴った。何度かうなずいた玲が大泉を呼んだ。

「高槻理事官と金沢一課長が、V事件のプロファイリングの結果を聞きたいそうです。一緒に来てください。会議は終わりにしましょう」

玲が車椅子の車輪を回した。先に立った大泉が会議室のドアを開けている。

出て行く二人の背中を見送りながら、よくわからないと俊は頭を振った。事実関係だけを見ていけば、二つの事件の犯人が同一人物という可能性はない。

ただ、刑事に独特の勘があることはわかっていた。刑事だった父親から、直感が事件を解決に導いた話を聞いたこともあった。小学四年生でも、その意味は理解できた。

いずれにしても、できることはひとつしかない。事件当時、開発されていなかった画像補正ソフトその他の新技術を使って、もう一度弁護士一家殺人事件の防犯カメラ画像、その他の証拠を再検証する。それが自分の役割だとうなずいた。

5

ＰＩＴルームに戻り、入力データのチェックをしていた俊は、気配を感じて振り向いた。

杏菜が横に立っていた。

「蒼井さんって、コンピューターの近くにいる時は気が弛《ゆる》むんですね」

そんなことはない、と俊はディスプレイ上で刻々変わっている数字を確認しながら言った。

何をしてるんですかという杏菜の問いに、Vに関するデータの更新だよ、と俊は体の向きを変えた。

「君こそ、何をしている?」

今は待機です、と杏菜が答えた。

「PITのプロファイリングは捜査支援のためのもので、現段階でできることは終わっています。V事件の新しい情報が入ってくれば、それに基づいて再プロファイリングが始まりますけど、それまでは待機しているしかないんです」

杏菜の声音に、かすかな不満が混じっていた。現場に出たいのだろう。祖母を殺害された杏菜がそう考える気持ちは、両親を殺されている俊にもよくわかった。

異動願いを出してみたらどうだ、と俊は辺りを見回した。

「昔の警察は女性差別が酷かったそうだけど、今はそこまでじゃないはずだ。性差による不当な差別が許される時代じゃないからね。君ならいい刑事になれると思うよ。水無月さんに相談すれば――」

そんなことできませんと首を振った杏菜が、本庁の女性警察官は例外なく水無月班長を尊敬していますと言った。

「こういう言い方は良くないかもしれませんけど、女性で昇進している人は、ほとんどが人事の都合だし、お飾りです。捜査に関する能力を評価されているのは、水無月班長だけかもしれません」

警視庁内の他部署には、女性警視正もいるし、管理職になっている者も少なくない。だが、捜査一課及びその支援部署では玲だけだった。

立派だと思います、と杏菜が班長席に目を向けた。トレードマークの白衣がデスクに置かれている。

「事故で歩けなくなって、それでも仕事を続けてるんですよ。普通の会社だって厳しいでしょう。ましてや警察で、ひとつの部署を率いているなんて……精神力が強いのは、蒼井さんもわかってますよね？」

もちろん、と俊はコンピューターに視線を向けた。それだけじゃありません、と杏菜がデスクの下を指した。

「ダンベルを置いていて、時間があれば上半身を鍛えてるんです。人前ではしませんけど、あたしは時々補助を頼まれることがあるから、知ってるんです」

「リハビリのため？」

違いますよ、と杏菜が俊の肩を軽く叩いた。

「班長は歩けませんから、どうしても運動不足になりがちです。スタイル維持のためのトレーニングで、あたしたちがリスペクトしてるのはそういうところなんです。男だか女だかわからないような女性警察官がいるのは本当で、男性と同等に働くためには仕方ないのかもしれないですけど、やっぱり女性ですから、きれいでいたいじゃないですか。蒼井さんにはわからないでしょうけど」

わからないね、と俊は肩をすくめた。

「本人の運動能力、あるいは女性らしさは、刑事としての能力と関係ない。水無月さんが美しくあるために努力しているのは、女性として立派だと思うけど、美人だから犯人を逮捕できるってわけでもないだろう」

そう言うと思ってました、と杏菜が頬を膨らませた。表情がころころと変わる。

「効率とか、合理的とか、そんなことばっかり……でも、班長は本当に立派だと思います。小学生の時、交通事故でご両親を亡くされているのは聞いてますか？」

いや、と俊は首を振った。八歳の時だそうです、と杏菜が言った。

「親戚の学校の先生が引き取ってくれたと聞きました。すごく優しい人だったと班長は言ってましたけど、実の親じゃないし、辛《つら》いこともあったと思うんです。あたしだったら自暴自棄になっていたかもしれません。でも、班長は医大に進んで、首席で卒業しています。

凄いと思いませんか？」

変わった人だ、と俊は腕を組んだ。玲が医師免許を持っていることは知っていたが、医大を卒業して警察に勤務する者は稀《まれ》だろう。

大学に入った時は精神科医を目指していたそうです、と杏菜が言った。

「大学に残って研究医になろうと考えていたと話していたのを、聞いたことがあります。公休日には大学時代の友人のクリニックでカウンセリングもしているんですよ。しかもボランティアで」

「どうして警視庁に入ったんだ？」

大学にいた頃、女性ＦＢＩ捜査官が出てくるサスペンス映画を観て、プロファイラーに憧れたそうです、と杏菜が笑った。

「真面目《まじめ》そうに見えますけど、そういうギャップも班長にはあるんですよ。警視庁が本格的にプロファイラーの育成と導入を決めたのがちょうどその頃だったから、タイミングも良かったんでしょうけど」

経歴を聞いただけでも目が回る、と俊は苦笑した。

「それだけの頭脳があるなら、ぼくならもっと違う分野に進んだだろう。水無月さんの二十代って、インターネット黎明期《れいめいき》だろ？　うまくすれば、携帯電話会社ぐらい興《おこ》せたかもしれない」

冗談じゃなく、と杏菜が唇を尖らせた。

「班長はいくつもの難事件の捜査にプロファイラーとして加わり、犯人逮捕に貢献してきました。蒼井さんは否定的ですけど、プロファイリングによって解決した事件は少なくないんです」

わかってるさ、と俊は視線を外した。カウンターが凄まじいスピードで回っている。

「でも、どんな業界にも技術革新はある。古いやり方に固執していたら、前には進めない。プロファイリングはその役割を終えた、とぼくは思っている。これからはビッグデータ解析による犯罪捜査が主流になる」

だから協力してください、と杏菜が耳元で囁いた。ＰＩＴルームのデスクに、川名と原が座っている。聞かれたくないのだろう。

協力してるじゃないか、と俊はコンピューターを指した。大泉班長代理はいい人ですけど、と杏菜が周りを見渡した。

「プロファイリングについては素人で、それは本人も認めています。原さんはプロファイリングの有効性を理解してますけど、全面的には信頼出来ないという立場を取っています。川名さんは……言わなくてもわかりますよね？」

曖昧に俊はうなずいた。しばらく前から、川名の視線に気づいていた。

「前に所属していた一課の刑事たちに、現場に出動した経験のない女に何がわかるんだとか、不平不満を言ってるそうです。あの人は一課に戻りたいだけなんです」

刑事はみんな同じだ、と俊は低い声で言った。彼らにはプライドがある。それは父親からも感じていた。

班長に臨場経験が少ないのは事実ですけど、と杏菜がため息をついた。

「でも、それとこれとは違う話でしょう？　それぞれ、役割があるんです。だけど、川名さんは反発するばかりで……」

水無月さんにもまずいところがあるんじゃないか、と俊は杏菜に顔を寄せた。淡いシャンプーの香りがした。

「彼女は現場に出動する刑事に、自分の五感になれと命じたと聞いた。目となり耳となり鼻となって、すべての情報を集約して報告するようにと……場合によっては、現場にあった物に触れ、舌でなめることまで要求するらしい。それはやり過ぎだろう」

毎回ってわけじゃありません、と杏菜が苦い表情を浮かべた。

「情報がすべて集まれば、プロファイリングだけで犯人を特定、逮捕できると言ったことがあるとも聞いた。川名さんが感情的になるのは、わからなくもない」

どっちの味方なんですか、と杏菜が腰に手を当てた。ぼくは技術者だ、と俊は答えた。

「専門は情報分析で、どちらの味方でもない。命じられた仕事をこなすだけの立場だよ」

ドアが開き、車椅子の玲が入ってきた。背後に大泉が立っている。進み出た杏菜が通路にあったゴミ箱をどかした。

忠実な僕《しもべ》だとつぶやいて、俊はコンピューターに向き直った。データ入力が続いていた。

Chapter 5 Things left behind

1

デスクの前に移動した玲が、眉間を指で押さえた。何かあったんですかと尋ねた杏菜に、上にプロファイリングの結果を伝えた、と背後に視線を向けた。

高槻理事官は了解してくれたんだけどね、と大泉が渋い顔になった。

「わかっていたことだけど、常磐線の各駅は千葉県警と茨城県警の管轄になる。桜田門が指揮を執るわけにはいかない。警視庁の方から千葉と茨城に協力を要請することになった。駅周辺の捜査は、県警が担当することになる」

仕方ないでしょう、と川名が座ったまま言った。

「県警には県警の面子《メンツ》があります。こっちの情報だからといって、主導権は渡しませんよ」

それだけじゃないんだ、と大泉が両手を広げた。

「金沢一課長がPITのプロファイリングに納得していない。次の殺人は山手線以外の駅を利用している者がターゲットになること、Vが千葉県から東京へ移動していること、常磐線沿線で起きる可能性が高いことは認めている。ただ、千葉や茨城に限定するわけにはいかないと言うんだ」

どういうことですかと尋ねた原に、山手線の各駅はともかく、都内の他の駅が狙われる可能性もあると言うんだ、と大泉が後退している額に手を当てた。

「一課長の立場はわかるよ。万が一でも、都内でVが四人目の女性を殺害したら、それこそ責任問題だからね。だけど、都内にはJR、私鉄、地下鉄まで含めれば六百五十以上の駅がある。全駅、全路線を警備するなんてできないよ。そうだろ？」

リスクを言い出したらきりがない、と玲がため息をついた。

「PITの仕事のひとつは、効率的な人員配置について意見を上げることよ。Vが常磐線快速電車に乗っていることは、ほぼ確実と言っていい。次にVが動くのは千葉の可能性が高いと考えているけど、北千住、南千住、三河島が危険だというのも理解できるし、Vが常磐線快速電車の車両内で見つけたターゲットの女性が、その三駅に住んでいる可能性もある。警視庁がその三駅を重点警備するのは当然と言っていい。でも、このままだと、都内主要ターミナル駅に警察官を分散配置することになる。今日中に命令を出すと一課長は言っていた」

Ｖ事件の捜査指揮を執っているのは三係長の駒田だが、実質的な責任者は金沢だ。その判断は絶対的なものであり、命令には従わざるを得ない。

金沢の本音としては、本庁、所轄にかかわらず、手の空いている者は全員Ｖ発見と警戒のために出動させたいぐらいだろう。

「ＰＩＴにも臨場命令が出た。明日、七月二十四日から、川名くんと原くんは外神田署に新設された合同捜査本部に詰めるように。蒼井くんは引き続きＶの捜索。わたしは今後会議が増える。春野はその補佐、大泉さんはＰＩＴルームで待機」

わかりました、と杏菜が小さくうなずいた。俊に視線を向けた玲が、そのまま目をつぶった。

2

翌朝七時、俊はＰＩＴルームへ入ったが、そこには大泉しかいなかった。水無月班長は会議だよ、と座ったまま大泉が首を振った。

「あの人も大変だ。仕事熱心なのはいいけど、もっと体に気を遣った方がいいと思うんだけどね」

大泉さんは出なくていいんですかと尋ねた俊に、春野さんが一緒だからね、と大泉がブルドッグのようにたるんだ頰を撫《な》で上げた。

「口では厳しいことを言ってるけど、彼女には期待してるんだよ。そばに置いて、学ばせようってことなんだろう。留守を守るのがわたしの仕事だね」

俊はPITルームのコンピューターと、自分のパソコンを同期させた。立ち上がった大泉がコーヒーメーカーのコーヒーを紙コップに注いで、俊のデスクに置いた。

「PITには慣れたかい？」

紙コップを取り上げて、すいませんと俊は頭を下げた。コーヒーの香りが辺りに漂った。

「慣れたとは言えませんね。少し落ち着いたってところでしょうか」

川名くんとはどうなの、と大泉が顔を近づけた。

「やりにくいことはない？　高槻理事官も心配してる。川名は昔気質《かたぎ》の刑事だから、蒼井とはうまくいかないんじゃないかって」

想像以上に古いタイプの刑事ですね、と俊はタブレットの上で指を動かした。

「でも、わかりやすい人ですから、合わせて対応するのはむしろ簡単です」

またそういう言い方をして、と大泉が苦笑した。

「川名くんは機械じゃないんだよ。彼がPITに不満を持ってるのは、蒼井くんもわかってるよね？　人事の都合による異動だから、かわいそうって言えばそうなんだけど」

「人事の都合？」

顔を上げた俊に、ＰＩＴはプロファイリング理論の研究とプロファイラー育成がメインの部署だけど、と大泉が身を乗り出した。

「上層部や水無月班長の意向もあって、捜査現場に出動できる人間が必要だってことになった。当然、一課の刑事を出すしかない。それで川名くんがＰＩＴに来たんだ。ああいう性格だから、上ともしょっちゅう揉めてたし、仕方ないのかもしれないけど、現場ひと筋の刑事をデスクワークがメインの部署に行かせるっていうのは、酷な話だと思うけどね」

やり辛《づら》いのはわかります、と俊はうなずいた。わたしみたいに総務担当って決まっていれば気は楽だろうけど、と大泉が微笑んだ。

「最初からここにいるのは、わたしと水無月班長だけでね。何度か入れ替えがあって、今のメンバーに落ち着いた。言ってみれば、寄り合い所帯だよ」

原さんはどうなんですか、と俊は右斜め前のデスクに目を向けた。

「ぼくから見ると、あの人が一番わかりにくいんですよ」

彼は本音が顔に出るタイプじゃないから、と大泉が紙コップに口をつけた。

「所轄にいた頃から本庁勤務を希望していたそうだけど、ＰＩＴっていうのはどうなんだろうね。まだ若いし、現場に出たいんじゃないかな。でも、水無月さんは原くんを評価している。性格的にプロファイラーに向いてるそうだ」

ぼくもそう思います、と俊はうなずいた。

「原さんは冷静ですし、客観的にデータを読み取る力も高いようですね」

わたしぐらいの歳になると気にならないけど、と大泉が醒《さ》めた顔で言った。

「もうちょっと気を遣った方がいいんじゃないかな。そんな言われ方をしたら、誰だって不愉快になる。余計なお世話なんだろうけど」

大泉さんはどうなんです、と俊は問い返した。

「水無月さんのプロファイリングや、ビッグデータ解析について、どう考えてるんです？」

わたしは総務屋だからね、と大泉が肩をすくめた。

「プロファイリングにもビッグデータ解析にも興味はあるけど、それはわたしの仕事じゃないから。ＡＩが犯人を特定したって、実際に逮捕するのは現場の刑事だろう、ぐらいは思うこともあるけど」

ＡＩに犯人逮捕はできませんからね、と俊は紙コップのコーヒーを飲み干した。かすかな苦みが口の中に広がった。

頭を掻いた大泉が、自分のデスクに戻った。横顔に苦笑が浮かんでいた。

総務担当とはいえ、大泉も捜査一課の人間だ。コンピューターやＡＩが自分たちの仕事の領域に入ってくるのを、快くは思っていないのだろう。

立場が違うとつぶやいて、俊はタブレットの液晶画面に目をやった。

3

七月二十六日深夜の時点で、俊は上野、恵比寿、秋葉原事件の三人の被害者女性の画像を各駅及びその周辺の防犯カメラから抽出し終えていた。

難しい作業ではない。三人の女性の顔写真は、本人や友人、会社の同僚などが撮影したものだけでも数百枚ある。それを利用して三人を見つけるのは、むしろ簡単ですらあった。

写真の入手が容易だったのは、三人ともフェイスブックやツイッター、インスタグラムなどSNSを利用していたためで、周囲の人間も事情は変わらない。被害者の写真や動画の提供を求めると、家族や友人の了解はすぐ取れた。

そこまでは問題なかったが、三人が映っている防犯カメラ画像をAIに解析させても、彼女たちの周囲に重複する人物は発見できなかった。

一日だけではない。それぞれ四週間分の画像だ。重複する人物、つまりVが映っていないことは確率的にあり得ない。

確かに、Vが被害者に接近したのは一、二度しかなかっただろう。その意味で簡単ではないが、AIならVの発見は容易なはずだ。なぜ結果が出ないのか、俊にもわからなかった。

ただ、対応策はあった。ＡＩに入力する条件を変更して、捜査対象の範囲を広げればいい。

当初、身長や年齢などは鑑識やプロファイリングの結果から導き出された数字を入力していたが、多少の幅を持たせることにした。例えば年齢は二十代から四十代という設定だったが、十八歳以上五十五歳までというように、条件を広げていけばＶを見つけることができるだろう。

新たに条件を入力すると、画像データから不適合な人間が自動的に削除されていった。顔認証ソフトに加えて、最新の歩行認証ソフトも併用している。最短二歩歩くだけで、同一人物と認識できるから、Ｖが歩いていれば特定が可能だ。

七十二時間、コンピューターをフル稼働させて、被害者女性の周辺にいた人間を調べたが、Ｖを見つけることはできなかった。原因不明のまま、結果を玲に伝えるしかなかった。

入力条件を確認していた玲が、わたしにもわからないと首を振った。

「ここまで枠を広げても、Ｖを見つけられないのはなぜなのか……」

駅構内と駅に近接している建物に検索を限定していたためかもしれません、と俊は言った。

「今後、対象となる防犯カメラ画像を増やし、検索範囲を広げていこうと思います。ただ、そうするとデータ量が膨大なものになりますし、カメラの形式も違いますから、単純に比較することはできなくなるでしょう。二次加工の必要がありますが、それには時間がかかります」

何かを見逃している、と玲がつぶやいた。

「入力した条件をもう一度検討するように。どこかに誤りがある。それさえわかれば――」

電話の鳴る音に、俊は顔を上げた。受話器を取った玲の眉間に、深い皺が浮かび上がった。

「……刑事が殺された?」

受話器から早口の男の声が聞こえている。

「PIT班員を臨場させろと言われても無理です」俊を見た玲が、小さく首を振った。「金沢一課長の指示で、V事件捜査の監視に班員が加わっています。今すぐというわけにはいきません」

蒼井がいるだろう、という野太い声が受話器から漏れた。聞き覚えがあった。捜査一課五係長の梶取《かんどり》警部だ。

ため息をついた玲が、了解しましたと答えて電話を切った。

「何があったんです?」

品川で殺人事件が起きた、と玲がメモをデスクに載せた。

「所轄と機動捜査隊が現場に入っている。担当は五係と決まったけど、SSBCの班員を現場に出すわけにはいかない。梶取五係長がPITに臨場を要請してきた」

「ぼくに行けと?」

上品川一丁目の住所と、関川和司《せきかわかずし》という名前が細い字でメモ用紙に記されていた。

関川は本庁組織犯罪対策部の刑事、と玲が小声で言った。ぼくに何をしろと言うんです、と俊は右手の甲で額を強くこすった。

「コンピューター犯罪特殊捜査官といっても、捜査については素人同然ですよ。研修を受けただけで、初動捜査の現場に立ち会ったこともありません。ぼくが行ったところで——」

「現場は異様な状況だと、梶取係長が言っている。現職の刑事が殺害されたこと自体、異常事態と言っていい。わたしの代わりに、君が現場へ行くように」

「水無月さんの代わり?」

玲が車椅子の車輪を平手で叩いた。

「すべてを見て、聞いて、感じて、細大漏らさず報告すること。素人同然と言うけど、そんなことはない。君は刑事よ。信頼している」

川名くんも品川へ向かわせる、と玲が自分のスマホを取り出した。

「それまでは君にわたしの目、耳、鼻になってもらう」

「ですが……」

行きなさい、とスマホを耳に当てたまま玲が命じた。

「どんなに科学捜査が進んでも、現場の捜査は刑事の仕事よ。それはわかっているはず」

川名が電話に出たのだろう。玲が現在位置を確認している。デスクのタブレットを摑んで、俊は小さくうなずいた。

4

桜田門から有楽町《ゆうらくちょう》駅で京浜東北《けいひんとうほく》線に乗り換え、品川駅に出た。スマホのナビに住所を入力すると、最短ルートが画面上に浮かび上がった。徒歩十二分、一キロほどの距離だ。

ナビの音声案内に従って早足で進むと、二十階建ての大きなマンションが見えてきた。

正面に数台のパトカーが停まっている。

エントランスに〝クレア品川〟という真新しいプレートがかかっていた。外観が濃いブラウンで統一されている高級マンションだ。

住人らしい数人の主婦が、エントランスの前で不安そうな表情のまま、言葉を交わしている。立っていた制服警官に警察手帳を提示すると、十五階、１５０２号室ですとエレベーターホールを指さした。

エレベーターは二基あった。定員十二名と書いてある箱に乗ると、すぐ扉が閉まった。

防犯カメラが設置してあるのを確認して十五階で降りると、広い廊下に立入禁止のテープが張られ、その奥に数人の警察官がいた。一様に顔色が悪かった。

ＰＩＴの蒼井ですと警察手帳を見せると、聞いてますと中年の男が答えた。交番勤務の警察官のようだ。

「中に入りますか？」

うなずいてタブレットを取り出し、カメラ機能を起動させた。手袋をはめるぐらいの常識はあったが、刑事としての経験はまったくない。

ただ、玲の命令は、自分の代わりを務めるようにということだった。それなら、現場の様子をすべて撮影すればいい。

ドアを開けると、二人の私服刑事が玄関にいた。若い方の刑事が膝に手を当てたまま、壁に向かって頭を何度も振り続けている。

蒼井か、と若い刑事の背中をさすっていた三十代後半の男が言った。楠本《くすもと》という五係の刑事で、俊も何度か話したことがあった。

タブレットを構えたまま頭を下げた俊に、鑑識が入ってる、と楠本が廊下の奥のドアに向けて顎をしゃくった。

「ホトケはその奥、リビングだ……撮影するのか？」

そのつもりですと答えると、足跡を残さないためのシューズカバーと、頭につけるヘアキャップを渡した楠本が、また若い刑事の背中をさすり始めた。

ゆっくりとドアを引いた。タブレットが手から落ちそうになり、慌てて構え直した。

異様な光景が目の前にあった。足元が泥を踏んでいるように、頼りないものになっていた。

部屋は二十畳ほどの広いリビングで、大きな窓から陽光が差し込んでいる。四人掛けのテーブルがあり、その上に載っている男の顔が俊を見つめて笑っていた。

逆流してきた胃液が口から溢れそうになり、ハンカチで押さえた。テーブルにあるのは男の頭部だけで、胴体はない。

男の首は五センチほどの長いピンでテーブルに留められていた。しっかり目を見開いているのは、瞼にホチキスの針が打ち込まれているためだ。

唇の端もクリップで吊り上げられている。笑っているように見えたのは、そのためだった。

カメラのシャッター音に、俊は振り向いた。鑑識課員が撮影をしている。その前にデスクと椅子があり、椅子の上に首のない体が座っていた。

吐くなよ、と鑑識課員が顔をしかめた。口をハンカチで覆って、俊は死体に目を向けた。

タブレットを構えた左手が、激しく上下に揺れる。

頭部のない胴体が、まっすぐ正面を向いて座っていた。着ているのはジャケット、セットアップのスラックス、そしてワイシャツ。ネクタイも絞めていた。

目眩がしたが、右腕が切断されているのがわかった。ジャケットの袖が垂れ下がっている。前腕部はデスクの上に置かれ、指が万年筆を握っていた。

その下に一枚の便箋がある。タブレットを向けると、手書きの文字が画面に映った。

『申し訳ありませんでした。責任を取ります。関川和司』

悪夢のような光景に、何なんだ、と俊はつぶやいた。リビングに入ってきた楠本が、わかるわけないと首を振った。

「他殺なのは間違いない。犯人はどうかしてる。自殺を偽装しているわけでもない。警察を馬鹿にしているつもりなのか、からかっているのか……」

現場に遺されているのは、明瞭な悪意の籠《こ》もったメッセージだった。

「いったいどうなってるんです？　被害者は本当に関川刑事なんですか？　死体発見の経緯は？　誰に殺されたんです？」

一度に聞くなよ、と楠本が耳に指を突っ込む仕草をした。

「ホトケは間違いなく本庁組対《そたい》の関川刑事だ。部署は違うが、顔は知ってる。昨日、関川は公休だった。一昨日、七月二十五日夜八時、仕事を終えて本庁を出ているが、その時点で不審な様子はなかったそうだ」

「昨日、連絡を取っていた人はいないんですか？」

プライベートはわからんが、組対の刑事とは話していないと楠本が言った。

「そこまでは確認が取れている。今朝八時から組対で会議があったが、関川は来なかった。会議終了後、係長が電話したが、それにも出ない。どうも変だということになって、組対の刑事がマンションに来て関川の死体を発見した。今から二時間ほど前だから、十時過ぎだな」

一昨日の夜八時以降、関川は三十八時間警察の人間と連絡を取っていなかった、と俊は頭の中で計算した。

「関川刑事が殺された時間は？」

大体わかる、と楠本が自分の肩を叩いた。

「死後硬直、床の血痕の凝固状態から考えて、殺害されたのは十二時間ほど前だろう。正確に何時かと言われても、そこは何とも言えないが、要するに昨日の深夜だな」

「殺害現場はこの部屋ですか？」

常識で考えろよ、と楠本が自分のこめかみを指で押した。

「別の場所で殺して、ここまで死体を運んでくる理由なんてない。首と腕を切断したのもこの部屋だ」

他に何かありますかと尋ねた俊に、防犯カメラを調べたと楠本が言った。

「エントランス及びエレベーターに設置されているカメラに、不審者は映っていなかった。関川が最後に映っていたのは、一昨日夜十時、一階からエレベーターに乗り込み、十五階で降りるところまでだ。プライバシーに配慮して、各フロアの通路にカメラは置かれていない」

大きな物音に反射的に振り向いた俊の前で、首のない男の体が床に横たわっていた。ブルゾンを着た若い鑑識課員が、怯《おび》えたように頭を下げている。指紋を採取しようとして、死体にぶつかったようだ。

首の切断面が俊の方を向いている。褐色になっている肉の間から、白い骨が見えた。

顔を背けて、迫《せ》り上がってきた胃液を無理やり飲み込んだ。人体とは思えない。胴体だけの像、トルソーだ。

切り株を連想させる切断面を撮影したが、それが限界だった。立っていられなくなり、壁に寄りかかって体を支えた。

目の前を何人かの刑事が通り過ぎていく。先頭にいるのは捜査一課梶取五係長、他は組織犯罪対策部の刑事だ。全員が現場の凄惨な状況に息を呑んでいる。

ＰＩＴの蒼井か、と梶取がしかめ面で言った。答礼すると、ご苦労とだけ言って背中を向けた。素人の相手をしている時間も惜しいのだろう。

それにしても惨いな、と梶取が立っていた楠本に声をかけた。

「ここまで酷い死体損壊は見たことがない。犯人は暴力団員じゃないか？　まともな神経の持ち主なら、死体にこんなことはできんだろう」

可能性は高いでしょうね、と楠本がうなずいた。

「ですが、暴力団員と決めつけるわけにはいきません。大体、何のためにこんな真似をしなきゃならないんです？」

恨みを買っていたんだろう、と梶取が組対の刑事たちに視線を向けた。

「関川と暴力団の間に何かあったんじゃないか……どこの組を担当していたんだ？」

渋谷の東斜会《とうしゃかい》です、と刑事の一人が答えた。広域暴力団に指定されている団体なのは、俊も知っていた。

こんな悪夢のような状況を作ることに何の意味があるんです、と楠本がリビングを見回した。わからん、と梶取が伸びかけの不精髭《ぶしょうひげ》に触れた。

白衣を着た医師の後に続いて入ってきた川名が、現場を一瞥《いちべつ》して眉を顰《ひそ》めた。小さく頭を下げた俊を無視して、関川ですねと梶取に囁いた。

「去年の末、組織犯罪対策部の谷村《たにむら》警部が退職しているはずです」暗い目のまま川名が言った。「形の上では依願退職になったそうですが、いろいろ噂を聞いています。中国人マフィアとの癒着があったようですが、関川殺しと関係があるんでしょうか」

どうかな、と梶取が首を傾げた。

「詳しい事情は俺も知らんが、谷村警部が中国人マフィアと繋がっていた話は聞いてる。内部監察をしていた警務部が本人から事情を聞く予定だったが、その直前に辞表を出し、受理された。谷村と関川の関係について、誰か知ってるか？」

二人は係が違います、と組対の刑事が辺りを見回しながら低い声で言った。

「谷村警部は組対二課四係、国際犯罪捜査の担当です。関川巡査部長は四課八係で、組織犯罪の専従捜査官でしたから、直接の関係はありません」

谷村警部のことは知っています、と川名が下顎を突き出した。

「自分が一課にいた頃、組対と合同捜査を行った事件があって、臨時で下についたんです。頭が切れる人だし、腕利きなのもわかっていましたが、やり過ぎるところがありました。今時、暴力で被疑者の口を割らせようとする刑事なんて、谷村警部しかいませんよ」

退職後、谷村はどうしてると梶取が聞いた。それが、と組対の刑事がうつむいた。

「組対で谷村さんと連絡を取っている者はいません。ああいう辞め方でしたから、誰だってかかわりたくありませんからね。特に親しくしている者もいませんでしたし……奥さんと離婚して家を出たと聞きましたが、それぐらいです」

「中国人マフィアとの癒着について、その後警務部は動いてないのか？　本人に事情を確認するのが筋だろう」

「癒着の件は噂レベルで、確証があったわけじゃないんです」弁護するわけじゃありませんが、と組対の刑事が小さく首を振った。「密告があっただけで、上司が事情を聞いた時は否定していました。警務部としても、それ以上詳しく調べることはできなかったと聞いています。退職後は連絡も取れなくなっていましたし、所在も不明ですからね。突っ込んでも仕方ないという判断があったのかもしれません」

隠蔽《いんぺい》ですかと言った俊を、黙ってろと川名が睨みつけた。

「密告以外何の証拠もないのに、警部職の事情聴取なんてできると思ってるのか？」

確かにそうだ、と梶取がうなずいた。

「賄賂《わいろ》を受け取っていたとか、情報を流していたとか、密告はそんな内容だったと聞いてる。だが、鵜呑《うの》みにはできんだろう。谷村のことは知ってる。やり過ぎるところはあったが、職務熱心な男だった。警務部や上層部が動かなかったのは、やむを得ないところもある」

関川刑事の殺され方は異常です、と川名が背後を指さした。

「単なる怨恨による刑事殺しじゃありません。中国人マフィアとの間に、何かあったと考えるべきでは？　そうでなければ、犯人もあんな惨い真似はしないでしょう。だとすれば、谷村警部が何か知っていてもおかしくありません。関川殺しに関与していた可能性もあります」

その場にいた全員が無言になった。川名の指摘通りだと思ったのだろう。関川の死は間違いなく他殺だ。暴力団員による凶行か、それとも他の人間が手を下したのか、いずれにしても残虐極まりない手口だった。

現在、所在が不明になっている谷村との関係も不明だ。谷村が犯人ということすらあり得る。その場合、動機は何か。

この事件はうちが担当する、と梶取が言った。

「組織犯罪対策部長は、相馬《そうま》警視長だったな……三階級上か」やりにくいな、と苦笑が浮かんだ。「とはいえ、確認しなけりゃならないことがある。今どこにいる?」

こちらへ向かっています、と組対の刑事が答えた。俊はタブレットをもう一度リビングのテーブルに向けた。首だけの関川が笑っていた。

5

現場検証が終わった直後、新品川署に捜査本部が設置された。現職の刑事が異常な形で惨殺されたという事件は、警視庁に大きな衝撃を与えていた。

捜査本部に詰めているのは、捜査の指揮を執る一課五係、機動捜査隊、所轄の刑事だが、捜査会議には捜査支援部門の班員も加わることになった。ＰＩＴからは大泉と川名が出ている。

午後三時、新品川署の大会議室で捜査会議が始まるのと同時に、ＰＩＴルームで玲、俊、原、そして杏菜がそれぞれ自分のパソコンを立ち上げた。

大会議室にはカメラが設置されている。ウェブカメラを通じて、捜査会議を視聴することが可能だ。実際に会議に出るのと変わらない。

ディスプレイの中で、巨大モニターをバックに立ち上がった梶取がマイクを握った。

「今から五時間前、本日七月二十七日午前十時、本庁組織犯罪対策部の関川巡査部長の惨殺死体が自宅マンションで発見された。今朝、関川は本庁に顔をだしていない。組対四課八係長の指示で二名の刑事がマンションを訪れ、関川の死体を見つけた」

写真がマンション全景、そして部屋という順番で替わった。テーブルの上に置かれた首だけの関川の写真に、ざわめきが起きた。

静かに、と梶取がマイクを握り直した。

「一時間前、検死が終わった。報告によれば、関川の死亡推定時刻は本日午前一時から二時、死斑、死後硬直、その他の状況から、殺害現場が関川の部屋だということも確定している。直接の死因は窒息死」

以下、事件の概要について説明する、と梶取が口を開いた。

「犯人は昨夜十時過ぎ、関川の部屋を訪れたと考えられる。隣室の住人がチャイムの音とそれに続くドアの開閉音を聞いていた。あんたか、という声を聞いたような気もすると話しているが、確定情報とは言えない。マンションのエントランス、エレベーターに防犯カメラが設置されていたが、そこに不審者は映っていなかった」

どうやってマンション内に侵入したんだ、と原が囁くのと同時に、侵入経路を調べたと梶取が言った。

「一階非常口の鍵が壊されていたことから、非常階段で十五階まで上ったというのが我々の結論だ。そこに防犯カメラは設置されていなかった。夜十時に訪れた犯人を、関川は部屋に上げている。顔見知り、もしくは親しい関係にある者と考えていいだろう。関川の胃からは、相当量のアルコールと睡眠薬が検出された。犯人が持ち込んだ酒と睡眠薬を飲んで、意識を失ったと思われる」

画面が切り替わり、ビニール袋とガムテープが映し出された。部屋のキッチンに置かれていた、と梶取がモニターを指さした。

「関川の切断された腕に、粘着テープの痕跡があった。犯人は意識不明の関川の手足を椅子にガムテープで縛り付け、抵抗できないようにした後、頭にビニール袋をかぶせた。ガムテープで密閉状態を保っていたため、関川は窒息死した。死後、切断した首をテーブルに固定し、別室にあったデスクと椅子を運んできて、そこに体と腕をレイアウトした」

モニターに関川の右腕の写真が映し出された。意味不明だ、と梶取がしかめ面になった。

「犯人がすべての作業を終えるまで、少なくとも三、四時間かかっただろう。関川の死亡時刻が二時だったとして、朝六時前後だが、三時間後の午前九時、同じ十五階に住む主婦が自室を出た際、非常階段の扉を開けて出て行った人影を目撃している。正確に言えば、スラックスを穿いた足を見ただけで、顔はもちろん、身長、体型その他すべて不明だが、犯人である可能性が高い。つまり、犯人は前日夜十時から朝九時まで関川の部屋にいたことになる」

俊たちが見ていたパソコンの画面に、八枚の写真が現れた。犯人の遺留品の一部だ、と梶取の声が響いた。

「トレーナー、Tシャツ、サンダル、ライター、二冊の雑誌、紙ナプキン、タオル。いずれも関川の私物ではない。関川以外の指紋、足跡、毛髪、更に血痕も見つかっている。朝四時、関川のスマホで海外旅行のサイトを閲覧していた形跡もあった。理由は不明」

しばらく沈黙していた梶取が、次、と合図した。画面に手書きのメモが映し出された。

「申し訳ありませんでした。責任を取ります。関川和司」梶取が文面を読み上げた。「文章は万年筆で書かれている。文書鑑定係が関川の筆跡と比較した結果、九〇パーセントの確率で本人が書いたものだと結論が出た。だが、そうなるとわからないことがある。関川の死は間違いなく他殺だが、この文章を犯人はどうやって書かせたのか」

少しいいか、とフレームインしてきた白髪頭の男がマイクの前に立った。組織犯罪対策部の相馬部長だった。

「組対からも補足しておくと、警務部が関川の身辺を洗っていた」苦渋の表情を浮かべた相馬が言った。「これは極秘扱いだったが、関川が暴力団東斜会に捜査情報を漏らしている、という密告があったためだ。詳しいことは何もわかっていない。今のところ関川が内通していた証拠はないが、今後も継続して調査を進めることになっている」

谷村元警部についても説明をお願いします、と梶取が小声で言った。わかってる、と相馬が額の汗を拭った。

「谷村が中国人マフィアと癒着していたという噂は、私も聞いていた。ただし、確証はない。昨年の夏から、警務部が内偵を始め、十一月に私が直接本人に事情を聞いたが、根も葉も無い噂だと否定していた」これ以上ないほど顔をしかめた相馬が先を続けた。「その後警務部が再度調べることになっていたが、十二月に本人が辞職したため、一時調査をストップした。今年に入って再調査を始める予定だったが、本人の所在は不明なままだ。個人的な意見だが、谷村が関川刑事の死と関係している可能性もあるだろう」

口を閉じた相馬がマイクの前から離れた。今後の方針を伝える、と進み出た梶取がマイクを握った。

「ひとつは関川事件の捜査。付近の住人に徹底的な聞き込みをかけ、目撃者を探す。犯人がマンションに侵入したのは、昨日夜十時前後。現場は閑静な住宅地だが、人の出入りはあったはずだ。聞き込みと同時に、品川駅からマンションまでの防犯カメラ画像を回収、分析する」

もうひとつ、谷村元警部を捜し出せと梶取が命じた。

「関川との関係を含め、聞きたいことが山のようにある。今から地取《じど》り、鑑取《かんど》りの分担を決める。今夜十時、もう一度集合のこと。第二回の捜査会議を行う」

巨大モニターの前に立った数人の男が、地取りの振り分けを指示していた。嫌な事件ですね、と首を伸ばした杏菜が囁きかけた。

「蒼井さんは、関川刑事の死体を見たんですよね。写真だとわかりにくかったんですけど――」

黙っててくれ、と俊は首を振った。思い出したくなかった。

ＰＩＴは現場周辺の聞き込みに加わらない、と玲が言った。

「梶取係長が犯人像のプロファイリングを要請している。蒼井くん、状況の報告を」

俊は現場を撮影したタブレットの画像を、全員のパソコンに転送した。これは酷いな、とディスプレイに目をやった原がつぶやいた。

Chapter 6　Sting operation

1

夕方五時、新品川署から大泉と川名が戻ってきた。玲の指示で班員五名がＰＩＴの会議室に顔を揃えたのは、それから三十分後のことだった。

白衣の袖に腕を通しながら、時間がないと玲が時計に目をやった。

「夜十時、二回目の捜査会議が始まる。あれほど異常な形で現職の刑事が殺害された事件は、過去に例がない。まだ初動捜査の段階で、データが十分にあるとは言えないけど、可能な限り正確な犯人像を捜査会議に提出するつもりよ」

川名くんと蒼井くんが現場に入っている、と視線を二人に向けた。

「蒼井くんが撮影した現場の映像は確認済みね？　何か意見は？」

全員のデスクに置かれたパソコンのディスプレイに、俊が撮影した映像が流れている。

何か気づいたことはないのかと言った川名に、無言で俊は手を振った。

撮影した画像をまともに見ることが出来ない。思い出すだけで、吐き気が込み上げてくるほどだ。

初めての現場としては厳しかったな、と川名が唇の端を歪めて笑った。川名さんはどう考えているんですか、と俊は問い返した。

谷村が関川殺しに関与しているのは間違いないだろう、と川名が玲に目をやった。

「現場で複数の指紋が発見された件は報告があったはずです」その中に谷村元警部のものがありました、と鼻の下をこすった。「現在、血痕、体液からＤＮＡを鑑定中で、二十四時間以内に回答が出るはずです。ただ、それを待つまでもないでしょう。谷村が現場にいたのは確かなんじゃないですかね」

指紋の件は鑑識から聞いた、と玲が言った。

「でも、他にも十人以上の指紋が見つかっている。谷村が関川刑事の部屋に入ったことは確かだけど、現時点では殺人に関与していた、あるいは彼が殺害したと断定できない。二人の関係もまだ不明で、これから調べることになる。ＰＩＴとしては、他の可能性も含めたプロファイリングを行う必要がある」

個人的な意見になりますが、頭のおかしな暴力団員が殺したんだと思いますね、と川名が不快そうに吐き捨てた。

「覚醒剤か何か、クスリでもやってたんじゃないですか？　そうでなきゃ、人間の死体をあんなオモチャのように扱えるはずがないでしょう。谷村は脅されて、関川の部屋に犯人を連れていったと考えれば、指紋が残っていた理由も説明がつきます」

あたしもそう思います、と杏菜が手を上げた。

「バラバラ殺人は過去にも例があります。でも、あんなふうに首をテーブルに置いたり、笑い顔を作るような細工をしたり、切断した体や腕をレイアウトするというのは聞いたことがありません。薬物使用者という川名さんの想定はよくわかります」

どう思う、と玲が白衣の袖を直した。何とも言えません、と原が慎重に口を開いた。

「蒼井くんが撮影した現場の状況を見る限り、争った痕跡はないようです。慣れた者の犯行と考えていいでしょう。犯人は過去に人を殺したことがあると思いますが、なぜ死体をあんなふうにしたのか、それがわかりません。谷村元警部、暴力団員、誰が殺したとしても、理由は不明です。劇場型の犯罪、あるいは快楽殺人犯という可能性もあるのでは？」

そんなことはない、と川名が唸った。

「では、なぜ犯人はあんな残虐な方法で関川刑事の体を損壊したんですか？」

原の問いに、暴力団員による見せしめだよ、と川名が答えた。

「あのマンションは、巡査部長クラスが住める部屋じゃない。関川は東斜会に情報を売っていたんだろう。だが、何かの事情で手を引こうとして、殺されたんだ。あんな真似をしたのは、組内《くみうち》の人間に対する見せしめだな。裏切ったらこうなるぞってことだ」

「谷村元警部が関川殺害に関与していた可能性があると、川名さんは指摘していましたよね。彼が関川刑事を殺したかどうかは別として、元とはいえ警察官です。殺人そのものはともかく、犯人が死体を切り刻むのを黙って見ていたとは考えられません」

そこは調べてみなけりゃわからん、と川名が机を軽く叩いた。谷村元警部のことはわたしも知っている、と玲が頬杖をついた。

「あの人が捜査一課にいた頃、一緒に仕事をしたことがある。十年ほど前ね……優秀な刑事だったのは本当だけど、感情が激しやすく、取調べ中の被疑者に酷い暴力を行使したことが何度もあった。それで一課から組対に移されている。でも、あそこまで残酷なことをする人間ではなかったはず」

「谷村元警部が犯人なのか、暴力団員による見せしめのための処刑か、それとも快楽殺人犯、あるいは強い怨恨を持つ人間の犯行」

考えられるのはその四パターンでしょうか、と原が言った。その前にひとつ重要なポイントがある、と玲が指を一本立てた。

「犯人は過去に殺人の経験があった。そうでなければ、頭部や腕を切断し、顔に細工をすることはできない。まともな神経の持ち主なら、彼のようになるのが普通でしょう」

皮肉は止めてください、と俊は左手で顔を覆ったまま、右手を頭の上で振った。殺人の経験がある人物だとすると矛盾がある、と玲がキーボードに触れた。ディスプレイの画面が切り替わり、数枚の写真が映し出された。

「殺害に使用したビニール袋、ガムテープ、その他足跡、指紋、血液など犯人に繋がる重要な証拠が現場に遺されていた。でも、死体を切断する際に使った刃物の類は持ち去っている。犯人が最初から関川刑事を殺害するつもりだったのは、睡眠薬入りの酒を用意していたことからも間違いない」

そうでしょうな、と大泉がうなずいた。犯人は周到な準備をしていた、と玲がディスプレイを指で弾いた。

「それなのに、なぜ足跡や指紋を残していったのか。そして、現場にあったあのメッセージを書いたのが関川自身だとすれば、犯人はどうやって書かせたのか、それもわからない」

メッセージに関して言えば、考えられることがありますと原が抑えた声で言った。

「犯人は関川刑事と顔見知りだったんでしょう。夜の十時は、知らない人間を部屋に招き入れる時間じゃありません。一緒に酒まで飲んでいます。親しい間柄と考えていいんじゃないでしょうか」

わかりきったことを言うなと気色《けしき》ばんだ川名を制して、それが谷村元警部だったとしたら、と原が先を続けた。

「関川刑事は巡査部長で階級は二つ下、年齢も一回り下です。もっともらしい理由をつけて、メッセージを書けと強要されれば、従うしかなかったんじゃないでしょうか？」

プロファイリング的には谷村に当てはまる部分が多い、と玲がうなずいた。

「一課では殺人事件の捜査経験が多かったから、慣れていたと言っていい。死体を解体することもできたはず。谷村は四十八歳で、体格が良く、腕力も強かった。ただ、部屋を訪れた人間に対し〝あんたか〟と関川刑事が呼びかけたという隣人の証言が気になる。警察組織の人間が、二階級上で十二歳年上の元警部を〝あんた〟と呼ぶとは思えない」

確実な証言ではありません、と原が言った。それでも疑問は残る、と玲が顔をしかめた。

「どうして自分の指紋や足跡をそのまま残していったのか。警察官なら、その重要性を理解していないはずがない。それなのに、なぜ証拠を隠滅しようとしなかったのか」

谷村元警部は優秀な刑事だった、と川名が左右に目をやった。

「捜査の手法や人間性に問題はあったが、能力は高く評価されていた。証拠を残していくような、間抜けなことはしないだろう。あの人が犯人なら、徹底的に証拠を消そうとしたはずだ。だが、自分は谷村が現場にいたと考えている。部屋のドアを開けさせたのも、メッセージを書かせたのも、谷村だとすれば説明がつく」

「では、実行犯は別にいたと？」

「おそらくな。何らかの理由があって、協力していたんだろう。もっとも、それにしたたって自分の指紋を残していたのはなぜなのか……もしかしたら、犯人が関川を殺したのは、予定外のことだったのかもしれない。あるいは谷村が部屋を出た後、実行犯が関川を殺したのか……」

ＤＮＡ鑑定を待ってはどうですかね、と大泉が空咳をした。

「現場に残されていた血痕の状態から、関川刑事の死体を切断した際に、誤って犯人が自分自身を傷つけたと考えられるということです。もし谷村元警部のＤＮＡと一致すれば、彼が犯人と断定してもいいんじゃありませんかね」

気になることがあるんですが、と俊は辺りを見回した。

「現場の状況と、捜査会議での報告を聞いていて思ったんです。模倣犯とは考えられませんか？」

何を模倣したっていうんだ、と川名が指に挟んでいたボールペンでデスクを叩いた。

「犯人があんな馬鹿な真似をした事件なんて、聞いたことないぞ」

例の弁護士一家殺人事件です、と俊は言った。

「切断した体のパーツをレイアウトしたことは別ですが、酷似しているところがあります」

具体的には何ですかと質問した杏菜に、重要な証拠が多数現場に残っていたことだ、と俊はタブレットをスワイプした。

「指紋、足跡、犯人の血痕。犯人特定に直結するこの三点の証拠は、弁護士一家殺害現場にも残されていました。また、死体を切断する際、本件の犯人は自分の体の一部を切ったと思われますが、その血が付着した自分のTシャツを脱ぎ捨てています。タオルその他の遺留品も、弁護士事件の現場にあった物とほぼ同じです」

資料をめくっていた大泉が、蒼井くんの言う通りだ、と後退している額に手を当てた。

「殺害後、犯人が長時間現場に留まっていたことや、トイレを使用した形跡があるのも同じだよ。関川刑事のスマホを使って、海外旅行サイトの閲覧をしているけど、それも似たようなことがあったよね」

確かにそうですが、と川名が口元を歪めた。

「弁護士一家殺人事件は平成に起きた未解決事件として、よく知られています。遺留品のことも、調べればすぐわかったでしょう。模倣犯というより、意図的に似たような証拠品を残して、捜査を混乱させようとしたとも考えられます」

着眼点としてはどちらも理解できる、と玲がうなずいた。

「単純な模倣犯なのか、捜査の攪乱が目的なのか。あるいは――」

同一犯、と俊はタブレットを閉じた。

「関川刑事を殺したのは、弁護士一家殺人事件の犯人、つまりジャックかも――」

落ち着きなさい、と玲がパソコンのディスプレイに触れた。

「Ｖ事件の捜査も継続している。関川殺しと重要度は変わらない。どちらを優先するか、上と協議する。動くのはそれからでいい」

川名が洟をすすった。俊は小さく息を吐いて、曲がっていたネクタイを直した。

2

夜十時、第二回捜査会議が始まった。

現場の刑事たちの多くが、谷村元警部の事件への関与を指摘した。ＤＮＡ鑑定の結果が出るまで結論は保留とされたが、既に谷村の所在確認が始まっていた。

昨年十二月十日に辞表を提出してから、谷村は警視庁の人間と連絡を取っていない。十二月二十日の朝、署名捺印した離婚届を自宅リビングに残し、家を出ている。その後の行方は不明だ。

中国人マフィアとの癒着を疑われていた谷村を調べるため、昨年十一月下旬から、警務部が自宅周辺及び利用していた五反田駅の防犯カメラ画像を回収し、調べていた。

十二月二十日朝七時、スーツ姿で家を出た谷村をカメラが捉えていた。約十五分後、五反田駅に着いたことも判明している。電車に乗るつもりだったのだろう。

ただし、乗車はしていない。改札口のカメラに、立ち止まって携帯電話を取り出した谷村の姿が映っていた。
一、二分話してから駅を離れ、徒歩で目黒方面へ向かったが、その後姿を消している。電話をかけてきた人物と会うことになったのではないか、というのが警務部の推測だった。
谷村の携帯の通信記録が残っており、同日同時刻に架空名義の携帯電話から着信があったことが確認されたが、いわゆる飛ばしの携帯で、使用者は不明だ。

その後、谷村は自分の携帯を使用していない。妻、学生時代の友人が谷村から連絡があったと証言しているが、いずれも公衆電話からの着信だった。

新宿区、渋谷区の公衆電話を利用していたことから、谷村が二十三区内にいたことは確かだが、所在の確認はできていない。

捜査会議が終了したのは深夜一時だった。ＰＩＴルームに戻った大泉が、捜査支援部門で良かったよ、と疲れた声で言った。

「五係の連中は、今から新品川署の捜査本部に戻って、泊まり込むそうだ。この暑いのに、大変だよね」

刑事なら当然です、と川名が顔をしかめた。総務担当の大泉に、現場の刑事の苦労はわからないと思っているのだろう。

明日からＶ事件と関川殺しの捜査を並行して行う、と玲が分担を決めた。大泉、川名、原が関川事件、俊と杏菜がＶ事件の担当と決まり、ようやく長い一日が終わった。

タクシーを呼ぶことになったが、昨今公務員の経費は厳しく制限されている。警視庁でもその事情は同じだ。

タクシー会社に電話をしていた玲が、わたしと春野と一緒に乗りましょうと言った。

「君は荻窪よね？　わたしは西新宿、春野は東中野のマンション。構わないでしょう？」

うなずいた俊に、ついでで申し訳ないけど、と玲がデスクを指さした。十冊ほどの分厚い専門書が積まれていた。

「心理学の研究書を持ち帰って、検討しようと思ってたの。タクシーまで運んでくれる？」

杏菜と二人で、手近にあった紙袋に十冊の本を入れていった。分厚い単行本ばかりで、持ち上げると腕が抜けそうになるほど重かった。

警視庁舎別館の一階エントランスを出ると、大型の介護タクシーが待機していた。後部扉からリフトを使って、車椅子に座ったまま乗車することができるタイプの車種だ。

杏菜と並んでバックシートに座ると、玲が住所を告げた。すぐタクシーが走りだした。深夜の道路は空いていた。西新宿にある玲のマンションまで、二十分かからなかった。

一緒に降りますと言った杏菜が、本をお願いしますと囁いた。玲一人で重い本を部屋に運ぶのは大変だろう。わかったとうなずいて、俊は料金を支払った。

リフトから降りた玲が、車椅子でエレベーターに乗り込んだ。紙袋を抱えたまま、俊はその後に続いた。最後に入ってきた杏菜が五階のボタンを押した。

スケルトン仕様になっているエレベーターの窓から外を見て、玲が大きなため息をついた。

「明日も七時から会議がある。二人の年齢だと、ひと晩くらい徹夜しても何でもないでしょうけど、この歳になると辛い」

「すぐそんなことを言うんですね」

小さく笑った杏菜に、わたしの年齢になればわかると首を振った玲がエレベーターを降り、外通路を進んだ。部屋は五階の一番奥だった。

鍵を取り出した玲が、お茶ぐらい飲んでいきなさいと言った。どうする、と俊は杏菜の顔を見た。

深夜二時を過ぎていたが、迷惑でなければと杏菜がうなずいた。前にも同じようなことがあったのが、雰囲気で俊もわかった。

玲がドアを開けると、玄関に段差はなく、バリアフリーになっていた。車椅子のまま上がった玲に続いて、俊と杏菜は靴を脱いで中に入った。短い通路を進み、ガラスのドアを押し開くと、そこがリビングだった。

「窓はないんですか？」

俊は四方を見回した。そんな部屋はないでしょう、と玲が苦笑した。

「本で塞《ふさ》がれてるだけ」

部屋の左右の壁に、天井まで届く高い本棚がある。正面が窓のようだが、そこにも本が積まれていた。古本屋のような光景だ。

テーブルに小型の液晶テレビが置かれていたが、他には何もない。殺風景としか言いようのない部屋だった。

車椅子をキッチンに回した玲が、ケトルに水を注いでＩＨコンロに載せた。そのまま片手を伸ばして食器棚を開き、三人分のカップとソーサーを取り出して、ガラスの器に紅茶の葉をスプーンで入れた。

機能的な造りですね、と俊は言った。バリアフリーにリノベーションしたの、と玲が椅子を勧めた。

「たいした手間じゃない。不自由だと思うでしょうけど、それなりに快適に暮らしている」

すぐにケトルが鳴った。あたしがやります、と杏菜が湯を器に注ぎ入れた。

「本はどうしますか？」

紙袋を開いた俊に、その辺りに置いてくれればいいと玲が言った。今から読むんですか、と本を取り出しながら俊は肩をすくめた。

「専門書ばかりです。目を通すだけだとしても、朝までかかりそうですね」

一度読んでいるから、と玲が車椅子をテーブルに回した。

「内容はわかってる。確認のために読むだけよ」

この二冊はあそこに、と本棚を指さした。小説は読まないんですか、と隙間に本を押し込みながら俊は背表紙に目をやった。

「医学書や精神分析の本ばかりだ……いや、これは違いますね。学習指導要領？」

わたしの本じゃない、と玲が眉間を二本の指で揉むようにした。

「小学生の時に両親を交通事故で亡くして、叔父に引き取られた。中学校の教師で、とても優しい人だったけど、わたしが大学に入る直前、家が火事になって……形見のつもりで置いているだけ」

ご両親のことは彼女から聞きました、と俊は椅子に腰を下ろして杏菜に顔を向けた。君もそうでしょう、と杏菜がカップに注いだ紅茶を玲がひと口飲んだ。

「一緒に仕事をしたことはないけど、蒼井警部とは何度か会ったことがある。大泉さんもそうだけど、五十代以上の人なら誰でも知ってるはず」

殉職されてるんですよね、と杏菜が視線を向けた。殉職扱いにはなったけど、と俊は首を斜めに傾けた。

「捜査中に死んだわけじゃない。父の死が殉職と言えるかどうか、ぼくにもわからないんだ」

事情を考えれば当然殉職になる、と優しい声で玲が言った。

「亡くなられたのは、二十年ぐらい前？　蒼井警部が逮捕した殺人犯が、仮釈放された直後、君の家を襲った。典型的な逆恨みね」

杏菜が目を伏せた。水無月さんはどこまで知ってるんですかと尋ねた俊に、犯人はナイフで君のお母さんを刺し殺し、その後蒼井警部も刺したと聞いている、と玲が低い声で言った。

「ご両親には何の落ち度もなかった。不運としか言いようがない。君が助かったことだけが唯一の救いね」

そうかもしれません、と俊は斜めになっていたティースプーンをまっすぐに直した。蒼井さんは家にいなかったんですかと尋ねた杏菜に、ぼくは十歳だった、と耳たぶに三回触れた。

「小学校のお泊まり会があって、千葉の勝浦に行っていた。家にいたら、間違いなくぼくも殺されていただろう」

杏菜が視線を逸らした。しばらく沈黙が続いた。

「帰宅した君はご両親の遺体を発見した」自分で110番通報したそうね、と玲が言った。

「わたしだったら、何も出来ずに泣き叫ぶしかなかったでしょう」

以前から父に言われていたんです、と俊は顎の先を指で掻いた。

「何があっても冷静に対処しろと。子供でも、警察官という仕事が危険と隣り合わせなのはわかりますよ。父に言われた通りにしただけです」

犯人は逮捕されたんですか、と掠れた声で杏菜が聞いた。数日後、団地の裏手の雑木林で死んでいるのが見つかった、と俊は答えた。

「ぼくが住んでいたのは三鷹市の団地で、二十年前はまだ宅地の再開発が進んでいなかったから、空き地や雑木林がたくさんあったんだ。父は犯人に刺されて、出血多量で死んだけど、ナイフを奪って反撃していた。傷を負った犯人は雑木林に逃げ、古井戸に落ちて足を折り、上がれなくなった。衰弱死したと聞いたけど、自業自得だよ」

気持ちはわかる、と玲が紅茶に口をつけた。

「わたしが両親を亡くしたのは八歳の時だった。突然両親を失ったショックは、経験した者でなければわからない」

両親が亡くなって二十年が経つ。思い出すことはほとんどなかったが、突然の両親の死が子供にどれほどの精神的苦痛を与えるか、玲には理解できるのだろう。

V事件のことですけど、と杏菜が口を開いた。

「今後、どうするつもりなんですか？」

難しい、と玲がつぶやくように言った。

「とにかくVを特定しないことには話にならないけど、実状としてうまくいっていない。

一課内でも意見が分かれていると聞いた。次にVが動くのは東京なのか、それとも千葉、あるいは他の県なのか……」

考えたんですけど、と杏菜が俊と玲に視線を向けた。

「あたしが囮《おとり》になるというのはどうでしょう。Vがターゲットにする女性と、あたしはルックスが似てます。Vは常磐線を利用している可能性が高いんですよね？　だとしたら――」

危険だと言った俊に、そういうこと、と玲がうなずいた。

「警察は囮捜査を認めていない。リスクが高すぎるし、わたしが許可しない。現場に出たいという気持ちはわかってる。でも、囮というのは違うでしょう」

他に手はないと思いますと言った杏菜の肩を、俊は押さえた。諦めたのか、杏菜が口をつぐんだ。

紅茶を飲み終えたところで、帰ろうと杏菜を促した。深夜二時半になっていた。

玄関まで見送りに出た玲が、気をつけて帰りなさいと言った。部屋を出ると、杏菜が通路の奥にあった非常階段を指さした。

「あそこから、水無月班長は転落したそうです」

ジャックに突き落とされたと本人は言っていた、と俊は薄暗い非常階段に目をやった。

警察官が恨まれやすい仕事なのは、蒼井さんもよくわかってますよね、と杏菜が言った。

「多少酔っていたとしても、水無月班長が階段を踏み外すなんて考えられません。あたしもジャックに襲われたと思ってます」

小さくうなずいて、俊はエレベーターに向かった。マンションの敷地の外に出ると、かすかに風の吹く音が聞こえた。静かな夜だった。

甲州《こうしゅう》街道まで歩き、そこでタクシーを拾った。送るよと言った俊に、すいませんと杏菜が笑顔でうなずいた。

東中野まで、タクシーで十分ほどだった。乗っている間、杏菜は口を開かなかった。疲れているのだろう。

俊も黙っていた。適当な話題を思いつかなかった。

「ここでいいです」

山手通り沿いで車を停めた杏菜が、また明日と頭を下げた。運転手に道を指示し、俊は目をつぶった。

3

翌日から大泉、川名、原の三人が関川刑事殺人事件の捜査支援を始めていた。既に関川の部屋に残っていた血痕、体液等から検出されたＤＮＡの鑑定は終了しており、血液は谷村のものと判明していた。

ただし、他にも指紋が残っていた。複数の人間が関川の部屋に入っていたことになる。殺害時とは断定できないが、発見された指紋のほとんどは痕跡がはっきりしており、現場にいたということも十分に考えられた。

関川を殺害したのが谷村か、他の人間なのかは今のところ不明だが、谷村が現場にいたのは間違いない。谷村さえ見つかれば、事件は解決するだろう。

だが、現場周辺で谷村を目撃した者はいなかった。関川のマンションは十字路の角にあり、四方向に道路が通っている。刑事たちの聞き込みが続いていたが、目撃者の発見には時間がかかることが予想された。

俊は杏菜と共に、V特定のため膨大な量の防犯カメラ画像の解析を進めていたが、収穫はなかった。しょうがないですよ、と杏菜が慰めるように言った。

「上野、恵比寿、秋葉原、三つの駅だけで五百台以上のカメラがあるんです。金融機関、コンビニその他駅周辺の店舗、タクシーやバスのドライブレコーダー画像の提供もあって、トータルすれば千台以上の防犯カメラ画像を調べなければならないんですから、簡単にはいかないと思います」

そんなはずはない、と俊は首を振った。三つの駅、バラバラ死体が発見されたコインロッカーを使用していた者、そして被害者女性の周辺にいた者をピックアップするのは、A

Iにとって時間を必要とする作業と言えない。

以前、玲に指示されたこともあり、条件をさまざまに変えて試している。にもかかわらず、AIはVを発見できずにいた。

データの量ではなく、質に問題があるのか。それとも、他に何か原因があるのだろうか。

考えられるのは、入力しているVの条件設定に誤りがあることだが、二十歳以上四十九歳以下の男性、身長一六〇センチから一七〇センチ、靴のサイズは二四ないし二五という確実な情報しか入力していない。訂正しようにも、どこに間違いがあるのかわからなかった。

残っている手はひとつしかない、と俊は言った。

「入力条件をすべて外して、三人の被害者、もしくは犯行日前後三つの駅周辺にいた共通する人物を捜す」

すべてですか、と杏菜が目を丸くした。

「せめて、男性という条件は残すべきだと思いますけど。それだけで、対象は半分に減らせます。Vが女性とは思えません」

上野、恵比寿、秋葉原はいずれも大きな駅で、流入人口も多い。仕事でもプライベートでも、その三駅を利用している者は少なくないはずだ。

犯行日前後に絞っても、AIが発見するのは一人、二人ではない。最終的には該当者全員を刑事が調べなければならなくなる。杏菜の言う通り、男性のみを対象にする方が効率的だろう。

それにしても雲を摑むような話ですね、と杏菜が首を傾げた。まったくだ、と俊は苦笑を浮かべた。

これまでとは違い、捜査対象が何倍にも膨れ上がる。ＡＩは不鮮明な写真でも補正できるが、光量不足の場合は正確さが減じる。

でも他に方法がない、と俊は眼鏡のレンズを拭った。

「すべての画像データを無条件で解析すれば、偶然という要素が紛れ込んでくるから、データとしての信頼性は低くなる。例えばだけど、上野の会社に勤めているサラリーマンで、取引先が秋葉原にあって、自宅が恵比寿、みたいな人がいても不思議じゃない。それでもやるしかない」

「どのくらい時間がかかりますか」

五十六時間という数字を、ＡＩが瞬時に弾き出した。信頼性は六七パーセント。

明後日、七月三十日午後六時だ、と俊はコンピューターに目を向けた。

「どんな回答が出るかわからないが、今のままではどうにもならない。トライしてみよう」

タブレットで男性以外の全条件を削除し、新たな指示を与えると、ＡＩが静かに稼働を始めた。

4

七月三十日午後六時、俊はPITルームのデスクに座り、自分のタブレットを見ていた。隣では杏菜、そして正面の席では玲がパソコンと向かい合っている。

午後六時にAIが該当する人物の画像情報をアップするはずだが、時間を過ぎてもディスプレイに動きはなかった。

電話が鳴り、内線ボタンを押した玲がスピーカーホンに切り替えると、どうなっているという高槻理事官の声が聞こえた。

「いつまで待てばいい？　金沢一課長もここにいる。君たちの話では、六時ジャストにコンピューターがVを発見するということだったが……」

もう少し待ってください、と俊は座ったまま言った。そういうことです、と玲がうなずいた。

「待つしかありません。情報量が多すぎるのか、それとも――」

目の前のパソコンから、合成音が聞こえた。ディスプレイに目をやると、月日、時間、場所、カメラ位置、その他の文字情報が並び、それに続いて静止画像が浮かび上がった。

特に目立つところのない容貌の二十代前半の痩せた男がディスプレイに映っていた。

「五月十四日、ＰＭ９：01」コンビニエンスストアＱ＆Ｒ上野店の防犯カメラです、と杏菜が囁いた。「他にもあります。六月十四日、ＡＭ11：29、恵比寿駅改札、七月十日、ＰＭ８：13、陽正《ようせい》信用金庫秋葉原支店。いずれも事件が起きた日の前後です。この男がＶでしょうか」

三枚の写真の中で、それぞれ服装は違ったが、同一人物だとはっきりわかった。

「データ消化率は七パーセントだ」この男だけじゃない、と俊はタブレットを見つめた。

「すべての情報が出揃うまで待とう。それほど時間はかからない」

ＰＩＴルームのプリンターが、写真のプリントアウトを始めている。三十分後、データアップ終了、とタブレットから合成音声が流れた。

事件が起きた三つの駅で撮影されていた同一人物の数は十四人だった。予想より少なかったな、と俊はため息をついた。

「だけど、信頼性は五九パーセントまで落ちている。カメラの解像度に問題があるんだろう」

人相の識別さえできない者が五人いる、と玲が車椅子のハンドリムに手を掛けた。

「帽子やサングラスをかけていたり、顔を伏せていたり……この中の一人がＶだとしても、十四人全員を指名手配するわけにはいかない。どうするか、考えどころね」

プリントアウトを整理していた杏菜が、俊と玲のデスクにワンセットずつ置いた。めくっていた玲が、はっきり顔が映っている人物がVとは思えないと小さくうなずいた。

「犯罪者はカメラを恐れる。撮影されてはならないと無意識のうちに避けてしまうのは、ある種の条件反射ね」

ですが、と言いかけた俊に、もちろん可能性を排除することはできない、と玲が微笑んだ。

「とにかく、理事官に結果を伝えて、今後の対応について検討する。一課長にも入ってもらった方がいい」

内線ボタンを押そうとした手が止まった。プリントアウトを手にした高槻と金沢がPITルームに入ってきていた。待機していた別室のプリンターで写真を印刷したようだ。

もうちょっと何とかならんのか、と苦笑を浮かべた高槻が俊の隣に腰を下ろして、デスクにプリントアウトを放った。

「これでは画像が不鮮明過ぎる。しかも十四人だ。せめて半分に絞り込めないのか」

ディスプレイ上で補正は可能です、と俊はタブレットを高槻に向けた。

「ただ、条件が悪いのは否定できません。照明がなければ、防犯カメラが撮影できる画像の解像度にも限界があります」

君の意見は、と立ったまま金沢が言った。十四人の中にVがいる可能性は高いでしょう、と玲が答えた。

「それぞれの事件が起きた日、あるいはその前後、三つの駅の周辺にいた人間はこの十四人だけです。Vが被害者の尾行、現場周辺の下見を行っていたのは確実で、その条件を満たしているのは彼らしかいません。この十四人の発見を最優先すべきだと思います」

捜すのは難しくありません、と俊は座ったまま金沢に顔を向けた。

「顔が識別できる人間が九人います。顔認証ソフトを使えば、いつ、どこで、何をしていたか調べられますし、どの駅を利用しているかもすぐわかるでしょう。それはAIがオートでできます。発見次第、刑事が事情を聞けば――」

「何の証拠もないのに、職務質問をしろと？」簡単にはいかない、と金沢が床を蹴った。

「十三人は無関係なんだ。プライバシー侵害、人権無視、名誉毀損、何を言われるかわかったもんじゃない」

この中にVがいます、と俊はプリントアウトをデスクに揃えて載せた。

「何も手を打たなければ、また女性が殺されるでしょう。プライバシーや人権ではなく、命が奪われますが、それでも構わないと？」

口の利き方を改めろと金沢が怒鳴った。現実的な話をしよう、と高槻が向き直った。

「この十四人を見つけることは可能かもしれん。だが、任意で話を聞かせてほしいと言っても、同意するわけがない。それぞれの事件が起きた日の前後に、三つの駅であなたが防犯カメラに映っていたんですと説明しても、偶然を主張されたらそれまでだ」

五人は顔がわからん、と金沢がデスクを叩いた。

「それについてはどうする？　この写真だけで捜すのは無理だろう。服装は変えているはずだし、背格好しかわかっていないんだ。君のＡＩは対応可能なのか？」

歩行認証ソフトを使います、と俊はプリントアウトの一枚を取り上げた。

「これは静止画像ですが、歩行中の動画もあります。人物の特定は可能です」

すぐ取り掛かれ、と金沢が命じた。

「Ｖ事件の捜査本部に、このデータを渡す。顔が識別できる者に関しては、君たちが言うように発見も容易だろう。例えば勤務先がわかれば、アリバイの確認ができるかもしれん。だが、蒼井が嫌いな刑事の勘で言えば、その九人はＶじゃない。他の五人の中にいる」

おそらくそうでしょう、と俊は座り直した。せめてその五人が利用している駅、あるいは路線がわかれば、と高槻がしかめ面になった。

「それだけで重点配備が可能になる。発見次第監視下に置き、不審な動きがあれば身柄を押さえてもいい。何か方法はないのか」

ありませんと答えた俊を遮るようにして、杏菜が立ち上がった。

「水無月班長と蒼井さんには話していますが、意見を上申します」

「意見上申？」

「囮捜査を試みてはどうでしょうか。具体的には、わたしが囮になってVの接近を待ちます」

そんなことは許可できん、と金沢が険しい目付きになった。

「特殊なケースを除いて、警察は囮捜査を認めていない」

囮捜査は機会提供型と犯意誘発型、二つの形式があります、と杏菜が一歩前に出た。

「いずれも強制捜査は法的に認められていませんが、任意捜査は警察の裁量に委《ゆだ》ねられています。V事件は捜査の必要性、緊急性の要件を満たしています。囮捜査を行っても、問題はないと思いますが」

囮捜査は機会提供型しか認められていない、と高槻が口をすぼめた。

「Vに犯罪を行う意志があるのは間違いないが、それに対して機会を提供するつもりか？」

そうです、と杏菜がうなずいた。

「Vがターゲットにしている女性には、共通点があります。やせ形、身長一六〇センチ前後、長い黒髪、二十代のＯＬ。わたしとほとんどの条件が合致します」

君は髪が短いじゃないかと苦笑した金沢に、ウイッグがありますと杏菜が言った。

「ＡＩが認識した十四人の中で、人相の識別が困難な五人を捜すのは時間がかかるでしょう。その間に女性が殺されたら、元も子もありません。ですから、わたしが囮になってV

をおびき出します」

うまくいくとは思えん、と金沢が瞼をこすった。

「Vは千葉県在住、都内に勤務先があると考えられるが、それがどこかはわかっていない。常磐線で上野に出ているとPITは考えているようだが、他の路線に乗り換えているのかもしれん。手当たり次第電車に乗っても、Vは見つからんぞ」

Vが次に動くのは東京以外だと考えています、と玲が言った。

「ただし、都内の可能性がゼロということではありません。Vは千葉県に住んでいると推定されますが、茨城県取手市付近までが行動範囲でしょう。いずれにしても、常磐線快速電車を利用している公算が高いのは報告済みです。Vが動くのは千葉、もしくは茨城県内ですが、ターゲットになる女性が都内の常磐線の駅を利用していることは十分にあり得るでしょう。その場合、Vは都内で四番目の殺人を犯すと考えられます」

PITが都内でVが女性を襲う可能性があると予測しているのは、常磐線三河島、南千住、北千住の三つの駅です、と杏菜が言った。

「水無月班長のプロファイリング、蒼井さんのAIが同じ結論を下しています。わたしが囮として常磐線快速電車に乗り、その三駅のいずれかを利用すれば、Vが接近してきてもおかしくありません。Vが狙う女性には、ルックス以外に一人暮らし、マンション住まいなど、共通点があることをわたしたちは知っています。すべての条件を寄せていけば、確率は上がるはずです」

Vは三人の女性を殺害している残虐な殺人犯だ、と金沢がため息をついた。

「君の安全を守り切れる保証はない。そんな危険な任務を命じられると思うか？」

このままでは、Vが次の殺人を実行するのは時間の問題です、と杏菜が言った。それは君が考えることじゃない、と金沢がデスクを叩いた。

沈黙が続いたが、検討してみてはどうです、と高槻が口を開いた。

「いずれにしても、囮捜査の実行に当たっては刑事部長の許可が必要となります。判断はその後でいいでしょう」

アメリカのように積極的に囮捜査を認めている国もあるが、日本では麻薬取締官や銃器類の取り締まりに当たる警察官のような例外を除き、ほとんどの場合許可されることはない。

ただし、警察が意図的に犯罪の機会を提供することで、犯人を逮捕するケースは少なくなかった。法律上、囮捜査には明確な規定がないため、グレーゾーンだが、有効な捜査手法のひとつであることは確かだ。

賛成できない、と玲が杏菜の顔を見つめた。

「Vは三人の女性を殺し、死体を解体している。囮捜査を実行する場合、春野の警護は徹底的にするけど、万一のことがあったらどうするの？」

もちろん、俊も反対だった。金沢が言ったように、確実に杏菜を守れるという保証はない。

だが、囮捜査を実行するかどうかは、金沢や高槻、そして上層部が検討するべき問題で、彼らがゴーサインを出せば従うしかない。警察とはそういう組織だ。

暗い予感を払いのけるように、俊は小さく首を振った。また沈黙が続いた。

5

夜九時、囮捜査を許可するという連絡が金沢から入った。非常手段だが、何らかの手を打たなければならないところまで、警視庁は追い詰められていた。

Vは電車内で狙いをつけた女性を尾行して、自分が定めた条件に合致していることを確認した上で犯行に及ぶ。慎重で用心深い性格であることが窺われた。

囮捜査を実行するに当たり選ばれたのは、三河島駅から一キロほどの場所にある交通課の女性警官が住むマンションだった。本人は部屋を空け、杏菜が使用することになった。OLを装う必要があったので、新宿区役所の協力を得て、分室に勤務する形を取ることも決まった。

七月三十一日、杏菜は朝七時に三河島のマンションを出て、日暮里駅を経由し、池袋《いけぶくろ》駅で副都心線に乗り換え、新宿三丁目駅で降り、新宿区役所分室に入った。コースを設定したのは高槻だ。

その後覆面パトカーで桜田門のPITに向かい、通常通り勤務につくが、夕方には再び新宿へ戻り、そこから三河島のマンションに帰る。

杏菜が電車で移動している間は、三係の刑事が同じ車両に乗り込み、周囲の乗客を監視する。三河島駅で電車を降り、マンションへ向かう時も複数の警備がつく。

PITからも川名、原、そして俊がシフトを組んで交替で加わることになった。同僚の杏菜が囮となっている以上、PITから護衛要員を出すのは義務であり責任でもあった。

装備課の協力で、杏菜の首に極小マイクを埋め込んだネックレスを着けることになった。何らかの突発的な事態が発生しても、一分以内に警察官が駆けつけることを可能にするため、綿密に計算された配置が組まれた。

全体の指揮は三係の桑山《くわやま》警部補が執る。勤続二十年のベテランで、実務能力は高い。万全の態勢と言っていい。

他の路線の警戒態勢も継続している。Vの可能性があるとAIが認識した十四人についても、調査が始まっていた。

身長、体格など特徴は判明している。発見に困難はないというのが、現場の刑事たちの認識だった。

同日夕方六時、新宿区役所の第三分室を出た杏菜が、徒歩で新宿三丁目駅へ向かった。そこから副都心線で池袋へ出て、山手線経由で日暮里から常磐線に乗り換える。三河島駅では三係の刑事数名、そしてPITの班員が待機していた。五十メートルほど離れて、徒歩で杏菜をガードする者、更に警察車両も準備されている。

全員がPフォンを所持しているので、緊急の際には複数の通話で連絡を取ることが可能だ。初日であるこの日、俊は川名と共に警察車両内で杏菜の到着を待っていた。

意味がない、と運転席の川名が何度目かわからない嫌みを口にした。

「囮にVが食いつくとは思えん。時間の無駄だ」

馬鹿馬鹿しい、と背中を反らして体を伸ばした。悟られないように、俊はため息をついた。

杏菜が歩くコースは決まっている。改札を抜けると小口橋《おぐちばし》通りが目の前にあるが、そこを日暮里方面に五分ほど進み、新田屋《にったや》という釣り具店の角を左に折れて、七、八分歩けば、マンションに着く。

釣り具店までの道は比較的明るく、人通りも多いが、危険があるとすればそこからの六百メートルだろう。マンションやアパート、人家が立ち並んでいるが、店舗はない。照明は街灯だけで、痴漢に注意という看板が立っていた。

俊と川名が駅の高架下に車を停めたのは、夕方五時半だった。杏菜が副都心線に乗ったと電話があったのは六時十二分、その後も池袋、日暮里駅から状況を伝える連絡が入っていた。

六時四十八分、日暮里駅から常磐線の電車に乗ったという電話があった。ひとつ隣の駅で、三河島までの走行時間は二分。

座り直した川名がエンジンをかけた。しばらくすると無線が一度鳴り、すぐに切れた。杏菜が三河島駅改札を抜けたという合図だ。

三分後、背筋をまっすぐ伸ばした杏菜が車の横を通り過ぎていった。一分も経たないうちに、スーツを着た若い二人の刑事の姿がドアミラーに映った。

「Vはどこにいるんだ？」

皮肉交じりに言った川名が、ゆっくり車をスタートさせた。俊は何も言わず、杏菜の後ろ姿を見つめた。

6

七月三十一日から、杏菜が朝、そして夕方の常磐線に乗車していたが、不審な人物が現れることはなかった。

北千住、南千住、三河島という常磐線快速電車が停車する東京都内の三駅でVが動く可能性は、決して高いと言えない。北千住の次に停車するのは松戸、その次は柏、我孫子、天王台、取手と続く。松戸以降は千葉、そして取手は茨城だ。単純計算でも五対三ということになる。

加えて、Vの心理を含めて考えると、それ以上に確率は低くなる。Vにとって、警視庁の管轄下である東京で四度目の殺人を実行するのは、リスクが高いためだ。

三駅の一日の平均乗降客数はJR東日本、東京メトロ、東武鉄道、その他含め約百六十三万人だ。単純にその半分を女性とすれば約八十万人、二十代に限定しても二十万人近い数がいる。

その中にはVがターゲットに選ぶルックス、スタイルを持つ女性も少なくないだろう。杏菜が狙われる確率は一〇パーセントに満たない、とAIも計算していた。

この間、〝Vの可能性がある〟十四人について、調査が続いていた。捜査に関わる全警察官が、十四人の写真を携行していた。

既に七人については利用している駅が判明し、現場の刑事たちが尾行によって勤務先または自宅を確認していた。いずれも都内勤務のサラリーマン、または大学生だった。

この段階でも職務質問することは可能だが、確実な証拠がないため、もし七人の中にVがいたとしても、逮捕はおろか強制的に事情聴取するわけにもいかない。下手に動けば、危険を察知して逃亡する恐れもある。

そのため、尾行、監視によって行動を把握することになった。だが、現場の刑事たちの心証は、いずれもシロだった。

だからといって、Vではないということにはならない。監視は続行中だ。

他の七人については、まだ身元を特定できていなかった。JR東日本の協力により、都内を走る各路線の駅から防犯カメラ画像が提供されていたが、Vと思われる人物は見つかっていない。

状況を報告した俊に、Vは自制していると玲が言った。

「駅周辺に多数の警察官がいることに気づき、様子を窺っているはず。マスコミも会社帰りのOLが狙われていると注意を呼びかけているし、駅や電車の警戒が厳しくなっているのは誰でもわかる。防犯カメラに映っていないのは、そのためでしょう」

ぼくもそう思いますとうなずいた俊に、でもVは必ず動くと玲が言った。

「シリアルキラーは自ら犯行を止めることができない。自殺するか、逮捕されるまで殺人を続ける。Vは約ひと月ごとに殺人を繰り返してきた。過去のシリアルキラー事件では、一度殺人を犯すとフラストレーションが解消されて、しばらくの間活動を停止するケースが多い。Vにとって、一カ月が限界なんでしょう。それを越えると、自分を抑えられなくなる」

ひとつ気になっていることがあるんです、と俊は捜査資料を広げた。

「Vは性的暴行をしていないようです」

殺害した女性の体をバラバラに解体し、乳房、性器を切り取り、更にはそれを切り刻むという異常な行為をしているが、検死でも性交の痕跡は認められなかった。ただし、性器全体を抉り取っているため、正確には判定できていない。

「何らかの理由で性機能障害のある男性」心因性、器質性によるもの、と玲が指を折った。「シリアルキラーの中には、性機能障害が引き金となって犯行に及ぶ者も少なくない。Vもそういうタイプなのかもしれない。捜査本部でもその意見は出ていたし、病院を調べている班もある。ただ、ED患者の数は増加の一途を辿《たど》っている。調べると言っても難しい」

勃起障害、つまりED治療を受けている者、その予備軍まで含めれば、東京都だけでも百万人単位になるだろう。医者には患者の情報を秘匿する義務がある。証拠もないのに、カルテを見せろとは言えない。

八月に入った、と玲が壁のカレンダーに目をやった。

「Vが動き出す日が迫っている。その前に見つけなければならない」

「班長、電話が入っています」立ち上がった大泉が手にしていた受話器を掲げた。「柏駅の監視班が、Vと身体的特徴が似ている男を発見したと……現在、常磐線に乗車し、東京方面に向かっています」

正確な現在位置を、と命じた玲が俊に顔を向けた。

「常磐線各駅の防犯カメラ画像を大至急検索して。どこで降りるか、どこへ向かっているかわかれば、人物の特定が可能になる」

俊はタブレットに音声入力で指示を出した。Ｖだといいんだが、と大泉がため息をついた。

Chapter 7 Dissappearance

1

柏駅で千葉県警の警察官によって発見された人物は、常磐線快速電車で東京方面に向かい、南千住駅で降りたところまで確認されたが、降車直後行方がわからなくなっていた。尾行していた警察官の不注意によるものだが、東京都に入っていたこともその理由のひとつだった。南千住駅にも警視庁の警察官が待機していたが、連絡が不十分だったため、連携を取ることができなかった。

だが、尾行していた千葉県警の警察官が写真を撮影していた。また、南千住駅の改札に設置されている防犯カメラにも、男の姿が映っていた。

ＰＩＴに転送されてきた画像を調べると、人相不明だった五人のうちの一人であることが確実になった。

俊は十日前まで遡《さかのぼ》り、南千住駅の防犯カメラ画像を調べ、同じ人物が毎朝九時前に降りていることを確認し、更に周辺の防犯カメラ画像から、勤務先を割り出した。

ここから先は現場の刑事の仕事になる。男の周辺を調べ、不審な点があれば監視下に置くことになるだろう。

「この人物がVである可能性は低いと思われます」

PITで行われた会議で、俊は男の写真を全員のパソコンに転送した。正面から撮影しているため、顔がはっきり映っている。

三十代後半、スーツ姿だ。サラリーマンと考えていい。真面目な人に見えますと杏菜が言ったが、俊の印象も同じだった。

勘だけの話だろう、と川名が洟をすすった。

「身元が確認されている他の七人だって、Vの可能性はまだあるんだ」

確かにそうです、と俊はうなずいた。ただ、その七人は厳重に監視されているため、不審な行動を取ればすぐ身柄を確保できる。その意味で、危険はほとんどなかった。

これで所在が確認されたのは八人ね、と玲が小さくうなずいた。

「この人物も含め、全員を警察が監視することになる。その中にVがいれば、むしろ話は早い。少なくとも八月中に、Vは次の殺人を実行しようとするでしょう。確実に逮捕できる態勢が整っているから、わたしとしてはこの八人の中にVがいてほしいぐらいよ」

ですが、まだ六人の所在が不明ですと原が言った。

「その六人について、画像を公表するべきではないでしょうか」

できるわけない、と川名が鋭い目で睨みつけた。

「十四人の中に確実にVがいるとは、断定できんだろう？　仮にいたとしても、他の十三人の人権はどうなる？」

「しかし、画像を公表すれば殺人を抑止できます」Vのターゲットになり得る女性は、それだけで身を守れるでしょうと原が主張した。「Vの逮捕は重要ですが、四人目の犠牲者を出さないことを優先するべきだと思います」

今だけを考えればその通りだが、と川名が大きな音を立てて洟をかんだ。

「しばらくの間、Vは殺人衝動を堪えるかもしれん。だが、奴は本物の人殺しだ。いずれは耐えられなくなって、次のターゲットを殺すだろう。警察だって、いつまでもV事件の捜査を優先するわけにはいかない。逮捕するしかないし、そのチャンスは今しかないんだ」

情報公開はできない、と玲が首を振った。

「不鮮明な写真を新聞やテレビの画面に載せれば、似ているというだけの理由で通報が殺到するでしょう。パニックが起きるかもしれない。警視庁としても、全通報に対応することは不可能よ。Vが有利になるだけ」

ではどうするんです、と原が左右を見た。十四人全員の身元確認を急ぐしかない、と玲が俊に視線を向けた。

「顔認証、歩行認証、スキンテクスチャー、虹彩認証、あらゆる手段を使って、防犯カメラ画像を再確認するように」

そのつもりです、と俊はうなずいた。十四人の中にVがいればいいが、と川名が俊に体の正面を向けた。

「もしいなかったら、どうなると思ってるんだ？　V事件の捜査本部に詰めている刑事は、約百人しかいない。十四人の行動を監視するだけで手一杯だ。お前が間違っていたら、Vはまた誰かを殺すことになる。責任は取れるんだろうな」

そういう言い方はないでしょうと立ち上がった杏菜を制した玲が、関川事件について進展は、と尋ねた。特にありません、と川名が仏頂面で答えた。

「組対は暴力団関係を調べていますが、中国人マフィアも渋谷の東斜会も、不審な動きはないそうです。関川殺しと暴力団は無関係だ、という意見が捜査本部では主流になっているようですね。谷村元警部の発見に全力を注ぐと方針を変更したそうですが、何しろ手掛かりがありません。はっきり言って、手詰まりの状態です」

今朝、捜査会議があった、と玲が時計に目をやった。

「わたしの方から、例の弁護士一家殺人事件との類似性について報告した。酷似している部分があるのは、会議に出席していた全員が認めている。模倣犯か、あるいは同一犯による犯行の可能性もある。それを踏まえて、関連性を調べるように指示された。弁護士一家殺人事件の捜査資料を確認したのは原くんと春野ね？　何か気づいたことは？」

関川事件と弁護士一家殺人事件に共通点があるのは間違いありません、と杏菜が口を開いた。

「ディテールがそっくりです。二件の事件が同一犯によるものだとしても、不思議ではないと思いました」

僕も同じ意見です、と原が玲に目を向けた。

「重要なポイントは、犯人が現場に血痕、指紋その他個人の特定が可能な証拠を遺していることです。他も弁護士一家殺人事件をなぞったように同じです。関川刑事の冷蔵庫の食品を食べた痕跡もありますし、仮眠も取ったようですね。バスルームに関川刑事のプライベート写真や書類が捨てられていたこともそうです」

弁護士一家殺人事件では、死体を切断していないと言った川名に、もっと重要な点があるんですと原が声を潜めた。

「関川刑事の切断された右腕が載せられていたデスクの引き出しに、バイスクルのトランプが入っていました。調べてわかったんですが、五十一枚しかありませんでした」

どういう意味かね、と大泉が額を二の腕でこすった。ジョーカーを除くと、トランプは五十二枚でワンセットですと原が言った。

「確認しましたが、欠けていたのはスペードのJでした。弁護士一家殺人事件で、犯人が被害者の喉に押し込んでいたカードと同じです。一般には公表されていない事実を、犯人は知っていたことになります。これでも同一犯ではないと思いますか？」

聞いてないぞ、と川名が顔を手のひらで拭った。わたしもさっき報告を受けたばかり、と玲が言った。

「偶然のはずがない。弁護士一家を殺害した犯人が関川刑事を殺したと考えるべきでしょう。ただ、動機がわからない。関川を殺して、ジャックが得る利益は何？　共通する動機があるとは思えない」

関川殺しの犯人がジャックだとすれば、と川名が腰を浮かせた。

「共通する動機はありますよ。警察に対する挑戦、もしくは憎悪です」

「九年間の空白がある。なぜ今になって動き出したと？」

弦養寺公園のバラバラ殺人事件、と川名が人差し指を立てた。

「あれがジャックの犯行だとしたらどうです？　九年間、まったく動いていなかったわけじゃない。他にもジャックは人を殺しているのかもしれません。自分たちも気づいていない事件が——」

ありえない、と玲がゆっくり首を振った。

「弦養寺事件で、スペードのJというカードは現場になかった。ジャックがあの事件の犯人だとすれば、何らかの形でメッセージを残しているはず。それがないのは、ジャックが犯人ではないことを意味している。わたしはもうひとつ別の可能性があると思っている」

「何です？」

「関川刑事を殺害した人間が、捜査を混乱させるためにスペードのJを抜いたトランプのセットを残した。弁護士一家殺人事件と同一犯に見えるように、意図的にそうしたと考えられる」

ですが、と手を上げた俊に、わかってると玲が小さくうなずいた。

「関川殺しの犯人は、弁護士一家殺人事件の情報について詳しく、外部に対し完全に秘匿していた情報を知ることができた人物。つまり、警察内部に犯人がいることになる」

全員が沈黙した。焦って結論を出したくない、と玲が微笑んだ。

「捜査に先入観が禁物なのは、今さら言うまでもないでしょう。関川殺害に関して、SSBCを中心とした捜査支援会議がこの後本庁舎で始まる。わたしと大泉さんも出席することになっている」

会議はここまで、と車椅子のハンドリムに手を掛けた。俊は大きく息を吐いて、タブレットを閉じた。

資料をまとめた玲が車椅子をドアに向け、その後を大泉が大きな靴音を立てて追いかけていった。管理職は大変だと薄笑いを浮かべた川名が、ちょっと一課を覗いてくる、とその場を離れた。

2

「もう一課の刑事じゃないのに」デスクに座った杏菜が不満そうに言った。「そんなに古巣がいいのかなって……」

川名さんは一課が長かったからね、と取りなすように原が笑った。

「根っからの刑事なんだよ。率直に言って、ＰＩＴへの異動を命じた上に問題があると思うな」

原さんはどうなんです、と俊はコンピューターの稼働状況を確認しながら聞いた。難しいところだな、と原が頭を掻いた。

「所轄にいた頃から、いずれは本庁に上がりたかった。希望通りになったといえばそうなんだけど、ＰＩＴっていうのはね……支援部門を下に見ているわけじゃない。川名さんの世代ならともかく、僕ぐらいの年齢だと、重要性はよくわかってるつもりだよ。ただ、プロファイラーになるために警察官になったわけじゃないからね」

二人の会話に耳を傾けていた杏菜が、そろそろ出ます、とトートバッグを肩から下げた。

「囮の任務に戻らないと……一度新宿へ戻ってから、三河島のマンションに帰ります」

先に行ってる、と原がうなずいた。

「今日は僕と大泉さんで君をガードする。会議が終わり次第、合流する予定だ。新宿までは警察車両だね？」

そうですと答えた杏菜の背中を押すようにして、原がPITルームを出て行った。一人残った俊は、コンピューターの前で腕を組んだ。玲は曖昧にしか言わなかったが、関川刑事を殺したのは警察関係者だという確信があった。

犯人は弁護士一家殺人事件について、細大漏らさず調べている。そうでなければ、極秘だったスペードのJというカードについて、知ることはできなかったはずだ。

だが、弁護士一家を殺害したのが警察官とは思えなかった。犯人＝ジャックは、警察官としてあり得ないミスをしている。論理的帰結として、二つの事件の犯人は別人だと断言できた。

弁護士一家殺人事件の当夜、ジャックは夜八時前後、二階の浴室の窓から侵入した。そのまま一階へ降り、玄関前の廊下で弁護士を包丁で刺殺しているが、この時抵抗に遭い、体の一部を切っている。出血量から考えて、かなり深い傷を負ったようだ。

着ていたトレーナーで血を拭い、キッチンのシンクで洗ってから、布巾《ふきん》で止血している。

その後、五歳の息子を絞殺し、二階へ上がって母親と娘をキッチンにあった包丁で刺し殺した。

もしジャックが警察官だとしたら、弁護士を刺殺した際、抵抗を封じる術《すべ》を知っていたはずだ。自分の体を傷つけるような、初歩的なミスをするはずがない。

ジャックが素手だったことは、指紋が残っていることからも明らかだ。指紋の持つ意味を知らない警察官など、日本には一人もいない。

ジャックは血を拭ったトレーナーを現場に捨てている。DNA鑑定によって個人の特定が可能だとわかっている警察官なら、そんな危険な真似はしない。

娘と母親を刺し殺した凶器は、弁護士の家にあった包丁だが、予備のナイフを用意していなかったのも、警察官としては迂闊《うかつ》だ。

一家四人全員を殺害した後、ジャックは母親の化粧コットンを使って再び止血し、そのまま現場に留まっている。証拠隠滅のためではない。むしろ、その逆だ。

数時間、リビングのソファで仮眠を取り、弁護士の書斎に入ってデスクの引き出しをそのまま二階の浴室へ運び、バスタブに中身をぶちまけている。何かを捜していたのではないかと考えられているが、盗まれた物はなかったと弁護士の母親、妹が証言している。

家の中にあった箪笥《たんす》、クローゼットなどの引き出しをすべて開け、預金通帳、印鑑を見つけたにもかかわらず、そのまま放置している。弁護士の財布から現金、キャッシュカード、クレジットカードを盗んでいるが、今日に至るまでカード類が使用された形跡はない。妻の財布は、手付かずのまま床に捨てられていた。
トイレで用を足し、冷蔵庫にあったハムとヨーグルトを食べ、弁護士のパソコンから外部のサイトにアクセスしている。何のためにそんなことをしたのかは不明だが、警察官なら絶対にしない行為だ。

午前六時過ぎ、玄関から表に出て、そのまま逃走している。夜は明けていたし、辺りは明るかった。誰かが見ていてもおかしくない。警察官が犯人なら、すべてがあり得ない行動だ。

関川事件について、犯人が関川の頭部、右腕を切断し、見せつけるようにレイアウトしていった点は弁護士一家殺人事件とまったく違うが、多くの遺留品が一致していること、指紋、血液、体液が現場に遺されていること、その他の行動はほぼ同じだ。

犯人が弁護士一家殺人事件の情報に精通していたのは間違いない。事件資料を閲覧することができた者、すなわち警察官が関川を殺害した犯人と考える根拠はそれだ。

谷村元警部が容疑者となっているのは、現場に遺されていた血液のＤＮＡが合致したためだが、俊の考えは違った。

谷村が現場にいたことは確かだろう。関川を殺害したのかもしれない。だが、単独犯ではなかった。

真犯人と呼ぶべき人物が他にいる。それは間違いなく警察官だ。谷村はその人物に利用されていただけなのではないか。

小さく首を振って、タブレットを閉じた。空調の音だけが響いていた。

3

八月三日金曜日、いつも通り俊は朝七時にPITルームに入った。玲と大泉がそれぞれのデスクに座っている。

玲の横に立っていた原が、大丈夫でしょうかと苛立ったように話す声が聞こえた。

「秋葉原事件から二十日以上が経過したため、三係のバックアップ要員が半分に減らされたそうですね。都内のターミナル駅の警戒を厳重にすると命令が出たと聞きました。過去、Vは約ひと月間隔で犯行を重ねていますし、再び動き出す危険性が高くなっていると上層部が考えるのはわかります。本部の方針ですから仕方ありませんが、春野さんのことが心配です」

原くんの言う通りだと思いますな、と大泉が顔をしかめた。

「春野さんは囮になるため、外見をVが狙うスタイルに合わせています。Vが常磐線を利用しているのが確かなら、三河島駅は危険過ぎませんか？　囮作戦はやめるべきだと……」

わたしも同じ意見ですが、春野自身が続行を強く希望しています、と玲が深く息を吐いた。

「彼女は祖母を殺害されています。警察官を志したのも、それが大きな理由です。囮になるのはやめなさいと昨日も話しましたが、止《と》められませんでした」

中止するべきです、と原が身を乗り出した。川名くんを専従の護衛につけた、と玲が白衣の袖で額を拭った。

「彼は一課にいたし、この手の仕事に慣れている」

こういう時には頼りになりますからねと大泉が言ったが、俊は納得できなかった。川名の刑事としての能力は信用できるとしても、一人で杏菜を守り切れるとは思えない。

もちろん、三係の刑事も杏菜をガードするだろうし、ＰＩＴの班員もシフトを組んで警護につく。だが、専従警護者が川名一人だけで、何かあった時に対応できるのか。

襲撃側であるＶは有利だ。二十四時間、ターゲットを見張っている必要はない。

逆に、警護側は圧倒的に不利だ。いつ襲われるかわからないため、常に緊張した状態にある。一日二十四時間、気を張り詰めていることは誰にとっても不可能だ。

そのために警察は人海戦術を用い、大量の人員を準備する必要があったが、捜査本部に余剰人員はなかった。

囮である杏菜に、川名が密着して警護することはできない。それでは何のための囮かわからない。囮捜査には、そういうリスクがある。

わたしも本当は止めたい、と玲が唇をすぼめた。

「嫌な予感がする。原くんと蒼井くんは、可能な限り川名くんのフォローに回るように。春野はPITの班員で、わたしには彼女を守る義務がある」

原が俊の肩を軽く叩いた。わたしもだ、と大泉が腰を上げた。

「一人でも多い方がいいだろう。春野さんの警護ぐらいできるつもりだよ」

乾いた音がして、俊は顔を上げた。悔しそうな表情を浮かべた玲が、平手で車椅子を叩いていた。

4

八月二日から四日午前中までの間に、V事件に関して大きな動きがあった。防犯カメラ画像から見つかっていた十四人のうち、十三人の身元が判明し、三係の刑事たちの懸命な捜査の結果、八人のアリバイが確認された。残りの五名についても、監視が続いている。

問題は、まだ発見されていない最後の一人だった。SSBCが東京都内の主要駅の防犯カメラ画像を調べているが、その数、そして撮影時間が膨大過ぎるため、処理が追いついていない。

常磐線に限定して調べるべきだと捜査会議で玲が意見を上げたが、他の路線を使っている可能性は捨てきれないとして、金沢一課長が却下した。十四人の中にVがいるかどうかさえ、確実ではないと考えているようだ。

やむを得ない、と俊は思っていた。現場の刑事と支援部門の間には大きな壁がある。刑事たちがコンピューターより自分たちの経験と勘を信じるのは、本能に近い。論理で説得しても、彼らは反発するだけだ。

八月六日月曜日の夕方、ＰＩＴの会議室に班員全員が集まった。所定の位置に車椅子で移動した玲が、秋葉原事件が起きてから二十五日経ったと口を開いた。

「今まで約ひと月間隔でVが女性を殺害していたからといって、五日以内に次の殺人を犯すということではない。明日かもしれないし、一週間後かもしれない。極端に言えば今夜ということも有り得るし、八月中は動かないことも考えられる。それでも、Vは必ず動く。前回の殺人から二十五日が経ち、体の中でフラストレーションが膨れ上がっているはず。その衝動は誰にも止められない」

そうは言いますが、と川名が顎の下を掻いた。

「どうやって奴を見つけろと？　蒼井が見つけた十四人については、三係もＳＳＢＣも徹底的に捜索しましたが、まだ六人のアリバイが確認できていません。最後の一人に関しては、どこにいるのかさえわかっていないんです。見つかったとしても、そいつがVだとは断定できんでしょう」

シリアルキラーには二つのタイプがある、と玲が首を振った。

「無秩序型と秩序型よ。無秩序型は過去に犯罪歴、暴力、虐待癖、昆虫や小動物を殺すなどの予兆があるから、特定も容易になる。でも、Vは違う。秩序型のシリアルキラーよ。平凡な市民を装って、一般市民と何ら変わらない生活を送っている。Vに前科はないはず。東京、千葉、合わせて千七百万人の中から一人のシリアルキラーを捜すことはできない。捜査には指針が必要で、それがあの十四人」

そうですかね、と不満そうに言った川名が視線を横にずらした。報告があります、と俊はタブレットのファンクションキーを押した。

「身元が判明していない最後の一人の画像をドットレベルで解析し、再構成しました。今、全員のパソコンに送りましたが、着ているジャンパーの襟の部分を見てください」

パソコンのディスプレイ上で拡大していた原が、文字だとつぶやいた。ローマ字かな、と老眼鏡をかけた大泉が囁いた。

「この人物が着ているのは青のジャンパーですが、確認したところメジャーリーグの球団が使用しているウインドブレーカーのレプリカでした」製造元は日本ハンプシャー社です、と俊は言った。「メーカーに問い合わせたところ、襟に文字を入れたものは市販していないということです。つまり、この人物が自分でオーダーしたものと思われます」

I・Z・U・M・Iと大泉がひと文字ずつローマ字を読み上げた。

「イズミ？　その前に何か映っているようだけど、読めないな。何だろう」

名前でしょうか、と原が顔を上げた。可能性は高い、と玲がうなずいた。

「大泉さん、千葉県在住のモスキートTVの契約者で、名字、名前、いずれかにイズミが含まれる人物を捜してください」

大泉がファイルを取り出した。名前とは限らんでしょう、と川名が言った。

「サークル名とか、地名とか、学校名とか、そんなこともあるかもしれません。メジャーリーグの正規レプリカだとすれば、野球のチーム名を入れていてもおかしくない」

他にも会社名、団体名、あるいは何かの略称ということも考えられた。いずれであったとしても、個人の特定が可能になるだろう。身元がわかれば、監視下に置くこともできる。

検索サイトで、千葉、IZUMIと俊はワードを打ち込んだ。千五百六十万件がヒットした。多過ぎる、とため息をついてキーボードから指を離した。

だが、他に手掛かりはない。ディスプレイに直接指を当て、そのまま上にスライドした。

Chapter 8 Arrested criminal

1

千葉県には部分的にIZUMIという文字が入る施設が数多くあった。学校、公園、会社、ゴルフ場、ショッピングセンター、鉄道、霊園。

人名についても同じで、IZUMIというアルファベットは、通常、漢字の泉に変換されるが、和泉、出水、泉美、重泉、湖など、他の文字でもIZUMIと読むものがある。

名字とは限らない。ざっと調べただけでも、白水、和、唯霊、一泉など、さまざまな文字を使ってIZUMIと読ませる名前が多数あった。

加えて、ジャンパーのIZUMIというアルファベットの前に、文字が隠れていることが選択肢を多くしていた。IMAIZUMI、KOIZUMIというような名字かもしれない。固有名詞ではなく、何らかの文節の一部ということも有り得る。

大泉がモスキートTV社の契約者リストを調べた結果、千葉県在住の契約者三千名のうち、IZUMIが名前に含まれている者は二十二人いることがわかったが、IZUMIが名前の一部だという確証はない。また、二十二人全員を調べる時間も人員もなかった。

玲が捜査本部に報告を上げたが、どうすることもできないと俊にもわかっていた。ジャンパーが本人のものではない可能性すらあるのだ。

Vがモスキートと契約していることも、絶対とは言えない。金沢一課長が玲の報告を認め、捜索命令を出したとしても、千葉県警との連携が不可欠だ。調整には時間がかかるだろう。

高槻理事官と内線電話で話していた玲が、思った通りとつぶやいて受話器を置いた。

「それだけでは動けない、名前であるにせよ、その他何にしても、確認が先だと言ってる」

千五百六十万件ですよ、と大泉が天井を見上げた。もっと絞り込めると思います、と俊は言った。

「野球とかスポーツとか、検索ワードを加えていけば、範囲は狭められるでしょう。ただ、何を検索ワードにするかで、結果が大きく違ってきますが」

ジャンパーの人物の画像を再度調べたが、他にわかったことはなかった。唯一、吊り革の位置との比較で、身長一六五センチ前後だと確認できた。これは推定されているVの身長とほぼ同じだ。

マスクとサングラスをかけた上で、顔を伏せているのも不自然だった。Vの可能性が高いのは確かだが、コンピューター犯罪特殊捜査官として、勘だけで意見を上げるわけにはいかない。

いくつかの検索ワードで絞り込みをかけたが、IZUMIが何を指しているのか判断できないまま、二時間が経っていた。午後八時、新宿へ戻りなさい、と玲が杏菜に指示した。

「今日の担当は原くんね？　春野は警察車両で新宿区役所へ戻った後、いつものルートで三河島のマンションに帰るように。原くんは新宿三丁目駅から春野をガードして、マンションまで送ること」

部屋へ入るところまで見届けますよ、と原が立ち上がった。

「その後もしばらく監視を続けます。いつもより遅くなりましたが、三係と連絡を取り合って臨機応変に対応します。任せてください」

促された杏菜が、原と共にＰＩＴルームを出て行った。自分は三河島駅で待機しますと言った川名に、了解と玲がうなずいた。

「わたしはこの人物について、もう少し調べてみる。春野が三河島駅へ着くのは、一時間半ほど後になるでしょう。今日、三河島駅に三係の刑事は一人しかいないと駒田三係長から連絡があった。蒼井くん、君も川名くんと一緒に三河島へ行くように。何もないとは思うけど、念のためよ」

わかりましたと答えた俊に、気をつけるんだよと大泉が言った。三十分後に出るぞ、と川名が時計に目をやった。

2

疲れたか、と運転席で川名が缶コーヒーを手にしたまま辺りを見回した。

夜九時四十五分、三河島駅。俊と川名は駅の改札が見える小口橋通りに車を停めていた。

そうは言いませんが、と俊はミネラルウォーターのペットボトルのキャップを開けた。

「SSBCではここまで仕事が重なることがなかったので、頭の整理がつきません」

PITとSSBCは違うからな、とつぶやいた川名が、そろそろだと時計に目をやった。

十分ほど前、原から日暮里発九時三十五分の常磐線に杏菜が乗車したと連絡があった。間もなく、二人が三河島駅に着く。

改札の前に、背広を着た痩せた中年の男が立っていた。三係の刑事で、他にバックアップはいない。

Vの関心を引くように、杏菜は服装やヘアスタイルを変えている。もし不審人物が現れれば、その場で職務質問をかけ、状況次第では暴行未遂の現行犯として逮捕することも想定されていた。

だが、そのためには杏菜のガードを担当する者、職務質問と確保を担当する者等、複数の刑事が必要だ。原と三係の刑事だけでは、取り逃がしてしまう恐れがある。人員不足は否めなかった。

かすかなアナウンスの声が聞こえてきた。来るぞ、と背中を伸ばした川名が缶コーヒーをホルダーに置いた。

「マンションまで春野をガードする。Vが現れなければ、それで今日は終わりだ。原と春野を確認したら、先回りしてマンションに向かう」

了解です、と俊は残っていたミネラルウォーターを喉に流し込んだ。

蒸し暑いな、と川名がネクタイを緩めた。電車の少し掠れたブレーキ音が聞こえた。

3

改札から原と杏菜が前後して出てきたのを確認して、川名がアクセルを静かに踏んだ。

小口橋通り沿いにある釣り具店まで、約四百メートル。夜十時近くになっていることもあり、ほとんど車は走っていない。一分もかからず、店の前に着いた。

杏菜は徒歩だから、四、五分かかるだろう。原と三係の刑事が追尾しているし、人通りもある。危険はないに等しかった。

ただ、ここからマンションまでは街灯の間隔が離れ、エアポケットのように人が少なくなる。暗がりに身を潜めているVが杏菜を襲うことがないとは言い切れなかった。

誰かいるか、と川名が囁いた。いないようです、と俊は車の前後に目をやった。その時、警察車両の無線が鳴った。

「今、原くんから連絡があった」玲の張り詰めた声が車内に流れ出した。「三河島の駅に到着し、これからマンションに春野が戻ると――」

わかってます、と川名が答えた。

「二人が改札を出たのは、自分たちも確認しました。現在位置は駅とマンションのほぼ中間」

大泉さんもそっちへ向かった、と玲が深く息を吐いた。

「妙な胸騒ぎがする、どうしても行かせてほしいと……根拠はないけど、わたしもその方がいいと思った。そろそろ着く頃よ」

考え過ぎでしょう、と川名が顎を指で搔いた。

「原も三係の刑事もいます。万一、Vが現れたとしても――」

油断してはならない、と玲が押さえ付けるように言った。

「わたしも春野のGPSを確認している。でも、何かが起きてからでは遅い」

わかってますと答えた川名のスマホが、一度だけ鳴った。

「原からメールが入りました」改札を出て所定のコースに向かっています、とギアをドライブに入れた。「春野がマンションに戻ったら連絡します」

ひとつだけ危険な場所が、という玲の声がした時、車の横を杏菜が通り過ぎていった。

川名が無線のボリュームを下げた。

振り向くと、百メートルほど後方に原、その五十メートル後ろに三係の刑事が続いていた。

「蒼井、他に誰かいるか?」

俊は首を振った。通りに人影はない。

背筋を伸ばした杏菜が、足早に歩を進めている。追い抜いた川名が、徐行運転で進んだ。車と原で杏菜を挟み込むフォーメーションだ。何があっても対応できる。

だが、気を緩めるつもりは俊にも川名にもなかった。闇を透かすように、俊は周囲を見回した。Vが様子を窺っているかもしれない。

七分後、杏菜がマンションのエントランスに到着した。オートロックの番号を押して、中へ入っていく。川名が額の汗を拭った。

「しばらく待機だ。不審者が現れたら、即、職務質問をかける」

最も危険なのは帰宅直後だ。過去の三件とも同じだが、Vは被害者が部屋に帰るのを待ち、インターフォンを鳴らしてドアを開けさせている。

だが、夜十時になっていた。宅配業者が訪れる時間帯ではないし、友人を装うのも無理がある。遅い時間になっていたが、むしろ安全なはずだ。

俊は耳のブルートゥースイヤホンに触れた。聞こえるのは、通路を一番奥の部屋まで歩く杏菜の足音だけだ。

車の窓が叩かれた。川名がパワーウインドウをスライドさせると、問題ありませんと原が敬礼した。背後に三係の刑事が立っている。

しばらく監視を続ける、と川名がマンションを見つめた。

「Vが現れる可能性は低いだろうが、水無月班長に報告して、今後の指示を――」

俊はドアを開けて、車の外に飛び出した。どうした、と川名が怒鳴った。

「部屋に誰かいます！」

それだけ叫んで、マンションのエントランスへ走った。杏菜が部屋に入り、ドアを閉めた音に続いて、おかえり、という低い声が聞こえた。間違いない。誰かが部屋にいる。

オートロックのエントランスを力ずくでこじ開けようとしたが、一ミリも動かない。駆けつけた川名が、どけと叫んで素早く暗証番号を押した。

「……あなたは、誰？」耳に装着しているブルートゥースイヤホンから、杏菜の掠れた声が聞こえた。「どうやってこの部屋に入ったの？」

じれったくなるほどゆっくりとドアが左右に開いた。飛び込んだ川名と原がエレベーターへ向かう。俊は非常階段を目指して走った。

最後に乗ったのは杏菜で、五階で降りている。その後は動いていないから、エレベーターはまだ五階だ。待っている余裕はない。

話を聞いて、と語りかける杏菜の震える声が聞こえた。

「何をするつもりなのか、わかってる。あなたが三人の女性を殺したことも……わたしは警察官で、あなたを探していた」

話し続けろ、と二段飛ばしで階段を駆け上がりながら俊は強く拳《こぶし》を握った。

猟奇殺人者が常に異常な心理状態にあるわけではない。コミュニケーションを取り、お互いが人間だと認識させれば、簡単に手は出せなくなる。

足がもつれて、三階で転んだ。ぶつけた臑《すね》の痛みに悲鳴が漏れたが、足を引きずって走り続け、五階フロアに出た。

エレベーターから転がるように飛び出してきた川名と原が走ってくる。待て、と短く叫んだ川名がドアを開けた。鍵はかかっていなかった。

玄関前の狭い通路に、ジーンズとジャンパーに身を包み、目深《まぶか》にキャップを被ったVが杏菜の首を摑んで、壁に押し付けていた。左手にナイフを握っている。

「やめろ！」

川名が怒鳴った。Vが僅かに顔の向きを変えた。

マスクをかけているため、表情は見えない。見えたのは、赤黒く充血した目だけだ。

俊には何もかもがスローモーションのように思えた。小刻みにまばたきを繰り返していたVが、杏菜の首を押さえたまま、ナイフを振り下ろす。狙っているのは杏菜の顔だ。

身をよじった杏菜が、顔を左に振った。顔面に向かっていたナイフが、右の耳に深く突き刺さる。

悲鳴と共に、血飛沫《ちしぶき》が壁に飛び散った。小さな肉片が床に落ちる。

ナイフを引いたVが横から薙《な》ぐようにして、素早く振った。顔をかばった杏菜の右腕から真っ赤な血が迸り、床が血に染まった。

突進した川名がVの腰にタックルして、その場に倒した。原がVの左腕を強く蹴ると、ナイフが廊下に転がった。

「救急車！」

川名の叫び声に、俊は震える手でスマホを取り出し、１１９と番号を押した。原が自分のネクタイを杏菜の右腕にきつく巻き、止血している。

Vの両腕を体の後ろに回した川名が手錠をかけ、頭のキャップをはたき落とした。短く刈った髪の毛。マスクをむしり取った川名が、驚きの声を上げた。

「……女？」

ドアが開き、三係の刑事が飛び込んできた。その後ろに大泉がいた。

意識を失っている杏菜の体を横抱きにした川名が、しっかりしろと叫んで部屋を出て行った。

4

病室のドアが開き、車椅子に乗った玲が出てきた。顔色は青というより白に近かった。

彼女の容体は、と大泉が疲れた声で尋ねた。杏菜は救急車で荒川区内の総合救急病院に搬送され、夜間外来で医師の治療を受けていた。

今は眠っている、と玲が通路の端に車椅子を寄せた。

「耳はそれほど酷くない。出血こそあったけど、切れた部分は一センチにも満たなかった。再生する可能性が高いと医者は言っている」

他はどうなんですか、と壁に背中をつけたまま川名が視線を向けた。右腕が良くない、と玲が顔を伏せた。

「肘の内側の腱が完全に切れている。明日、専門医が手術することになったけど、最悪の場合、春野の右腕は動かなくなるかもしれない」

顔を両手で覆った玲が、深い息を吐いた。犯人は浅川《あさかわ》光《ひかり》という三十歳の女性でした、と原が言った。

「今、東荒川署で事情聴取をしていますが、三件の事件について、曖昧ながら供述を始めているそうです。浅川は同性愛者で、半年ほど前、交際していた女子大生と別れています。色白、黒髪の痩せた女性だったことが、所持していた写真から判明しました」

浅川光ですか、と顔を上げた俊に、例のウインドブレーカーの男は泉谷政雄《いずみやまさお》という高校の体育教師だったそうです、と原が言った。

ふられた腹いせかね、と大泉が腕を組んだ。恋人への恨みをよく似た女性に投影させ、残酷な手段で殺したと玲が言った。

「珍しいケースではありません。コインロッカーに切断した女性のパーツを入れたのも、復讐の代償行為だったんでしょう」

朝になるのを待って本庁へ移送するそうです、と原が壁の時計を見つめた。深夜四時になっていた。

「ひとつだけ危険な場所があると、無線で言ってましたね」壁から体を離した川名が玲の前に回った。「Vが春野の部屋にいることを、班長はわかってたんですか?」

わかってはいなかった、と玲が顔を背けた。

「川名くんと話していた時、不意に気づいた。Vはターゲットとなる女性を尾行して、自宅を確認するところからすべてを始める。自宅周辺に隠れ、ターゲットの帰宅を待ち、業者を装ってドアを開けさせる。過去の手口はそうだったけど、マンションに侵入し、ドアの鍵を開けることができれば、部屋で待つことが可能になる。それはどこよりもVにとって安全で、ターゲットにとっては最も危険な場所になる」

なぜAIがVを特定できなかったのか、その理由が俊にはわかっていた。すべての前提となる条件入力が間違っていたからだ。

画像検索の効率を優先し、想定できるVの性別、年齢、身長その他の条件をAIに入力し、該当しない者を自動的に削除するように指示したのは俊自身だ。膨大な量の防犯カメラ画像を効率的に調べるという狙いがあったが、その判断が誤っていた。

AIがVを見つけられなかったのは、処理能力に問題があったからではない。俊の指示通り、二十歳以上四十九歳以下で、身長一六〇センチ台の男性という条件で検索を続けたが、女性である浅川光は最初の段階で検索対象から外れることになった。

異常に残虐な犯行のため、誰もが無意識のうちにVを男性と考えた。経験が豊富な刑事にとって、それは常識ですらあった。

最終的に、三つの事件の被害者の周辺にいた男性という必要最低条件だけを入力したことで、十四人の人間をピックアップしていたが、それも間違っていた。AIは俊の入力した条件で捜索を続け、十四人の男性をピックアップした。最後の一人、泉谷政雄も事件とは無関係だった。

真犯人のV、つまり浅川光は最後まで自由に動いていた。俊の先入観が今回の事態を招いた原因だった。

女性の可能性を考えるべきでしたとつぶやいた俊に、指示しなかったわたしの責任、と玲が目元を押さえた。

「プロファイラーは思い込みや決めつけを排除しなければならない。常にそう言っていたわたし自身が、Vは男性だと安易に思い込んでいた。性的暴行の痕跡がなかったこと、海外ドラマの視聴者は女性の方が多いこと、いずれも指し示しているのはVが女性だという事実。わかっていたはずなのに……」

Vは僕たちの目の前にいたんですね、と原が壁を平手で叩いた。

「同じ車両に乗っていても、女性である浅川光がVのはずはないと、気にも留めなかった。安全圏にいた浅川は、悠々とターゲットを捜すことができた。そのために春野さんが……」

お前は部屋にいる可能性に気づかなかったのかと顔を向けた川名に、あのマンションのエントランスはオートロックです、と俊は目を逸らした。

「暗証番号を知らなければ入れませんし、部屋のドアも解錠しなければなりません。室内に侵入するのは難しいと――」

そんなものはどうにでもなる、と川名が詰め寄った。

「三十分も待っていれば、誰かがエントランスから出てきただろう。その隙に入り込むのは簡単だ。部屋の鍵だって、ピッキングで開けることができる」

それは結果論です、と俊は首を振った。

「マンションへの侵入、ピッキング、どちらも過去の手口と一致しません。それに、ぼくが何を言っても、川名さんは聞くつもりなんてなかったでしょう？」

川名が俊のジャケットの襟を摑んだ。

「お前はVが常磐線の駅でターゲットを探すと確信していた。部屋で春野が襲われるリスクもあるとわかっていたのに、何も言わなかった。どういうつもりだ？」

放してください、と俊は川名の体を両手で押し返した。

「本人も危険を承知で囮になると決めたんです。彼女を守れなかった責任はぼくにもありますが、川名さんも他の刑事たちも同じですよ。ぼくを責めて気が済むなら、それは構いませんが、暴力はやめてください。ぼくはVじゃないんだ」

お前は春野を危険に晒《さら》した、と川名が睨みつけた。せめて本人には話しておくべきだったんじゃないかな、と原が唇を嚙んだ。

「予想していなかった事態が起きれば、誰だってパニックに陥る。危険があると伝えておけば、自分で身を護ることができたかもしれない」

目を伏せた俊に、いきなり川名が右の拳をふるった。その場に倒れた俊を引きずり起こし、壁に体を押し付けた。

やめなさい、と車椅子を動かした玲が二人の間に入った。

「ここをどこだと思ってるの。これ以上、怪我人を増やすつもり?」

春野が殺されていたらどうするつもりだ、と川名が廊下に置かれていたソファを強く蹴った。

「それとも、Vを逮捕できれば春野が死んでもいいと考えていたのか。それがコンピューターの回答か?」

四人目の犠牲者を出さないというのがAIの絶対条件でした、と頬を押さえたまま俊は言った。

「多少のリスクは、やむを得ないでしょう。Vの逮捕は警視庁の絶対の義務だったんです」

呆れたよ、と川名が洟をすすった。

「ビッグデータだ、AIだ、そうやって機械相手に何でもしてりゃいい。だがな、仲間を守れないお前に警察官を名乗る資格はない」

それは言い過ぎだよ、と大泉が遮った。

「蒼井くんが五階まで駆け上がったのは、川名くんも見てたはずだ。彼は自分の犯したミスに気づき、春野さんを守ろうとした。間違いは誰にでもある。問題はその後の対処だろう。蒼井くんは警察官としての責務を果たそうとしたんだ」

こいつを許すわけにはいきません、と川名が自分のネクタイを外した。

「信用できない男です。はっきり言いますが、蒼井と一緒に仕事をしたいと思っている刑事は、警視庁に一人もいませんよ」

蒼井くんに責任はない、と玲が車椅子の車輪を叩いた。

「今回の件はわたしにすべての責任がある。病院にはわたしが残るから、みんなは帰りなさい。朝七時、ＰＩＴルームに集合すること。いいわね」

失礼しますと頭を下げて、俊はその場を離れた。やってられるか、と川名が壁を蹴る音が廊下に響いた。

5

八月七日朝七時、指示通り俊はＰＩＴルームに入った。前後して班員全員が顔を揃えた。最後に入ってきたのは、疲れ切った表情の玲だった。三係から連絡があった、と席まで車椅子で移動した玲が口を開いた。

「一時間前、浅川光は本庁へ移送され、取り調べが始まっている。彼女は自分がＶだと認め、三件の殺人について自供した」

直接的な犯行の動機は、浅川が半年前まで交際していた女子大生と別れたことだった。捨てられたという意識が殺意へと変わり、復讐の機会を窺っていたが、相手も危険を感じたのか、大学を休学して身を隠した。

浅川は友人、知人の伝《つて》を辿って捜し続けた。上野付近のアパートで暮らしているらしいと噂を聞いたのは、捜し始めて二カ月後だった。

彼女を殺し、自分も死ぬと決めた。凶器のナイフはネットショップで購入した。だが、上野中を探しても、元恋人を見つけることはできなかった。

かつての恋人に対する殺意が、電車に乗り合わせた容姿のよく似た女性に転化し、何人かを尾行するようになった。インターフォンを鳴らしてドアが開いた時、最初の犠牲者を反射的に刺してしまったと浅川は供述していた。

死体の身元を判別できないように解体して、コインロッカーに死体のパーツを放り込んだのは、視聴していたモスキートTVの海外刑事ドラマの影響だった。

猟奇殺人と認知させることで、警察の捜査を混乱させ、犯人を男性と思わせることがその目的だ。他の二件の殺人も、元恋人とルックスが似ていたことが殺意を誘発した。

Vについて、警察は計画性が高く、捜査について詳しい知識を持つ者を想定していたが、実際は違った。テレビドラマやネットで情報を収集し、殺人を続けていただけの女だった。

ただし、浅川の個人情報についてはＰＩＴのプロファイリングとほぼ一致していることが確認された。浅川は三十歳、千葉県出身で、高校を卒業するまで佐倉《さくら》市に住んでいた。大学は東京だったが、卒業後は実家に戻り、その後はフリーター暮らしを続けていた。

六年前、佐倉から柏市に引っ越したが、両親と同居している。自分の部屋があり、ネット環境も整っていた。

浅川の逮捕により、PITにとってV事件は終わった。今後は現場検証を含め、証拠固めの段階に入るが、その担当は一課三係で、PITは関知しない。

高槻理事官がPITルームに全班員を招集したのは、この日の午後二時だった。

「V事件が解決したのはPITの力によるところが大きい」高槻が労《ねぎら》いの言葉をかけた。

「上層部も高く評価している」

PIT班員たちの前で、高槻が手の中の電子タバコのカートリッジを転がした。いえ、と玲がゆっくり首を振った。

「Vが女性である可能性について、もっと考えるべきでした。わたしのミスです」

そのために春野が負傷しました、とため息をついた。彼女の容体はどうなんだと尋ねた高槻に、今朝九時、医師が早期の腱再建手術を勧め、本人も同意していますと大泉が答えた。

「一時から手術が始まると連絡がありました。約二時間で終わると聞いています」

手術に成功しても、リハビリに時間がかかるそうです、と玲が暗い声で付け加えた。あまり心配するな、と慰めるように高槻が言った。

「春野はまだ若いし、体力もある。必ず回復してPITに復帰すると信じている」

それで済む話ですかね、と不服そうに言った川名の肩を大泉が押さえた。横を向いた高槻が、Ｖ事件に関するPITの任務は終了した、と低い声で言った。

「だが、別件がある。関川刑事殺しだ」

わかっています、と玲が目を伏せたまま言った。

「この数日、五係が中心になって谷村の行方を追っているが、今のところ何もわかっていない。昨年十二月二十日に、五反田駅の防犯カメラに映っていたところまでは確認できたが、それ以降の足取りは不明だ。既に約七カ月半が経過している。いったい奴はどこへ消えた？」

それについては検討済みです、と原が立ち上がった。

「谷村元警部は東京から出ている、というのがPITの結論です。現在、SSBCが都内主要幹線道路の防犯カメラ、Nシステムの画像を調べていますが、谷村元警部は防犯カメラに関する知識を持っていましたし、設置場所も知っていたはずです。ルート次第では、カメラに映ることなく東京を離れることもできたでしょう。足取りが摑めない理由は、彼が都内を出たからだと――」

自分の意見は違う、と川名が原の話を遮った。

「谷村はとっくに殺されていますよ」

「誰が殺したと？」

何のためだ、と高槻が視線を向けた。まともな刑事なら誰でもその線で読みを入れます、とだけ答えた川名が口をつぐんだ。

そうかもしれませんが、と原がファイロファックスをデスクに載せた。

「関川刑事の殺害現場から、谷村元警部の指紋が検出されています。殺された人間の指紋が残っているのはおかしいと思いませんか」

思わんね、と川名が洟をすすった。

「谷村を殺害した犯人が、右腕の指を切り落として、スタンプ代わりに押していったのかもしれん。ゼラチンシートを使って指紋を写し取る方法もある。中学生だってやり方は知ってる」

そうではなくて、と原が唇を嚙んだ。

「何のために谷村元警部の指紋を殺人現場に残さなければならなかったんです？　捜査を混乱させるつもりなら、まったく関係のない人間の指紋を残してもよかったし、指紋のあるなしにかかわらず、警察は谷村元警部を捜すことになったでしょう。指紋を残すことに意味はありません。その辺りの説明ができないと、谷村元警部が殺害されたとは言えないはずです」

簡単に結論が出せる問題ではない、と高槻がカートリッジを胸ポケットにしまった。

「PITの任務は、生きているにせよ、死んだにせよ、谷村が今どこにいるかを調べることだ。明日からそこに専従してもらう。いいな？」

了解しました、と玲が整った唇を動かして答えた。ほとんど聞き取れないほど、小さな声だった。

6

午後六時、本庁舎の会議室で関川事件の情報共有会議が行われると連絡が入り、俊は玲と大泉と共にPITルームを出た。

別館一階の通路を進んでいた玲が、受付の前で車椅子を停めた。来客用ソファに座っていた男が、ゆっくりと立ち上がった。

「PITの水無月班長ですね？」目の前にいた立哨《りっしょう》の警察官に顔を向けた男が、低い声で言った。「春野啓一《けいいち》といいます。杏菜の兄です」

俊は並んでいた大泉と顔を見合わせた。やや面長の輪郭が、どこか杏菜と似ていた。

あなたのことは以前から妹に聞いていました、と啓一が暗い表情のまま言った。

「尊敬できる上司だと……妹はあなたを信頼していたんです。だから、危険な任務を引き受けたんだ」

啓一が怒っているのは、声や表情からも明らかだった。語気が荒く、眉間には深い皺が刻まれている。

少し行き違いがあるようですな、と大泉が二人の間に入った。

「春野巡査が囮を務めたのは、本人の希望によるものです。水無月班長も我々も命じておりませんし、むしろ止めていたぐらいで……」

責任はないと考えているんですか、と啓一が一歩前に出た。いえ、と玲が車輪に手を掛けた。

「囮になると申し出たのは春野本人ですが、許可したのはわたしです。すべての責任は上司であるわたしにあります」

いったい何を考えてるんだ、と啓一が吐き捨てた。

「ぼくは高校の教師で、警察の仕事に詳しいわけじゃありませんが、囮捜査と聞けば誰だって危険な任務とわかりますよ。妹はまだ二十八で、刑事になったのは二年前かそこらだ。そんな経験の浅い人間に、何をさせるつもりだったんですか」

大声にならないように、自分を抑えているのが俊にもわかった。だが、啓一の手は激しく震えていた。内心の怒りが伝わってくるようだ。

申し訳ありません、と玲が深く頭を下げた。

「彼女に責任はありません。わたしの判断ミスです。本人にもですが、ご家族に対してもお詫《わ》びしなければならないと思っていました」

詫びて済むことじゃない、と啓一が歯を食いしばった。

「手術が終わったと、母から連絡がありました。とにかく、命に別状はないと……ですが、腕が動くようになるかどうか、まだ何とも言えないと医者から説明があったそうです。もしものことがあったら、どう責任を取るつもりですか？」

すべての責任を取りますと言った玲に、どうやってだ、と啓一が詰め寄った。

「これから、杏菜は結婚だってするでしょう。母親になるかもしれません。今回のことが杏菜から女性としての幸せを奪うことになったら、あなたはその責任を取れるんですか？」

申し訳ありません、と頭を下げた玲に摑み掛かった啓一を大泉が止めようとしたが、間に合わなかった。倒れた車椅子から、玲の体が床に投げ出された。

やめてください、と大泉が玲をかばうように立ち塞がった。警察官が啓一を羽交い締めにしている。

彼を放しなさい、と倒れたまま玲が命じた。

「今回のことは、すべてわたしの責任です……大泉さんも離れてください」

腕だけを使って体を起こした玲が、動かない自分の足を折り畳むようにして、正座の姿勢を取った。

何とお詫びすればいいのかわかりません、と両手を揃えて頭を下げた。

「非難されるのは当然だと思っています。ただ、どんなことをしてでも、責任を取るつもりがあることだけはご理解ください」

警察官の腕を振り払った啓一が、無言で玲の頬を張った。白い肌が真っ赤に染まるほど強い打擲《ちょうちゃく》だったが、玲は姿勢を崩さなかった。

無言のまま、俊は啓一の前に立った。怒る気持ちは理解できるが、玲にその感情をぶつけるのは間違っている。

どきなさい、と玲が目を真っ赤にして叫んだ。

「啓一さんには権利がある。万が一、春野の腕が動かなくなるようなことがあれば、わたしは一生かけても償わなければならない。啓一さん、本当に申し訳ありませんでした」

そのまま冷たいリノリウムの床に額をつけた。俊は見ていることしかできなかった。

不意に、啓一が背中を向けて立ち去っていった。大泉が起こした車椅子に、俊は玲を座らせた。

帰った方がいいのでは、と囁いた俊の手を玲が押さえた。

「まだ仕事がある。会議にはわたしと大泉さんが出る。君は帰りなさい」

視線が交錯した。顔を背けた玲が、何もなかったとつぶやいた。

「大泉さんも、今のことは忘れてください。いいですね」

口をすぼめた大泉が、背後に目をやった。警察官が無言でうなずいている。

行きましょう、と玲が車椅子の車輪を回した。歪んだフレームから、かすかな金属音が漏れていた。

Chapter 9　Confusion

1

八月八日、水曜日。俊はＰＩＴの会議室に直行した。昨夜十時過ぎ、玲からの一斉メールで、朝七時から会議を始めると連絡が入っていた。

会議室のドアを開けると、そこにいたのは玲だけだった。小さく頭を下げて席に座ると、春野の退院が決まったと大泉さんから連絡があった、と玲が微笑を浮かべた。

「手術が成功した、と医師から説明があったそうよ。今日の昼には退院できると……一、二カ月後にはギプスも取れて、リハビリが終われば腕も動かせるようになる。正直、ほっとしてる」

ドアが開き、川名と原が入ってきた。席に着いた川名が、朝から何ですかと不満そうに唇を曲げた。

すぐに現れた大泉が、今日も暑いですなとまばたきを繰り返して自分の席に腰を下ろした。始めましょう、と玲がパソコンを立ち上げた。

「今後、PITは関川刑事殺害事件の捜査支援に専従する」

改めて関川事件について調べ直した、と玲が背後のスクリーンを指した。殺害現場の映像が流れている。目を背けた俊に、いつまで経っても慣れない奴だと川名が唇の端を歪めて嗤った。

異常ですねと言った原に、わたしも経験がない、と玲がキーを押して映像を止めた。

「バラバラ殺人や死体損壊は少なくないけど、今回のケースは違う。頭部を切断した上で、部屋に入ってきた者が真っ先に目にするように配置している。顔にクリップで細工をして、笑っている表情を作ったり――」

どうかしてる、と川名がデスクを拳で叩いた。PITへの要請は、谷村元警部の所在の確認、と玲が言った。

「失踪《しっそう》から約七カ月半が経っている。東京を離れたにしても、生活のためには金が必要でしょう。でも、キャッシュカードが使用された形跡はない。状況から考えて、海外へ逃亡することも難しいはず。七カ月半、誰も姿を見ていないというのは、あまりにも無理がある。あの男は自殺したか殺害されたか、いずれかの可能性が高い」

谷村は自殺なんかしませんよ、と川名が言った。わたしも同じ意見、と玲が苦笑を浮かべた。

「あの男を知っている人なら、誰でもそう言うでしょう。つまり、谷村と関川刑事を殺害した人間がいることになる。その人物は警察に対し優越意識を持ち、挑発の意図があった。限られた人間しか閲覧できない、弁護士一家殺人事件の捜査資料を見ている。プロファイリングするまでもなく、その人物は警視庁に勤務していた警察官と断言できる。捜査関係の部署にいたはずで、退職している可能性が高い」

まさか現職の刑事じゃないでしょうな、と顔をしかめた大泉に、あり得ませんと川名が言った。

「現役の刑事でも、人を殺す奴はいくらでもいますよ。年に一人、二人はいるんじゃないですか？　ですが、刑事は毎日顔を合わせなきゃなりません。そういう仕事ですからね。様子がおかしい奴は、すぐわかりますよ」

現職の刑事の不祥事が後を絶たないが、そのほとんどが内部調査によって露見する。警視庁では警務部の監察官が警察官の犯罪、不正等を調べるが、それを待つまでもなく、上司や同僚が不審な行動を取っている者に事情を聞く場合が圧倒的に多い。

職業柄、刑事たちは些細な変化に敏感だ。現役の刑事が何らかの犯罪と関係があれば、必ず誰かが気づく。玲と川名が谷村と関川を殺した犯人を退職刑事と考えるのは、その意味で当然だった。

退職しているとすれば、時期も限定されますね、と俊は口を開いた。

「二〇〇九年七月、弁護士一家殺人事件が起き、その直後に捜査本部が設置されています。翌年一月、事件は未解決のまま報告書が作成されていますが、その後も捜査は継続され、状況の変化や新しい証拠が出てくると、そのたびに報告書が提出されています。現段階で最終報告書と呼ばれているのは、二〇一四年七月にまとめられたもので、五年の間に判明した新事実、目撃証言なども併記されています。犯人はこれを読んでいたはずで、そうでなければ関川刑事を殺した際、あそこまで完璧《かんぺき》に模倣することはできなかったでしょう。従って、退職したのは二〇一四年八月以降と考えられます」

僕もそう思います、と原がファイロファックスを開いた。

「だけど、犯人は何のために弁護士一家殺人事件を模倣したのかな。警察に対する優越感、挑発の意図があるというのは、その通りなんだろうけど、それにしても意味がわからない。再現性が異常に高いことや、未公表の証拠を残している以上、警察官が関係していると誰でも考える。犯人にとってリスクが高過ぎないか？」

確かに犯人は二〇一四年八月以降に退職した可能性が高い、と玲がうなずいた。

「とはいえ、弁護士一家殺人事件の翌年、二〇一〇年一月に報告書が作成されている。その後追加や変更があったにしても、九割以上は同じ内容よ」

二〇一〇年二月以降の全退職者リストを作るように、と玲が俊に命じた。

「今年までの八年間で約八千人が定年、自主退職、その他の理由で警視庁を辞めている。その中に谷村元警部と関川刑事を殺害した犯人がいるはず」

八千人ですか、と俊はため息を漏らした。リスト作成は難しくないが、そこから真犯人をどうやって捜せばいいのか、見当もつかなかった。

2

警視庁データベースへのアクセスを許可された俊は、二〇一〇年二月以降の全退職者リストの作成に取り掛かった。データベースが完全にデジタル化されていたため、作業は簡単だった。

内訳を見ると、七千五百人が定年退職者、五百人が自主退職者もしくは何らかの形で処分を受け、辞めている者だとわかった。定年退職者の調査は警務部が担当することになったが、関川殺しに関与していた者はその中にいない、というのがPIT班員の一致した意見だった。

警視庁警察官の定年年齢は六十歳で、二〇一〇年に退職した者は、単純計算で今年六十八歳になっている。その年齢でも人を殺す者がいないとは言えないが、死体の首や腕を切断し、異様な形でレイアウトすることは考えにくい。

残るのは自主退職者及び処分による退職者だが、その六割以上が警視庁に採用されてから一年以内に辞めている。彼らに機密扱いの捜査資料の閲覧は不可能だ。

また、捜査関係の部署に籍を置いていなければ、弁護士一家殺人事件について詳しく調べることは難しい。

その他にも、データを分析するための具体的な条件があった。関川の殺害現場に残されていた足跡もそのひとつだ。

靴のサイズは二五・五。歩幅から、身長一七〇センチ前後と推測された。犯人が右利きだったことも確実だし、夜十時に部屋を訪れているのは、かなり親密な関係と言っていい。関川の詳細な経歴がわかっていたので、接点のない者は除外できた。

最終的に残った約二百人の退職者に、すべての条件を入力をすると、一分後、三人の警察官の名前がディスプレイに浮かんだ。俊はプリントアウトをデスクに並べて、順番に見ていった。

最初に名前が上がったのは、羽生澄雄《はぶすみお》という四十七歳の警部補だった。所属は警務部。捜査費の私的流用があったとして、二〇一〇年二月に懲戒免職処分を受け、警視庁を辞めている。

もう一人は後藤次春《ごとうつぐはる》という五十一歳の巡査部長だ。関川は卒配で東世田谷署に勤務していたが、その頃の先輩で、地域課に所属していた。二〇一五年、取り調べの際、被疑者を暴力で脅したことが問題となり、依願退職している。

ただし、後藤は昨年、二〇一七年三月に病死していた。病名は肝ガンだ。

三人目は谷村元警部だったが、これは想定済みだし、既に調査も始まっている。資料に目を通すまでもなかった。

三人の情報をメールで玲に送信し、霞《かす》む目を拭った。死んだ後藤を除き、羽生と谷村が有力な被疑者であり、最優先で調べるべきだろう。

だが、可能性がどんなに低くても、定年退職者、自主退職者全員を洗い直さなければならない。現役の刑事が関川を殺害した可能性も、絶対にないとは言い切れなかった。

様子がおかしい者がいれば気づくと川名は言っていたが、二度と先入観によるミスを起こすわけにはいかない。

眼鏡をかけ直し、八千人の全退職者に対する再検討をAIに指示した。作業終了予定時刻は三十二時間二十分後、とディスプレイに数字が浮かんだ。

3

関川殺しの捜査が順調に進んでいるとは言えなかったが、進展はあった。その後の調べで、関川の部屋から一千万円の現金が発見されており、マンションの家賃が月四十万円と高額であること、高級外車を所有していたことも判明していた。

銀行口座の残高も約五千万円あり、三十六歳の巡査部長の貯蓄としては異常な金額と言っていい。関川が東斜会もしくはその他の反社会勢力と何らかの形で繋がりを持ち、情報供与の代償として現金を受け取っていたのは確実だった。

関川と谷村は同じ組織犯罪対策部に所属していたが、担当が違ったため接点はないと考えられていたし、年齢も一回り離れている。警部と巡査部長では階級にも差がある。

だが、詳しく調べていくと、二人が接触していた痕跡が見つかった。一年ほど前から、銀座のバーに出入りし、何度も会っていたことが店員の証言から判明していた。

昨年の夏以降、谷村は中国人マフィアとの癒着を疑われ、自由に動けなくなっていた。そのため、自分に代わって警察の情報を中国人マフィアに供与することを、関川に依頼したのではないか。

昨年末、谷村は辞表を提出し、警察を去っているが、その後も関川は東斜会及び中国人マフィアとの関係を継続していたはずだ。そうでなければ、派手な生活を維持することはできない。

だが、自分にも監査の手が及ぶと考え、手を切ろうとした。そのために処刑されたというのが、捜査を担当していた五係の見立てだったが、どういう形であれ、関川の死に谷村が関与していたことは間違いないだろう。

谷村が生きているとすれば、身柄の確保によって、異常な形で関川の顔や腕をレイアウトしたこと、あるいは弁護士一家殺人事件を模倣した理由もわかるはずだ。問題は谷村の所在がまったく不明なことだった。

ＰＩＴは谷村が自殺もしくは殺害されている可能性を指摘していた。捜査本部でも同じ考えを持つ者は少なくなかったが、死体が発見されていない以上、生きていることも十分にあり得る。

半ば希望的観測だったが、捜査本部は谷村が生きているという前提で捜査を続けていた。ＰＩＴもその方針に従わざるを得ない。

ＳＳＢＣが昨年十二月から今年八月までの都内全駅に設置されている防犯カメラ画像を取り寄せ、谷村の顔写真を入力し、顔認証ソフトで探索していたが、今日に至るまで見つかっていなかった。

東京から逃亡したため、防犯カメラに映っていないというのが捜査本部の意見だったが、昨年十二月二十日、五反田駅にいたことが確認されている。仮に、その日のうちに東京からどこへ移動したとしても、その画像が残っていないのは妙だ。交通手段として、電車を使わなかったということなのか。

谷村の車は自宅に置かれたままだし、レンタカーを借りる際は免許証の提示を求められる。警察は都内の全レンタカー店に谷村の照会をしていたが、見つかっていなかった。

バスもしくはタクシーを使った可能性があると五係は考慮し、ＳＳＢＣにドライブレコーダーの確認を要請した。

あきる野《の》市の廃病院で谷村の死体が発見されたのは、その作業が開始された八月十日のことだった。

4

東京都多摩《たま》西部のあきる野市は、八王子《はちおうじ》市、福生《ふっさ》市などに隣接している人口約八万人の小さな市だ。

ひと月前、市議会の決定で、近年増加している空き家の実態把握のため、一斉調査が行われることになった。市民部、総務部、都市整備部などから大勢の職員が動員されたが、その中に防災安全係も含まれていた。谷村の死体を発見したのは、あきる野市の消防団員だった。

釜州《かます》町の烏丸《からすま》病院は二十五年前に院長が亡くなり、その後廃病院になっている。消防団員が向かったのは、八月十日の昼だった。

一歩足を踏み入れた直後、不快な臭気が漂っていることに気づいた。肉の腐った臭いだ。すぐ市役所に連絡を入れ、臭気を辿って二階に上がり、院長の書斎で天井の照明器具からぶら下がっている死体を発見した。

スーツ姿の男性だということは辛うじてわかったが、全身がガスで膨れ上がり、凄まじい量の蛆《うじ》や蠅《はえ》がたかっていた。

その後、連絡を受けた西五日市《にしいつかいち》署の調べで、所持していた免許証から、谷村博通《ひろみち》という名前と住所、年齢が判明した。都内の全所轄署に対し、捜索要請が出ていたため、死体は警視庁の谷村元警部ではないか、と本庁に連絡が入った。

すぐ解剖に回され、指紋、DNA鑑定の結果、谷村であることが確認された。当初、状況から首吊り自殺と考えられたが、実際は他殺だった。

腐乱した谷村の腹部は刃物で大きく抉られており、直接の死因は失血だとわかった。現場に血痕が残っていなかったことから、殺したのは別の場所だと考えられた。

殺害後、犯人は谷村の死体を廃病院に運び、首吊り自殺の形を作った。だが、偽装自殺ではない。

変死体には解剖の義務があり、調べれば腹部の傷はすぐに見つかっただろう。犯人に自殺を偽装する意図はなかったことになる。

八月のはじめ、連日三十度以上の真夏日が続いていた。そのため死体の腐乱状態は酷く、殺害された正確な日時は特定できなかった。死後約一週間というのが、死体を解剖した医師の所見だった。

それ以上はっきりしたことが言えなかったのは、谷村の胃が完全に空だったためもあった。胃の内容物の消化状態を調べることができないのでは、死亡日時の特定は困難だ。

また、身長一八〇センチを超える大柄な男だったが、死亡時の体重は五〇キロもなかったと推定された。衰弱状態にあったことは確かで、餓死寸前だったのではないか、と医師は指摘していた。

この時点まで、捜査本部は谷村が関川殺害に関与したか、もしくは自ら殺したという前提で捜査を進めていたが、主犯格の人間が別にいたことが確実になった。その人物が谷村を殺害したのだろう。

同時に、不可解な点もあった。防犯カメラに谷村が映っていなかったのは、五反田駅付近で谷村をピックアップした人物が、自宅もしくは他の場所に匿《かくま》っていたためと考えられた。食事も犯人が提供していたとすれば、谷村を発見できなかったことも説明がつく。

だが、それではなぜ今になって谷村を殺害したのか、どこに匿っていたのか。谷村を殺害した場所はどこか。

犯人は警察が谷村を探していることをわかっていただろう。これ以上匿いきれないと悟り、殺したのか。

だが、その場合犯人にとって最も有利な選択は、谷村が自殺したと偽装することだ。パソコンで打った遺書を死体のポケットに入れておけば、関川殺しの罪を谷村に被《かぶ》せて、自分は安全圏に逃げることもできたはずだった。

にもかかわらず、誰が見ても他殺とわかる形で谷村を殺した。その理由は何なのか。

谷村殺しの犯人を発見、逮捕することが警察にとって最優先となったが、現場にロープ以外の遺留品はなかった。犯人は車を利用していたはずだが、不審な車が廃病院に出入りしているところを見た者もいない。

俊と川名、原があきる野市の現場に臨場を命じられたのは、翌八月十一日の朝だった。

あきる野市にはJR東日本の五日市線が走っているが、あきる野という駅はない。現場である廃病院に最も近いのは秋川《あきがわ》駅だった。

三人が駅に降り立ったのは午前十一時過ぎで、そこからタクシーで現場に向かった。既に谷村の死体は解剖に回されていたし、死体を吊るしていたロープも回収済みだ。

廃病院には立ち入り禁止のロープが張られており、現場保全のため数人の警察官が残っていたが、殺人事件の現場という雰囲気は薄かった。長年放置されていたこともあり、建物自体荒れ果てていたが、それにも違和感はなかった。

ただ、異常な臭気が現場に染み付いており、澱《よど》んだ空気が漂っていた。姿はなくても、谷村の気配は残っている。俊は鼻と口をハンカチで押さえて、吐き気を堪えるしかなかった。

一階の診察室、待合室の床に、ゴミが大量に散らばっていた。現場保全を担当していた所轄の警官によると、五年前この病院が心霊スポットとしてテレビで紹介され、それ以来、肝試《きもだめ》しのために近隣の大学生グループが中に入ることがあったという。ゴミは彼らが捨てていったものだった。

すぐに警察が立ち入りを禁止したため、心霊スポット騒ぎは収まったが、その後も不良少年のグループが入ったことはあったようだ。一階の壁には、スプレー缶による落書きの跡が至るところに残っていた。

二階も同様で、ゴミ屋敷同然だったが、谷村の死体が発見された書斎だけは違った。壁にこそ落書きがあったが、大きな木製のデスク、椅子、カルテを保存していたファイルボックス、本棚、そこに並んでいる書籍、すべてが整然としていた。

犯人が直したんだろう、と原がつぶやいた。そうとしか思えません、と俊はうなずいた。何のためか、理由は不明だ。

廃病院の外観、そして各部屋を撮影したが、現場に来た目的はそれだけだった。現段階でできることは、プロファイリングによる犯人像の設定と、それに基づく捜査しかない。PITの責任は重大だった。

Chapter 10 On-site investigation

1

翌八月十二日午前七時、杏菜を除く全班員がＰＩＴルームに顔を揃えた。日曜日だったが、退職しているとはいえ、殺害された谷村は元警部だ。何としても早期解決しなければならなかった。

全班員を会議室に集めた玲が、ホワイトボードに指し棒を向けた。

「谷村元警部……以下、谷村と呼ぶけど、彼の死体が発見されたのは一昨日、八月十日、午後一時」今から四十二時間前になる、と壁の時計に目をやった。「その二時間後、午後三時過ぎには機捜、捜査一課、そして鑑識が現場検証を始めた。報告はすべてＰＩＴにも上がっている。極めて異常な事件と言っていい。犯人は谷村を殺害したことを隠していない。首吊り自殺に見せかけた理由は、警察に対する挑戦と考えていい」

ふざけた野郎だ、と川名が吐き捨てた。状況を整理する、と玲がデスクのパソコンに触れた。

「一、検死結果。死体の腐敗状況その他から、谷村が殺害されたのは八月三日深夜。正確な時間の特定は困難。検死報告書には夜十二時以降、四日未明までとある。二、死因。大量出血によるショック死。三、殺害場所。廃病院の現場に、谷村の血痕は残っていなかった。従って、刺殺した場所は別にある。四、目撃者。犯人は谷村の死体を八月三日夜から翌日明け方までの間に、車で廃病院に運び入れたと考えられるが、目撃者はいない」

八方塞がりですな、と大泉が両手を上げた。アプローチの方法はある、と玲が指し棒でホワイトボードを叩いた。

「まず注目するべきなのは、谷村の死体が二階で発見されたこと」

何がわかるんですかと尋ねた原に、犯人の体格と玲が答えた。

「犯人は谷村の死体の発見を、少しでも遅らせたかった。殺害日時を特定されたくなかったんでしょう。そのために二階に運び上げた。谷村は身長一八〇センチで、衰弱していたため体重は五〇キロなかったとはいえ、大柄な体格と言っていい。二階に上がるには階段を使うしかないけど、背負って運んでいる。昨日現場に入った蒼井くんが撮影した映像から、引きずった痕跡がないことが確認できた」

確かにそうです、と俊はパソコン上の映像に触れた。かなりの量の埃《ほこり》が積もっているし、足跡も残っていたが、何かを引きずった跡はなかった。

距離は約五メートルだけど、体力が必要だし、谷村の死体を吊るすのも腕力がいる、と玲がホワイトボードをもう一度指し棒で叩いた。

「結論として、犯人の性別は男性、身長は一七〇センチ以上、体重も七〇キロは超えていたと考えていい」

免許を持っていますね、と原が指摘した。

「自分の車も所有していたでしょう。レンタカーで死体を運ぶというのは、考えにくいですからね」

それだけじゃ犯人の特定はできない、と川名が言った。

「わからんのは、犯人がなぜあの廃病院を選んだかだ。土地勘があったのか、前から知っていたのか……」

それも重要なポイントね、と玲が指を鳴らした。

「烏丸病院が廃院になったのは約二十五年前で、病院の存在自体を知らないあきる野市民も少なくない。でも、犯人は知っていた。土地勘があった可能性は高い」

「犯人は谷村の死体を、最初からあの廃病院に運び込むつもりだったんでしょうか」

俊の問いに、そうとしか思えない、と玲がうなずいた。

「事前に下調べをしていなければ、二階の書斎に大柄な男を吊るしても耐えられる照明器具があることはわからなかったはず。計画的で、手際もいい。慣れた者の犯行と考えるべきね」

何をしたかったんでしょうな、と大泉が首を傾げた。

「腹部を刺して殺した上で、首まで吊らせるというのは、目的どころか意味もわかりませんよ」

他にも疑問点があります、と原が手を上げた。

「死因は失血死ですから、谷村の出血量はかなり多かったはずです。でも、現場に血痕は残っていません。どこで刺したんでしょう」

犯人はアジトを持っていたんだ、と川名が口を開いた。

「借りていたのか、自分の家なのか、そこはわからんが、谷村を匿っていたんだろう。約七カ月半、谷村が姿を消していたのも、それで説明がつく」

あきる野市内にアジトがあるんでしょうかと尋ねた原に、わかれば苦労しないと川名が腕を組んだ。谷村の交友関係の再調査が必要ね、と玲が言った。

「警務部はこの約七カ月半、谷村の所在を追っていた。真っ先に友人関係を調べたはず。でも、見つけられなかった。誰も知らない接点を持つ人間がいたと考えるべきでしょう」

警務部の目をごまかせるとは思えませんと言った原に、その警務部の人間かもしれないよ、と大泉が眉を顰めた。

「今年の一月から、警務部が家族、血縁者、友人はもちろん、中国人マフィアも含め、過去に谷村が扱っていた事件の関係者を洗ったと聞いてる。ただ、警務部内部については、どうしても調査がやりにくいところがあるからね」

よく指摘されることだが、警察は身内に甘い一面がある。谷村が所属していた組織犯罪対策部にもヒアリングを行っていたが、どこまで徹底していたかは不明だ。

どうして今になって犯人は谷村を殺したんでしょう、と俊は左右に目をやった。

「ぼくも犯人が谷村を匿っていたのだと思います。親しかったからなのか、利害関係によるものか、そこはわかりませんが、八カ月近く匿い続けた人間を殺す理由がわかりませんみ」

関川刑事の件と関係があるんだろう、と原がファイロファックスを開いた。

「関川刑事が殺されたのは七月二十七日だ。現場には谷村の指紋やＤＮＡを特定できる血痕が残っていた。谷村が現場にいたのは間違いない。もし関川を殺した犯人が別にいたとすれば、殺害現場を目撃していた谷村の口を塞ぐ必要があったと考えることができる」

犯人像のプロファイリングを整理する、と玲が指し棒をデスクに置いた。

「体格がよく腕力のある、あきる野市に土地鑑がある男性。運転免許と自家用車を所有している。谷村、そして関川とも接点があった。今のところ、確実なのはそれぐらいね」

他に意見は、と玲が顔を左右に向けた。犯人が谷村を匿っていた件ですが、と川名が腕組みをしたまま口を開いた。

「谷村の体重や衰弱の状態から考えると、匿うというより監禁していたんじゃないですかね。ろくに食事を与えていなかったから、極端に体重が落ちたんでしょう」

「監禁した理由は？」

玲の問いに、わかりませんと川名が口をつぐんだ。他に発言する者はいなかった。

2

この日の夕方、プロファイリングの進捗状況を確認するため、高槻理事官がPITルームへ来た。会議終了後、玲の方から報告を上げていたが、詳しい説明が必要だと考えたのだろう。

玲のデスクの横にあった椅子に腰を下ろした高槻の顔に、焦りの色が浮かんでいた。

「谷村元警部殺人事件の捜査指揮を執っている八係の室田《むろた》係長と話した」情報が足りないと言っている、と高槻が長い足を組んだ。「PITのプロファイリングは、ほとんどが想定済みの事項だ。具体性にも乏しい。意味がないとまでは室田も言っていないが、不満はわかる」

プロファイリングは占いではありません、と玲が言った。

「まだ確実な結論を導き出せるだけの材料を、わたしたちは持っていません。わかっている範囲でプロファイリングできるのは、室田八係長や理事官にメールで伝えたレベルで、それ以上は推量になります。ＰＩＴの方針として――」

確定した結論しか報告しない、と高槻が電子タバコのカートリッジをくわえた。

「現場の刑事たちから、何と呼ばれているか知ってるか？　ＰＩＴは名探偵を気取っていると言われているんだぞ」

耳には入っています、と玲がうなずいた。

「わたしたちが扱っているのは、現実に起きている事件です。小説を面白くするために事実を伏せておく名探偵とは違います。ＰＩＴが未確定の情報を現場に渡せば、混乱が生じるでしょう。現段階では、谷村の交友関係を洗い直す以外ないと思いますが」

そんなことはとっくにやっている、と高槻が疲れた声で言った。

「小学校まで遡って、友人関係は調査済みだ。警察学校の同期生、卒配時の同僚や先輩、所轄にいた頃から本庁に上がった後、所属していた捜査一課、組対、その関連部署、ＯＢや退職者まで調べた。谷村が姿を消したのは去年の末で、その後の所在は不明だ。誰かが匿っていたとしか思えないが、その人物は見つかっていない」

女性関係はどうでしょうと尋ねた玲に、真っ先に調べたと高槻がため息をついた。

「谷村が結婚したのは三十歳の時で、その前に何人か交際していた女性がいたのは事実だが、その後は連絡を取っていない。奴が警察の情報を中国人マフィアに売っていたのはほぼ間違いない。数年にわたり多額の現金が奴の手に渡っていたはずだが、女に使った形跡はなかった。競馬などギャンブルに突っ込んでいたようだ」

「ギャンブルの場で知り合った人間とか――」

そこまではわからんよ、と高槻が舌打ちした。

「離婚した女房の了解を取って、谷村の部屋を調べたが、何も出てこなかった。本人の自宅の電話、携帯の通話記録、パソコンによるメールの送受信、その他すべて確認したが、我々が把握している人間以外とは接触していない」

架空名義でスマホやタブレットを使用していたのかもしれませんと玲が指摘したが、それは調べようがない、と高槻が体の向きを変えた。

「君たちはどうだ？　犯人に繋がる事実は見つかっていないのか？」

今のところ何も、と川名が頭の後ろで手を組んだ。

「自分は車が重要なポイントだと思いますね。現場に行けばわかりますが、廃病院の周辺には農家がいくつかあるだけで、東京とは思えないほどの田舎です。犯人は谷村を殺害後、廃病院に運んでますが、それには車を使うしかありません。不審な車の目撃者を捜すのが、一番早いでしょう」

目撃者がいるとは思えん、と高槻が目の前のデスクを指で叩いた。

「君が言うように、現場周辺は農地で人家もまばらだ。犯人が谷村の死体を運び込んだのは深夜だろう。そんな時間に誰があんなところを通ると？　念のため、市内の不良グループに聞き込みをかけているが、望みは薄い」

「Nシステムはどうです？　あるいは防犯カメラとか……」

捜査本部が設置された西五日市警察署、八王子中央署、南福生署が協力して調べた、と高槻が言った。

「あきる野市にも、Nシステムが設置されている道路は多い。だが、農道や私道を使えば、どのルートからでも廃病院に車で行けることがわかって、捜査は打ち切られた。付近に防犯カメラを設置している家はない」

参ったよ、と高槻が視線を横にずらした。水無月さんから報告があったはずですが、と俊は口を開いた。

「警務部の羽生澄雄元警部補について、調べるべきだと思います。彼は二〇一〇年に捜査費の私的流用を理由に懲戒免職となっていますが――」

話は聞いている、と高槻が玲に目を向けた。

「AIが関川殺しの容疑者として、谷村と羽生、もう一人後藤という巡査部長の名前を上げたそうだな。それなりに根拠はあるんだろうが、羽生は谷村とも関川とも個人的な関係はなかった。そんな奴がどうして二人を殺すと？」

そうは言ってません、と俊は首を振った。

「二〇一〇年以降の退職者リストに条件を入力したところ、AIが回答したのが谷村と羽生、そして後藤巡査部長の三人だけだったと言っているだけです。後藤は去年病死していますし、谷村は殺されました。残った羽生について調べるべきだというのが、ぼくの意見です。警察を辞めた後の所在がまったくわからないこと、加えて――」

もういい、と高槻が手を振った。

「羽生のことは君より私の方が詳しい。懲戒免職処分を受けたのは事実だが、悪徳刑事というわけではなかった。むしろ真面目で正義感の強い、優秀な刑事だったんだ。二期下の後輩だから、それはよく知っている。捜査費を私的に使ったのも、魔が差したとしか思えん。そんなことをするような男じゃなかった。奴が何の接点もない関川を殺す理由などない」

高槻は羽生と親しかったようだ。やや上ずった声がそれを物語っていた。

ですが、と玲が白衣の袖に触れた。

「やはり羽生元警部補の所在確認は必要だと思います。確かに彼は関川とも谷村とも部署その他接点はありませんが、警務部にいた以上、不審な動きをしていた者をマークしていたことは十分に考えられます」

関川が本庁に上がってきたのは、羽生が懲戒免職になった年だぞ、と高槻が立ち上がった。

「接点どころか、名前すら知らなかっただろう。どうしてそんな奴を殺す？」

羽生が関川を殺したかどうかは不明です、と俊は肩をすくめた。

「実際に手を下したのは、谷村だったかもしれません。羽生はただ命令しただけ、ということもあり得ます」

「矛盾しているのは君かＡＩか」

どっちなんだと高槻がカートリッジをワイシャツの胸ポケットに押し込んだ。

「君の意見は、羽生が谷村を八カ月近く匿った上で、関川を殺すよう命じ、更にその谷村を殺したということだな？　では聞くが、羽生の目的は何だ？　谷村はなぜ羽生に従わなければならなかった？　羽生は警部補で、警部だった谷村より階級は下なんだぞ。谷村はなぜ抵抗しなかった？」

わかりません、と俊は口を閉じた。捜査に進展があればこちらにも情報を上げてください、と玲が言った。

「プロファイリングはトライアルを重ねることで精度が高くなります。新しい事実、証拠、何でも構いません。ひとつでも材料が増えれば、再検討が可能になります。現状のプロファイリングにプラスする形で、報告ができるでしょう」

無言のまま、高槻がＰＩＴルームを出て行った。理事官は羽生元警部補と同郷なんだ、と大泉が囁いた。

「親しかったと聞いてる。可愛がっていた後輩が捜査費の使い込みで懲戒免職になったら、そりゃあショックだよ。わたしも羽生くんのことは知らないわけじゃない。真面目というより堅物というか、冗談も通じないような男だったんだ。何があったのかわからないけど、人殺しをするとは思えないな」

捜査費の使い込みは犯罪です、と俊は言った。そうなんだけどね、と苦笑した大泉が冷えたお茶をひと口すすった。

3

関川、谷村殺しに羽生元警部補が関与しているという俊の意見は、高槻によって却下されたが、翌日、詳細な検死報告書が提出されたことによって、状況が大きく変わった。

ポイントは谷村の死体の両手足に残っていた粘着反応だった。腐乱していた死体の損傷は酷かったが、精密な検査の結果、粘度の高いビニールテープで長期にわたり縛られていたことが確認された。

関川殺しの犯人は谷村を匿っていたのではなく、実際には拘束していた事実が明確になった。犯人は谷村を監禁していたことになる。

同時に、PITでも玲が捜査資料からひとつの回答を導き出していた。犯人は警察の捜査、鑑識について詳しい知識を持っている、というのがその結論だった。

根拠となったのは、谷村を吊るしていたロープを除き、廃病院に残っていたほとんど唯一の物的証拠、足跡だ。谷村を廃病院に運び込んだ人間の足跡は視認されており、顕在《けんざい》足跡が採取されていた。有名スポーツメーカーのスニーカーで、サイズは二五センチだった。

現代の科学捜査では、目に見えない潜在《せんざい》足跡の発見も可能になっている。鑑識が科学捜査用ライト、ALSを駆使した結果、もうひとつの足跡が発見された。特殊なカバーをつけていたために視認こそできなかったが、サイズは二六センチだった。

この事実だけを見ると、二人の人間が谷村の殺害に関わっていたことになるが、歩幅を計測したところ、まったく同じだと証明された。犯人は二種類の靴を用意し、顕在足跡と潜在足跡を現場に遺したことになる。

目的は捜査の攪乱で、犯人が二人いると偽装する意図があったのだろう。手口は徹底しており、鑑識からも犯人が複数名いると報告があったほどだ。

だが、顕在足跡と潜在足跡を使い分けるのは、高度な科学捜査に関する知識がなければ不可能だ。結論として、犯人は警察に勤務経験のある者、ということになる。

羽生澄雄について詳細な再調査をするべきだ、という俊の意見が再検討されたのは、すべての条件が羽生を指し示していたためだ。羽生と関川、谷村の関係、そして羽生自身の所在の確認が急務となった。

この時点で、俊は羽生の個人情報を把握していた。八月十三日午前十一時、PIT全班員が集まり、情報共有の会議が始まった。

「羽生澄雄元警部補は現在四十七歳、一九九五年警視庁に入庁、三十二歳の時に渋谷西署から本庁へ上がり、警務部所属となっています」

俊はタブレットにまとめていた資料を読み上げた。

「渋谷西署では地域課及び刑事課に所属、優秀な刑事として評価も高く、真面目で職務熱心だったと、本庁勤務以降も多くの者が証言しています。ただし、評判は決して良くありません。ルールに厳しく、小さなことにこだわり、同僚の仕事に対してもうるさく口を挟むなど、周囲からは煙たがられていたようですね」

人柄が悪いというわけじゃないんだよ、と大泉が鼻の頭を掻いた。

「ただ、自分にも他人にも厳し過ぎる面があったと聞いてる。数分遅刻しただけの後輩を何時間も叱責《しっせき》したり、些細《ささい》なミスを上司に報告して処分を迫ったりとか、そんなこともあったみたいだ。まあ、警務部にそういうタイプが多いのも本当なんだけど」

三十歳の時に巡査部長に昇進、三十五歳で警部補になっていますが、この年に妻をガンで亡くしています、と俊は説明を続けた。

「妻の死がきっかけとなったと思われますが、心療内科に通院するようになり、鬱《うつ》症状を訴えています。翌年、半年間休職し、復職後も体調不良が続いていました。同僚ともほとんど話すことはなく、孤立していたと当時の上司が話しています。捜査費の私的流用が発覚したのは二〇〇九年秋、当初本人は否定していましたが、最終的に横領を認め、全額弁済しています。懲戒免職処分になったのは二〇一〇年二月でした。刑事告訴はされていませんが、大変だったでしょうね」

「その後、誰とも連絡は取っていない？　所在も不明なの？」

玲の問いに、そうですと俊はうなずいた。

「羽生は新大久保《しんおおくぼ》のマンションに一人で住んでいましたが、退職後の二〇一〇年三月、家具などを残したまま、姿を消しました。両親は亡くなっていますし、練馬の実家に兄夫婦が住んでいますが、同年春に電話が一本あっただけで、それ以降は音信不通だそうです。携帯電話も解約、銀行口座は全額を引き出した上で閉じています」

どうやって暮らしていたのかねと大泉が首を捻ったが、有能な刑事だった羽生は身分偽称の方法を知っていたはずだ。金さえ出せば、保険証その他身分証も買えるし、別人として生きていくのは難しくない。

自分が羽生なら東京を離れる、と川名が言った。

「横領の件はニュースにもなったし、羽生の名前も出ていた。仕事を探すといっても、簡単にはいかないだろう。東京を離れれば、その辺りは多少楽だったんじゃないか？」

微妙なところね、と玲が顔をしかめた。

「川名くんの意見もわかるけど、身分偽称が完璧だったとすれば、東京に留まっている可能性もある……八係が羽生の交友関係を当たることになっているけど、PITは別方向から羽生を捜す」

視線を向けられて、ぼくですかと俊はため息をついた。君の得意分野でしょう、と玲が微笑を浮かべた。手を伸ばした大泉が、デスクに十枚ほどの写真を並べた。

羽生ですね、と俊は手元の写真を見つめた。この男だよ、と大泉が集合写真のスナップを指した。

身長はかなり高い。一八〇センチ前後だろう。精悍な表情の痩せた男だった。

画像データをAIに入力して、顔認証ソフトで捜すように、と玲が命じた。

「今年五月以降の都内各駅の防犯カメラ全画像データを君は持っている。V事件の時と同じように、今度は羽生を捜しなさい。都内にいるなら、必ず見つかるはず」

俊は一枚の写真を取り上げた。髪を短くしているせいもあるが、スーツを着た坊主、という印象の男だ。鋭い目付きが特徴的だが、他に目立つ点はない。

どういう形であれ、働いているのは間違いないと玲が言った。

「名前を変えている可能性が高いけど、外出はしているはず。カメラに映っていなければおかしい」

後は任せる、と車椅子の向きを変えた。俊は写真をスキャンする準備を始めた。

4

翌日朝七時、PITルームに入ってきた俊に全員の視線が集まった。どうなってる、と川名が苛立った声を上げた。

「何をのんびりしてるんだ。さっさと羽生を捜せ」

昨日、AIに羽生の顔写真を入力した時点で、ぼくの仕事は終わっていますと俊はデスクのパソコンを立ち上げた。

「AIがオートで羽生を捜し、見つけてくれました。今、全員のパソコンに結果を転送したところです」

ご立派だよ、と吐き捨てた川名が大きな音を立てて洟をかんだ。これが羽生かね、とパソコンのディスプレイを覗き込んだ大泉が老眼鏡を取り出した。

間違いありません、と俊は八分割された画面を見つめた。痩せた中年男が現れては消えていく。場所、時間その他のデータが別に添付されていた。

「羽生が撮影された回数は、四カ月で三百五十一回です。多いとは言えませんが、都内に住居を持っていないためでしょう。他県で暮らしていると思われます」

奴はどこに住んでるんだ、と押し殺した声で川名が言った。羽生が最も多く映っているのはJR中野駅です、と俊はディスプレイを指した。

「中野駅北口の防犯カメラが、六十二回羽生の姿を捉えていました。週に三回ほど、中野駅で降りているようですね。ほぼ二日間隔です」

中野に住んでるのかと尋ねた川名に、そうであれば撮影回数はもっと多いはずです、と俊は首を振った。

「数千回を超えていてもおかしくありません。他の画像を確認したところ、飯田橋《いいだばし》駅で五十七回乗降していることがわかりました。有楽町線に乗り換えているようです。カメラ位置は有楽町線池袋方面のホームですから、東武東上《とうじょう》線の乗り入れがあります。従って、羽生が住んでいるのは埼玉県と予測されます。それ以上はわかりません。ぼくの持っている画像データは、東京都内に限定されていますから」

羽生は埼玉県内から飯田橋を経由して、中野に出ていると原が腕を組んだ。

「いったい何のために？　勤務先が中野ってことかな」

違いますね、と俊はまた首を振った。

「中野駅で降りているのは、週三回ほどです。時間は決まっていません。そんな雇用形態の会社はありませんよ」

他に何がわかる、と川名が腰を浮かせた。待ってください、と俊は画像を拡大した。

「七月十一日の画像ですが、十時十分に中野駅北口改札を出て、夕方五時四十五分、駅構内に戻っています。七時間以上、中野にいたことになりますが、何をしていたんでしょう。誰かと会っていたのか……」

それは違う、と玲がパソコンの画面を指でスクロールした。

「羽生が埼玉県に住んでいるとすれば、一番近い和光市《わこうし》駅からでも、中野へ出るには約四十分かかる。人と会うためなら、中野でなくてもいい」

「では、どうして中野駅で降りるんですか？」

原の問いに、中野にアジトがあるから、と玲が低い声で言った。

「駅周辺とは限らない。中野駅にはバスターミナルもある。他の駅へ移動しているのかもしれない。中野坂上《さかうえ》駅まで歩けば、そこから丸ノ内《まるのうち》線や大江戸《おおえど》線に乗り換えることもできる。居住人口三十万人以上の大きな区よ。捜索範囲が広すぎる。蒼井くん、羽生がアジトを構えている区域を特定できる？」

ぼくが持っている画像データの大半は、ＪＲ東日本及び都内私鉄各駅の防犯カメラから提供されたものです、と俊は肩をすくめた。

「中野駅周辺は撮影していますが、離れてしまうとカバーできません。他の防犯カメラのデータを入手するには時間もかかりますし、中野区全域を映しているわけではありませんから、場所の特定ができるかどうか、現段階では何とも言えません」

見つけるように、と玲が鋭い声で命じた。

「羽生は中野区内のアジトに谷村を監禁していた。殺害したのもそこよ。急ぎなさい、証拠を隠滅されたら、羽生を逮捕できない」

中野駅に張り込みをかけてはどうです、と川名が言った。

「蒼井が言うように、週三回中野駅で降りているなら、駅を張っていれば見つけられるでしょう」

羽生が中野駅の防犯カメラに映っていたのは八月三日が最後です、と俊がパソコンを指した。

「検死報告によれば、谷村が殺されたのは八月三日深夜です。その後、車であきる野市の廃病院に運んだと思われますが、谷村が死んだ今となっては、いつ羽生が中野に来るのかわかりません」

確かにそうだな、と川名が洟をかんだ。高槻理事官に報告しましょう、と大泉が言った。

「場合によってはローラー作戦をかけて――」

難しいでしょう、と玲が首を振った。捜査一課の刑事たちは、俊とＡＩを信頼していない。

高槻や一課長の金沢も同じだ。中野区のどこかという曖昧な情報だけで、捜索命令を出すはずがなかった。

羽生のアジトがあるエリア、具体的には町名その他詳しい情報がなければどうにもならないと俊にもわかっていた。

羽生の動きを正確にトレースするように、と玲が俊に視線を向けた。

「蒼井くんのＡＩは羽生のアジトが中野区内のどこかにあると示唆しているけど、それだけでは一課も動けない。中野駅の北口で降りてから、どこへ向かったか、そこからスタートするように」

アジトを押さえ、羽生を逮捕すれば、関川、谷村を殺害した動機がわかる、と玲が大きくうなずいた。

5

八月十五日朝七時、ＰＩＴルームのドアを押し開けた俊の目に、自分の席にぽつんと座っている杏菜の姿が映った。紙コップのコーヒーを持った大泉が、心配そうに見つめている。

大丈夫なのか、と俊は隣のデスクに腰を下ろした。

「今日から出てくるとは聞いてたけど……腕はどうなんだ？」

不自由ですけど、と杏菜が左手で右腕全体を固めているギプスに触れた。

「動かさなければ大丈夫です。仕事には差し支えありません」

無理することはないと言った俊に、蒼井さんこそ、と杏菜が背後に目をやった。

「大泉さんから聞きました。関川刑事と谷村元警部を殺した犯人のアジトがわかったそうですね」

中野区内にあるということだけだ、と俊は首を振った。羽生はどこにいるんだ、と不機嫌そうな顔で新聞を読んでいた川名が噛み付くように言った。

羽生の進行方向によって、蓋然性の高い可能性をＡＩが選択します、と俊はデスクのパソコンを立ち上げた。

「ですが、場所の特定は難しいでしょう。エリアを絞り込んだら、後は一軒ずつ調べるしかありません」

せいぜい急いでくれ、と川名が馬鹿にしたように言った。俊は自分のタブレットとパソコンを同期させた。

昨日の午後、過去一カ月、中野駅北口で撮影された羽生の画像を確認していた。羽生は中野駅から北へ向かって進み、中野通りと早稲田《わせだ》通りの交差点を右に曲がり、早稲田通りに入っていく。そこまでは毎回同じだった。

だが、その先にカメラはなく、どちらへ向かったかはわからなかった。早稲田通りをまっすぐ新宿方面に進んだか、環七《かんなな》まで出て新青梅《しんおうめ》街道、更に練馬方面へ向かったとも考えられる。

グーグルマップやストリートビューで、羽生が向かった可能性があるエリアを検索したが、昔からある住宅街で、脇道、裏道、私道も多い。どこからでも入れるし、抜けることもできる。その地域的特性のために、羽生は中野にアジトを構えると決めたのかもしれなかった。

「水無月さんは？」

理事官や管理官と会議中だ、と川名が言った。

「何かわかったのか？」

いえ、と俊は首を振った。玲の意見を聞きたかったが、待つしかないようだ。

席を立った川名が横に立って、パソコンを覗き込んだ。

「羽生は早稲田通りに入っていったのか？」

そこまでは間違いありません、と俊はうなずいた。隣の席から杏菜が様子を窺っている。

それだけじゃどうにもならん、と川名が額をこすった。

「対象エリアが広すぎる。あの辺は古い住宅街で、賃貸物件も多い。羽生はアパートやマンションをアジトにしている可能性が高い。全部屋を調べていけば、いずれは見つけられるだろうが、時間がかかり過ぎる」

中野は家賃が安いですからね、と杏菜がうなずいた。東中野に住んでいるから、住宅事情には詳しいのだろう。

「この付近に羽生のアジトがあるってことですよね」左手を伸ばした杏菜がディスプレイ上の地図にタッチペンで丸を描いた。「そこで谷村元警部を殺したというのは、間違いないんですか？」

他に考えられない、と俊は垂れていた前髪を直した。よくわからないんですけど、と杏菜が唇をすぼめた。

「隣に住んでいた人は、悲鳴や音に気づかなかったんでしょうか？」

俊は顔を上げた。羽生がアパートやマンションの部屋に谷村を監禁していたと漠然と考えていたが、そうではない。

隣に誰かが住んでいるアパートやマンションでは、どういう状態で監禁していたとしても、気づかれる恐れがある。

完全に拘束していたとしても、谷村は元警察官だ。逃げようと試みただろう。手足を拘束されていても、必死で体を動かし、音を立てることはできたはずだ。

一日、二日ではない。約八カ月という長期にわたる監禁だ。羽生が中野へ来ていたのは、食事や水を与えるためだったのだろう。

だが、それだけで済むはずがない。大小便の始末もある。何もしなければ、臭気が漂う。都会の人間は他人に無関心だが、騒音や悪臭には敏感だ。

羽生は頭もよく、仕事のできる刑事だったという。リスク管理の能力も高かっただろう。そうでなければ、ここまで完璧に痕跡を消すことはできない。

一軒家だ、と俊はうなずいた。その家は、隣家から離れている。多少の音や臭いが気にならない程度に距離がある、独立した家。

羽生は家を借りていた、と俊はディスプレイの地図を3Dに切り替えた。

「捜すべきなのは、一軒だけぽつんと立っているような、そんな家です。不動産会社に問い合わせてみましょう」

自分が羽生なら不動産屋は使わん、と川名が腕を組んだ。

「犯罪者なら誰でもそうだ。手掛かりを残したくないからな。羽生は頭のいい男だ。デメリットしかないことをするはずがない」

「では、直接家主と交渉したと？　そうすると、捜すのは難しくなりますね」

あの、と杏菜が二人の顔を交互に見つめた。

「中野区は空き家率が高いそうです。老朽化した住宅が立て替えできないまま、誰も住んでいないケースが多いと聞いたこともあります。持ち主が亡くなって、相続人がいないとか、税金を支払えないために相続を放棄するとか……」

「勝手に空き家に入り込み、そこで羽生を監禁していた。そういうことか？」

あり得ますとうなずいた俊の前で、水無月班長に報告する、と川名がスマホを取り出した。

「中野通りから早稲田通りに入ったんだな？　多いといっても、完全な空き家となると数は知れてる。隣の家から離れているとすれば、絞り込みも可能だ。それなら限られた人数でも捜索できるし、令状がなくてもいい」

令状は必要だよ、と呆れたように大泉が言った。

「空き家だからって、警察が勝手に調べていいはずないだろ？　まあ……防犯のためと名目をつければ、できないこともないんだろうけど」

出ない、とスマホを握ったまま川名が舌打ちした。班長は会議中だ、と大泉が言った。

「そんなに焦らなくてもいいんじゃないかな。羽生のアジトを捜すことになっても、PITが直接動くわけじゃないんだし、班長の指示を仰ぐべきだよ」

のんびり構えてる場合じゃないでしょう、と川名が首を振った。

「アジトには物的証拠が残っているはずです。今日、羽生本人が行くことだってあり得ます。証拠を隠滅されたら、どうにもなりません。一刻も早く場所を突き止めて、監視下に置くべきです。室田八係長に状況を伝えて――」

PITルームのドアが開き、車椅子の玲が入ってきた。何かあったと察したのか、表情が厳しくなっている。

進み出た大泉が状況を説明した。途中まで聞いたところで、何を考えてるの、と玲が鋭い声で言った。

「羽生のアジトについて、わかったことがあればすぐ報告するように命じていたはずよ」

連絡はしました、と川名がスマホをデスクに置いた。

「ですが、班長は会議中ということでしたので、八係の指示を仰ごうと……」

自分の仕事を何だと思ってるの、と玲が険しい目付きになった。

「前から注意しようと思っていた。あなたは一課の刑事じゃない。ＰＩＴに所属している。警察官が命令系統を無視したらどうなると？」

無言のまま、川名が自分のデスクに戻った。顔に不満の色が浮かんでいる。

羽生が中野区のアジトで谷村を殺害したことは確実だ。十日以上が経過しているから、手足を拘束していたビニールテープなどは処分しただろうし、監禁していた場所の清掃も徹底的に済ませているはずだ。

だが、羽生は谷村を刺殺している。浴室で刺した可能性が高い。

飛び散った血痕をどれだけ入念に洗い流しても、鑑識が調べれば血液反応が出る。一刻も早く羽生のアジトを特定しなければならないと川名が考えているのは、俊にも理解できた。

「蒼井くん、羽生のアジトについて、他にわかったことは？」

３Ｄマップで中野通りと早稲田通りを俯瞰する位置から調べています、と俊は答えた。

「住宅街ですから、位置関係はかなり近接しています。ただ、いくつか独立して建っている家もあるようです。数は多くありません。マップ上では空き家、もしくは廃屋かどうか不明ですが、ストリートビューを使えば、より正確な情報がわかるでしょう」

状況が明確になるまで全員待機、と玲が自分のデスクに車椅子を向けた。

「その間に室田八係長と協議して、捜索の手筈《てはず》を整える。不用意に動けば、羽生が警察の動きに気づく恐れもある。慎重に対処しなければならない」

俊はストリートビューを起動させた。座っていた川名が机を強く叩いて、そのままPITルームを出て行った。

Chapter 11　Suicide leap

1

羽生の行方を捜すのは、短時間で済む作業ではなかった。羽生が向かっていたのは中野通りと早稲田通りの交差点だが、右折した後の進行方向は不明だ。

中野通りを北上したか、早稲田通りを新宿方面に向かったか、可能性が高いのはその二方向だが、範囲はわかっていない。どこまで調べればいいのか、俊にもわからなかった。

区切りがついたのは、作業を開始してから約五時間後の午後一時だった。住所で言えば中野区池南《ちなん》一丁目から五丁目、端北《はしきた》一丁目から四丁目までを調べ、近隣の住宅から五メートル以上離れて建っている家を三十二軒見つけたが、空き家かどうかはストリートビュー上でも確認できなかった。

結局は刑事が現場へ行くしかない。ＡＩにも限界がある。

ただ、この時間が無意味だったわけではない。玲と室田の協議によって、八係の刑事、所轄署からも刑事たちが当該エリアへ向かうための準備を整えることができた。捜索対象が空き家でも、令状を取らなければならないが、五時間あれば十分だった。

午後二時、三十二軒の空き家の一斉捜索が始まった。中心となるのは八係の刑事だが、PITからも俊と川名、そして原が加わった。

通常の家宅捜索とは違い、空き家内に入るが、不審な状況がない限り詳しく調べる必要はない。そのため、刑事たちの動きは早かった。

池南三丁目の空き家の捜索を担当していた刑事から、待機していた鑑識チームに出動要請が出たのは、午後四時ちょうどだった。俊たちもすぐ現場へ向かった。

外で待っていた数人の私服刑事が、中を調べるよう指示している。タブレットのカメラを起動させて家に入った。

空き家自体は特別な造りではなく、二階建ての建て売り住宅だった。築三十年ほどではないか。

いつから空き家になったのかはわからないが、十年以上経っていてもおかしくない。黴《かび》臭く、床には埃が溜まっていた。

玄関を入って、すぐ左がリビングだった。異様としか言いようがない光景に、俊は眼鏡を外して近づいた。

リビングの中央にバスタブが置かれている。何かのオブジェかもしれないと思ったほど、違和感があった。

バスタブの下部は壊されていた。ハンマー状の鈍器を使用したのだろう。浴室からリビングへ運ぶために、壊したに違いない。

「バスルームは？」

俊の問いに、キッチンの奥ですと刑事が指さした。玄関から見ると右側のスペースにガス台があり、突き当たりがバスルームだった。

カメラを構えて近づくと、出てきた川名が口を歪めていた。どうしたんですと尋ねると、見ればわかるとだけ言って、そのまま二階へ上がっていった。

バスルームのドアは外れていて、中が見えた。広く感じられたのは、バスタブがないためだ。そして、バスタブがあるべき空間に大きな檻《おり》が置かれていた。

大型犬用の檻だよ、と指紋を調べていた初老の鑑識課員が囁いた。

「枠は軽量鉄骨で造ってある。専門店で取り扱っているが、最近ではネットでも購入できるようだ」

高さ一・五メートル、横は二メートルほど、奥行きもほとんど同じだ。

細い鉄骨が交互に組み合わされた檻の底面が、バスルームの床から三〇センチの高さに固定されている。下は空間になっていた。

大小便は垂れ流しだったんだろう、と鑑識課員が眉間に皺を寄せた。

「谷村の手足を拘束し、大小便は隅の一角からさせた。外に水道があったが、あそこからホースを繋げばすべて水で流せる。鉄骨に一本ずつウレタンを巻いているのは、怪我を防ぐつもりだったんじゃないか？　マットレスは敷き放し、毛布が一枚だけある。食事はペット用の自動給餌機のタイマーをセットして、朝、昼、晩とドライフードを与えていたようだ。水はペットボトルでも置いていたんだろう」

惨いですね、と俊は呻《うめ》いた。羽生はここで七カ月半の間、谷村を監禁していた。人間として扱っていない。どんな目的があったのか。

所轄の若い刑事が、指紋は出ましたかと声をかけた。二種類ある、と鑑識課員が小さくうなずいた。

「ひとつは谷村、もうひとつは羽生のものだろう。ルミノール反応もあった。羽生はここで谷村を刺したと考えていい。ＤＮＡ検査で確認しなければ、絶対とは言えんがね」

俊はバスルームを出た。二階から降りてきた川名が、上には何もないと首を振った。

「気が滅入る……羽生は何を考えていたんだ？」

わかりません、と俊はタブレットのカメラ機能をオフにした。数人の男たちが動き回っているのを、見ていることしかできなかった。

2

夕方五時、ＰＩＴに戻り、川名が状況を報告した。そのまま会議が始まった。

谷村を殺害したのは羽生と断定していい、と白衣を着た玲が低い声で言った。

「現場で採取された指紋は谷村と羽生のものだった。今、ＤＮＡ鑑定をしているけど、すぐに結果が出るでしょう。あの空き家で羽生は谷村を監禁していた。ただ、理由がわからない」

中野区役所に確認したところ、あの家は十二年前から空き家になっています、と原がファイロファックスの頁をめくった。

「独居老人の孤独死で、相続人不明のまま、今日に至っているということでした」

どうして羽生はあの家のことを知っていたんですかね、と大泉が湯呑みに口をつけた。

それもわかりません、と玲が苦笑を浮かべた。

「なぜ谷村を監禁したのか、なぜ殺害したのか、関川刑事を殺したのも羽生だったのか、そうだとしたら動機は何だったのか。関川の死体を切断した理由、谷村の指紋が残っていたこと、何もかもがわからないと言っていい。明日にでも一課が羽生を指名手配するでしょう。ＰＩＴには羽生捜索の命令が出ている」

本人が自供しない限り、事件の全容はわからんでしょう、と川名がうなずいた。蒼井くん、と玲が視線を向けた。

「中野駅の防犯カメラを継続的にチェックするように。羽生のアジトが発見されたことは、マスコミもまだ情報を摑んでいない。羽生が中野に現れる可能性はある」

羽生の写真はＡＩに入力済みです、と俊は答えた。

「中野駅に限らず、中央線、総武線、東京メトロ、全駅のカメラのどれかが羽生を撮影すれば、一秒後にＡＩが感知します」

安易に考えない方がいい、と玲が肩をすくめた。

「羽生はわたしの二期上で、何度か一緒に仕事をしたことがある。性格もわかっているつもり。頭のいい男だから、警察の動きを察して逃げたかもしれない。それでも、できることはすべてやらないと」

問題は羽生が埼玉県に住んでいる可能性が高いことです、と俊はタブレットをスワイプした。

「有楽町線に乗り入れている東武東上線を利用していたのは確かですが、和光市駅から寄《よ》居《い》駅まで二十八駅あります。どこで下車したか、駅周辺に住んでいるのか、それも不明です。埼玉県内の駅については、防犯カメラ画像を調べることができません」

羽生が埼玉県内で暮らしていたのは、警視庁の管轄外という理由が大きかっただろう。

刑事である以上、管轄の違いとその意味を理解していたはずだ。

警視庁が埼玉県警に羽生捜索を命じることはできない。可能なのは協力を要請することだけで、埼玉県警も応じるだろうが、温度差があるのは否めない。その分、自由に動くことが可能だ。

そして、羽生が埼玉県内に留まる理由はない。埼玉から他県へ逃げたとすれば、更に捜索は困難になる。

その事情を踏まえて、捜査一課は羽生を指名手配することになるだろうが、それも想定しているはずだった。

悪い話ばかりじゃない、と玲がパソコンのキーボードに触れた。

「羽生が警視庁を辞めてから、二〇一五年まで松東《まつとう》警備会社に勤務していたことがわかった」

警視庁を懲戒免職になったのが二〇一〇年、と大泉が指を折った。

「警備会社勤務の頃は、どこに住んでいたんでしょうな。警視庁を辞めてからは、しばらく都内にいたんですかね？　いつ、どういう経緯で埼玉県へ移ったのか……」

わたしは今から高槻理事官に状況を報告してきます、と玲が腕時計に目をやった。

「大泉さんは待機してください。蒼井くんは引き続き羽生の行方を追うように、川名くん、原くん、春野は羽生の実家、親戚、学生時代の友人、警備会社の同僚その他、連絡を取る可能性のある人間をリストアップしておくこと」

了解しましたと立ち上がった川名に続いて、原が会議室を出て行った。車椅子の玲のために、杏菜がドアを押さえていたが、手を離すと閉まった。

タブレットを開いた俊に、見つかるといいんだが、と大泉が小声で言った。

「この前も話したけど、羽生くんのことは、わたしも多少知ってる。彼は警務部で内部調査を担当していたから、総務担当のわたしたちとは仕事が重なっていたんだ」

「周囲から浮いていたんですよね？」

まあそうだね、と大泉が肩をすくめた。

「彼のことを良く言う人がいないのは本当だけど、優秀な男だったのも確かだ。警務の人間は、どうしたって捜査畑の刑事から悪く言われるんだよ。彼なら警察の動きも読めるだろう。簡単に尻尾《しっぽ》を捕まえることができるとは思えない」

無言で俊はタブレットをスワイプした。

「確かに評判は悪かったね」二人だけになったためか、大泉の声が大きくなっていた。

「捜査費の使途不明とか、そんな噂は前からあったんだ。わたしは総務担当だから、よく苦情を聞かされたもんだよ」

事実だったんですかと顔を上げた俊に、そうじゃない、と慌てたように大泉が手を振った。

「ただ、エスに対して支払う額が多かったから、それが問題になった」

エスって何ですと尋ねた俊に、情報提供者だと大泉が答えた。

「スパイの頭文字のSを取って、そう呼ぶんだ。今じゃあんまり使わないけど、一種の隠語だね。羽生くんの仕事は内部調査で、簡単に言えば不正行為をしている警察官を調べることだった。内側からは情報が出ないから、外部にネタ元がしっかりしているエスを押さえていなきゃならない。外からの情報で警務が動くのは、よくある話でね。圧倒的に多いのは、反社会勢力と交際していたり、金品を受け取っている刑事の摘発だけど、そのためには裏事情に詳しい者が必要なんだよ」

金を渡して情報を得るのは合法と言えないでしょうと言った俊に、そこはグレーゾーンだね、と大泉が微笑んだ。

「タレ込みがあったり、不審な動きをしている刑事がいると、羽生くんはエスからネタを買っていた。高額の金を要求する者もいる。羽生くんが捜査費をエスへの支払いに充てていたのは間違いない」

表向きは禁止されているが、そういう形で情報を得ている刑事は今も少なくない。羽生の世代の刑事なら有り得る話だった。

「そんな金に領収書はないから、自己申告ってことになる。昔は上も豪傑揃いで、何でも通していたし、経費っていえば経費だから、暗黙の了解でそれなりに処理できた。でもねえ、時代が変わっちゃったからさ」

「昔は良かった、ですか」

そうは言わないけど、と大泉が顔を手のひらで拭った。

「警察は役所だから、経理の透明性がうるさく言われるのは当然だよ。でも、羽生くんは変わらなかった。変われなかったのかねえ……」

大泉の声音に、昔を懐かしむ響きがあった。

「管理化が進んだ警察機構の中で、浮いていたのは確かだよ。熱心に仕事に取り組んでも、嫌われる一方で、彼も自棄《やけ》になっていたんだろう。最後は捜査費を私的に使うようになって、懲戒免職処分を受けた。でもね、同情できるところもあったんだ」

「同情？」

彼は犯罪を憎んでいた、と大泉が小さく息を吐いた。

「正義感が強すぎたんだな。その矛先《ほこさき》が警察内部に向かうと、ブレーキが利かなくなった。公職に就く警察官が、不正や犯罪に手を貸すことが許せなかったんだろう。警察官の犯罪に対する量刑が軽すぎると、常々不満を漏らしていたそうだ。谷村と関川が中国人マフィアと癒着していたことを知って、罰しなければならないと考えた。あんな惨い殺し方をした理由は、それなんじゃないかな。もちろん、殺人は重罪だよ。羽生は絶対に逮捕しなきゃならない。でもねえ……」

羽生が谷村と関川を殺害したのはほぼ間違いありません、と俊はキーボードを叩いた。そんなことは百も承知さ、と大泉が顔をしかめた。

「ただ、わからないのは、弁護士一家殺人事件を模倣したことだ。何でそんなことをしたんだろう？」

「それは羽生本人から聞くしかないでしょう」

俊はパソコンのディスプレイを見つめた。ため息をついた大泉が、会議室を出て行った。

3

その後も羽生の捜索は続いた。ＳＳＢＣとＰＩＴに中野駅の防犯カメラ画像が続々と送られてきたが、最後に羽生の姿が映っていたのは八月三日の午後で、それ以降姿を発見することはできなかった。

画像解析だけではなく、捜査一課八係の全刑事、更に所轄の刑事、交番勤務の警察官が羽生の行方を追っていた。

練馬に住んでいる兄の家、両親の実家、親戚。加えて、羽生が勤務していた警備会社の同僚、当時暮らしていた文京区のアパート、あるいは常連だった飲み屋などが監視下に置かれた。

並行して、都内のホテル、ネットカフェ、サウナなど宿泊施設の立ち入り調査も始まっていたが、丸三日経っても羽生の所在は不明なままだった。

四日目の八月十九日、刑事の動員による捜索を打ち切り、羽生と関係が深いと考えられる者の監視に重点を置くシフトへの変更が決まった。やむを得ない措置で、いつまでも大勢の警察官を羽生捜索に専念させておくわけにはいかない。

限られた人数で監視を続けるに当たり、優先順位がつけられた。羽生の兄がそのトップになる。二人兄弟で、両親は死亡しているから、兄を頼るのは人間として自然な心理だろう。

それに続くのは交際していた女性、学生時代の友人などで、この辺りは捜査の常道と言っていい。両親の実家はどちらも福井県だが、そこでも警視庁から派遣された数人の刑事が目を光らせている。親戚や警備会社の社員なども監視対象となった。

ただ、下手に動くと藪蛇《やぶへび》になる恐れがある。刑事として、羽生の能力が高いことは誰もが知っていた。

異常を察知すればすぐに逃げるだろう。捜査本部としても、慎重にならざるを得なかった。

五日目の朝、ＰＩＴにも臨場命令が出た。要監視対象者は約三十人、捜査本部は五十人態勢だ。交替もままならない状況では、十分な監視ができない。

大泉以下五人の班員がそれぞれ担当を与えられたが、玲自身も監視班に加わると申し出ていた。捜査を指揮している八係長の室田は、車椅子の玲が監視班に加わっても危険なだけだと反対したが、最終的に許可が下りた。人員不足、というのがその理由だった。

わたしが羽生を逮捕するわけじゃない、とPITルームに全班員を集めた玲が落ち着いた声で言った。

「それはみんなも同じよ。わたしたちはあくまでも交替のためのバックアップ要員に過ぎない。他の刑事が食事、トイレ、休憩を取る際に監視を代わるだけで、その間に羽生が現れたら速やかに連絡、その後は待機すること。くれぐれも念を押しておくけど、自分で羽生を逮捕しようと考えてはならない。彼は危険な殺人者よ」

自分たちと班長は違います、と川名が渋面になった。

「もし羽生に襲われたら、どうするつもりですか？　危険とわかれば、自分たちは逃げることもできますが、班長はそうもいかんでしょう」

同じことを室田係長にも言われた、と玲が苦笑した。

「でも、動員できる刑事の絶対数が足りないのは事実よ。だから、わたしは羽生が現れる可能性が最も低い、疎遠な従兄弟《いとこ》の監視を担当する。そこがお互いの妥協点だった」

最低でも二名態勢での監視が必要よ、と玲が声を低くした。

「羽生の交友関係者の中には、犯罪者もいる。人員の手配が間に合っていない。今日の時点で、一人で監視している刑事もいる。このままだと、羽生を取り逃がす可能性がある」

玲の中にある悔しさは、俊もわかるような気がした。刑事なのに、何もできない自分が歯痒《はがゆ》いのだろう。

羽生が現れてもわたしは動かない、と冷静な声で玲が言った。

「連絡後は待機している。それしかできないというのが、本当のところだけど……もう一度言う。わたしたちが羽生を逮捕する必要はない。発見したら、すぐ責任者に連絡すること。以上よ」

大泉が全員に監視対象者の名前と住所を伝えた。俊の担当は港区に住む四十歳のＯＬで、羽生の妻が亡くなった二年後、二〇〇八年から一年半ほど羽生と交際していた。

別れて九年近く経つが、そのＯＬは今も独身で、マンションに一人で暮らしている。羽生が助けを求めれば、協力する可能性はあった。優先順位もトップクラスだ。

気をつけて、と言った玲が車椅子でドアに向かった。心配だよ、と俊の後ろで大泉がため息をついた。

4

三日後、八月二十三日の夕方四時、俊はＰＩＴに戻った。二十四時間態勢で監視が続いていたが、シフト制が取られている。夜十時にまた要監視対象者のマンションへ戻ることになっている。

ＰＩＴルームのドアが開いた音に振り向くと、川名と杏菜が立っていた。二人は北区にある警備会社の元同僚の自宅を監視する班に加わっていたが、俊と同じように交替のため戻っていた。

「疲れた顔をしてるな……一度帰ったらどうだ？」

そのつもりでしたが、防犯カメラ画像のチェックを命じられました、と俊はコンピューターに目を向けた。八係の刑事から、渋谷駅付近で羽生によく似た外見の男が撮影された、と連絡が入っていた。

「無関係だとは思いますが、これもぼくの仕事ですから」

上は何でも押し付けてくるな、と川名が苦笑した。羽生はどこにいるんでしょう、と杏菜が手近の椅子に腰を下ろした。ギプスで固められた腕が痛々しい。

セオリーで言えば母親の実家だ、と川名が頭の後ろで腕を組んだ。

「昔も今も変わらんが、犯罪者も人の子だ。親の顔が見たくなるのが人情ってもんだろう。死んでいる場合は、墓ってことになる。福井の寺には本庁の刑事が張り付いている。そこで見つかればいいんだが」

「近親者は徹底的に調べたということですが」

羽生は元刑事だ、と川名が洟をすすった。

「セオリーを知っているから、裏をかくことができる。それがこの事件の厄介なところだ。自分は羽生が今まで行ったことがない県に逃げたと思っている。そこまでされたら、見つけるのは難しい」

やはり渋谷駅の男は違いますね、と俊はタブレットの画面を拡大した。

「歩行認証ソフトが、別人だと回答しています。羽生が渋谷の街を歩いているはずもありませんしね」

お前のＡＩはどうなんだ、と川名が言った。

「羽生の潜伏先は計算できないのか？」

条件が整っていません、と俊は首を振った。

「今言えるのは、都内の防犯カメラに羽生が映っていないということだけです。ぼくも羽生は東京にいないと思いますね」

珍しく意見が合ったな、と大きな音を立てて川名が洟をかんだ。

「車で見張っているのか？　腰にくるだろう」

疲れますねと苦笑した俊に、昔とは違うと川名がため息をついた。

「張り込みに協力してくれる家なんてありゃしない。自分たちもそうだ。ワゴン車だからまだいいが、普通のセダンだと――」

突然アラームが鳴った。俊は素早くタブレットのキーボードを叩いて、画面を切り替えた。

「どうした？」

防犯カメラが羽生の可能性が高い人物を発見、と緊張した声で俊は言った。

「現在、確率を計算中」

俊のタブレットには顔認証ソフト、推定身長と体重の計算ソフト、更に歩行認証ソフトがインストールされている。

都内に設置されている警視庁の防犯カメラ、Nシステムが撮影している人間を入力済みの羽生の身体条件と照合し、一致している可能性が八〇パーセントを超えると、自動的にアラームが鳴る設定になっていた。

エンターキーを押すと、モニターに男の姿が映った。画面の端に、height：178、weight：69、というデータが浮かび上がる。羽生の身長は一七八センチだ。

「場所は？」

「荒川区、東尾瀬《ひがしおぜ》二丁目交差点、Nシステムからの画像です」

時刻、四時二十一分、と俊は言った。一分前か、と川名が時計を見た。

顔認証ソフトが男の顔をキャプチャーし、オートで拡大する。ハンチングとサングラス、そしてマスクをかけていた。

「性別、男性。推定年齢四十歳から五十五歳……いや、修正が入りました。四十六歳から四十八歳」

どうして歳がわかると唸った川名に、スキンテクスチャーアナライズです、と俊は説明した。

「この人物は顔の七二パーセントを隠していますが、額、頬の一部、手、その他露出している部分があります。AIが肌の質感を分析して、年齢を測定しているんです」

本当に羽生なのか、と川名がディスプレイを凝視した。マッチングポイント十七カ所の内、判断可能なのは四カ所、と俊はカーソルを男の顔に合わせた。

「耳、九八パーセント、額、七四パーセント、顎の輪郭、八七パーセント、マスクで隠れていますが、三次元センサーで鼻も確認できました。八一パーセント」

結論は、と川名が低い声で言った。歩行認証一〇〇パーセント、と俊は顔を上げた。

「間違いありません。羽生です」

現在位置はどこだ、と川名がデスクの電話を摑んだ。俊はデジタルマップの倍率を変更した。

「四時二十二分、交差点から都道東川中《ひがしかわなか》線を北上中」モニターに荒川区東尾瀬の地図が大きく映し出された。「進行方向は町屋《まちや》方面ですが、付近に防犯カメラは設置されていません。正確な現在位置は不明」

電話で話していた川名が、現場に直行しますと言って受話器を置いた。

「室田係長から命令が出た。自分も荒川区へ向かう。足立区、北区、文京区からも警察官が急行する。蒼井、お前は羽生を捜せ。所在がわかったらすぐ連絡を――」

ここにいる必要はありません、と俊はタブレットを摑んだ。

「ぼくも行きます。現場を直接見れば、より正確に状況を把握できるでしょう」

うなずいた川名がドアを押し開く。俊は杏菜と共にその後に続いた。

5

警察車両に搭載されている無線から、八係長の室田の怒鳴り声が響いていた。

現在、隣接している文京区、台東区、墨田区、北区、足立区の所轄署、交番勤務の警官が荒川区内に集結しつつあった。彼らも尾瀬橋《おぜばし》通り周辺へ向かっている。

別館地下駐車場に停められていた警察車両に乗り込んだ川名が、アクセルを踏み込んだ。

俊は助手席、後部座席には杏菜が座っている。

「拳銃の携行許可が出たのは初めてです」

囁いた杏菜に、触るのも初めてだ、と俊は脇のホルスターに手を当てた。冷たい鉄の感触がした。

元刑事で連続殺人犯の羽生は、危険な存在として認知されている。捜索に当たり、拳銃の携行を命じたのは金沢一課長だった。

桜田通りに出て国道1号線を進んだ。馬場先門《ばばさきもん》で右折して都道406号線に入る。サイレンを鳴らし、赤信号でも構わずアクセルを踏み付ける川名の横顔が強ばっていた。

高速道路に上がりましょう、と後部座席の杏菜が言った。首都高宝町《たからちょう》料金所から環状線に入った川名が、更にスピードを上げた。

道路は空いていた。上野で高速を降りたのは五分後だ。荒川区に入った時点でサイレンを消したのは、羽生に気づかれないためだった。

室田の指示が続いている。その狙いは、荒川区東尾瀬一丁目から八丁目までを完全に包囲することだった。羽生を東尾瀬一帯に閉じ込めた上で徹底的に捜索すれば、必ず発見できる。

東尾瀬はいわゆる下町で、町工場、商店街、寺社、住宅など、さまざまな建物が密集している。都内では道路の整備が比較的遅れている地域で、区画整理も進んでいないため、細い道も多い。

だが、百人以上の警察官が急行している。徒歩で移動している羽生が荒川区の外に逃げるのは難しい。

値岸《ねぎし》三丁目の交差点で車を停めた川名が、羽生はどうして荒川区にいるんだと首を捻った。要監視対象者リストに目を通していた杏菜が、母方の従兄弟が住んでいますと言った。

「従兄弟？」

振り返った俊に、記載されていた特記事項を杏菜が読み上げた。

「名倉泰二《なくらたいじ》、五十歳。羽生が警視庁を懲戒免職になった時に事情聴取していますが、従兄弟といっても法事で一度会ったくらいで、連絡を取ったこともないし、顔も覚えていないと話しています。親戚にも確認しましたが、疎遠だったのは事実のようですね」

リストの優先順位はと尋ねた俊に、一番下ですと杏菜が答えた。

「ただ、血縁者は例外なく監視するという命令が出ています。八係の刑事が監視していると……」

信号が青に変わった。担当は誰だ、と川名がハンドルを右に切る。八係の志茂田《しもだ》刑事、と杏菜が名前を言った。

「いえ、待ってください……水無月班長も監視に加わっています。交替要員として、志茂田刑事のフォローに回っていると記載があります」

すぐ電話しろ、と川名が命じた。スマホをスピーカーホンに切り替えた杏菜が玲の番号に触れたが、呼び出し音が十回鳴ったところで、留守番電話になった。

どうして出ない、とハンドルを強く握った川名が前方を見つめた。

「志茂田刑事はどこだ？」

俊は自分のスマホから、捜査本部の番号をタップした。出たのは係長の室田本人だった。

水無月班長と連絡が取れませんと言った俊に、わかってると低い声で室田が答えた。

「今、志茂田から連絡があった。水無月と共に名倉の自宅近くにワゴン車を停め、そこから監視していたが、食事休憩のため二十分ほど現場から離れ、戻ると水無月班長がいなくなっていたと言っている」

スピーカーホンから聞こえてくる室田の声に、川名が苛立ったようにハンドルを強く叩いた。彼女は車椅子ごと乗っていたが、後部ドアが開いたままになっていた、と室田が先を続けた。

「トイレだろうと志茂田は思ったそうだ。彼女は身障者用のトイレしか使えないため、三百メートル離れたコンビニに行くしかない。十分以上待ったが、戻ってこないために連絡してきた。今わかっているのはそれだけだ」

「水無月さんに連絡は取ったんですか？」

志茂田が電話をした、と室田が言った。

「彼女のスマホは、ワゴン車のリフトの下に落ちていた。何らかの理由があって、水無月はリフトを使って車から降りた。その際に落としたんだろう」

名倉は東尾瀬三丁目のマンションに住んでいます、と杏菜が言った。タブレットで地図を拡大すると、位置関係がわかった。

羽生が映っていた防犯カメラのある東尾瀬二丁目交差点の西側は同三丁目になる。進行方向から、名倉のマンションを出た羽生が交差点を渡って、町屋方面へ向かった可能性が高い。

俊は映像を早送りにした。防犯カメラの撮影角度は狭く、道路に沿って幅八メートルの範囲しか映っていないが、辛うじて反対側を通る人影が確認できた。

拡大率を最大にすると、車椅子の女性だとわかった。玲だ。

「志茂田刑事が休憩を取っている間に、羽生がマンションを出たのでは？　それに気づいた水無月さんが、車椅子のまま尾行を始めたと考えられます」

おそらくそうだろうが、と室田がつぶやく声が聞こえた。

「無茶すぎる。水無月班長は交替要員で、羽生を見つけたとしても、自分では動かないことになっていた。なぜ、そんなことを……」

スマホを落としたからですよ、と川名が洟をすすった。

「拾おうとしたが、手が届かなかった。あるいは、落としたことに気づかなかったのかもしれません。自分で追うしかないと考えたんでしょう。志茂田刑事が戻ってくるのを待つべきだったのに……」

現在位置はどこだ、と室田が怒鳴った。尾瀬橋通りを走行中、と川名が答えた。

「今、値岸小学校の前です。指示、願います」

君たちがいるのは東尾瀬二丁目十三番地だ、と室田が言った。

「至急、十三番地から十五番地までを捜索しろ。十二番地から北は、既に所轄が入っている。逆側も人員を配置済みだ。まず水無月を捜せ。羽生は彼女の顔を知ってる。危険だ」

急ブレーキを踏んだ川名が路肩に車を停めて、そのまま外に飛び出した。俊と杏菜もすぐその後に続いた。

目の前の交差点に、値岸小学校という表示がある。その向かい側にファミリーレストランが建っていた。

奥が十五番地です、とタブレットに目をやりながら俊は横断歩道を渡った。店の裏へ回れ、と川名が指示した。

「羽生は科学捜査の知識もあるし、防犯カメラがそこら中にあることも知ってる。絶対にカメラのない道を選ぶ。元刑事の犯罪者に、他の選択肢はない」

そのまま右側の路地に入っていった。足取りに迷いはない。

刑事としての直感が、羽生のいる場所へ導いてくれると確信しているのだろう。その後ろ姿は、獲物を狩る猟犬そのものだった。

俊は右から、川名と杏菜が左から路地を回ったが、玲の姿はなかった。羽生もいない。

奥にあった住宅街を抜けると、道路の両側に古い建物がいくつか建っていた。文具店、バー、雑貨店、薬局、定食屋、マンション。

通りのパーキングメーターに、数台の車が停められている。夕方五時半、まだ陽は高かったが、通りに人影はない。

このマンションが十三番地です、と俊は辺りを見回した。自分と蒼井で調べる、と川名が言った。

「春野、付近の店の聞き込みを頼む。羽生はともかく、車椅子の班長は目立つ。誰かが見ているはず――」

不意に、風が道を通り抜けた。次の瞬間、マンション脇に停められていたセダンの屋根に男が降ってきた。

爆発が起きたような凄まじい音と共に、車の屋根が大破し、手足を不自然な角度でねじ曲げた男の顔が三人の方を向いた。目を見開いている顔に、大量の血が垂れている。

俊は男から目を逸らせなかった。マスクもハンチングもサングラスも外れ、はっきりと顔が見えた。

羽生だ、とつぶやいた川名がマンションのエントランスに飛び込んだ。俊もすぐその後を追った。その場に残った杏菜が救急車を要請する声が、背後から聞こえた。

二基あるエレベーターのひとつに、Rのランプがついている。もう一基のボタンを押すと、ドアが開いた。

乗り込んだ川名がRと記されているボタンを叩きつけるように押すと、エレベーターが上昇を始めた。屋上階で降りると、右側に開いたままの非常ドアがあり、その奥に横倒しになっている車椅子が見えた。

「水無月班長！」

飛び込んだ川名が叫んだ。車椅子から三メートルほど離れたところに、玲が倒れていた。

「救急車！」

俊は震える手でスマホを取り出し、画面をスワイプした。玲が着ていたジャケットの右袖が破れ、二の腕が血に染まっている。

大丈夫、と目を開いた玲が唇だけを動かした。

「たいした怪我じゃない……羽生は？」

無言のまま、川名が首を振った。小さくうなずいた玲が、ゆっくり瞼を閉じた。

遠くからサイレンの音が近づいていた。

Chapter 12　Truth

1

サイレンの音がマンションの真下で止まり、柵《さく》から下を見ていた川名が大きな音を立てて舌打ちした。

俊は川名の肩越しに下を覗き込んだ。車の屋根に叩きつけられた羽生の手足、そして首があり得ない角度に曲がっている。まるで壊れた人形のようだ。

救急隊員が屋上に来ます、とスマホを耳に当てたまま杏菜が近づいた。

「水無月班長の負傷の程度を聞いていますが」

救急車に乗るほどじゃない、と答えた玲が手を伸ばした。俊は川名が起こした車椅子に、慎重に玲を座らせた。右腕の肩から前腕部にかけて裂傷があり、そこから出血していたが、他に外傷はないようだ。

「いったい何が――」

落ち着きなさい、と玲が口を開いた。

「志茂田刑事が名倉のマンションを離れてすぐ、男が出てきたのが見えた。羽生だと直感したけど、わたしは後部座席にいて、後ろ姿しか確認できなかった。リフトで車を降りようとして、操作に手間取った」焦っていた、と玲が頰に苦笑を浮かべた。「ポケットに入れていたスマホを落としていたことに、道路に降りてから気づいた。車内のどこかにあるのはわかっていたけど、とにかく羽生の確認が優先だと考え、後を追った」

危険過ぎますとつぶやいた川名に、わたしに羽生の確保はできないと玲がうなずいた。

「顔を確認したら、公衆電話で本庁に連絡するつもりだった。だけど、羽生の前に出るのは難しくて……」

結局この辺りで見失った、と玲がため息をついた。

「でも、実際には違った。羽生は尾行されていることに気づいていた。車に戻ろうとしたところを捕まって、そのままこの屋上へ……」

白衣を着た二人の救急隊員が駆け込んできた。大丈夫です、と手を振った玲が話を続けた。

「本当に怖かった。殺人犯の羽生と二人だけで、助けを呼ぶこともできない。殺されると思ったし、抵抗することもできない。蒼井くん、君ならどうする?」

コミュニケーションを取るしかありませんと答えた俊に、正解、と玲が微笑みかけた。

「状況をすべて話し、出頭するべきだと説得した。できることはそれしかない。警察はあなたを谷村元警部殺しの犯人として指名手配している。逃げても必ず捕まるのは、元警察官ならわかるはずだし、ここでわたしを殺しても罪が重くなるだけで、メリットは何もないと——」

杏菜が救急隊員に負傷の程度を伝えている。羽生と話したんですねと言った川名に、あの男は冷静だった、と玲が腕の傷を押さえた。

「谷村と関川を殺したのは自分だと認めた。谷村が中国人マフィアに警察の情報を売っていたことを羽生はずっと疑っていた、確証を摑めないまま懲戒免職になった。去年の末、谷村が退職した事情を子飼いのエスから聞いて、中国人マフィアとの癒着を確信した。それで連絡を取り、薬物を飲ませて監禁した」

何のためですと尋ねた川名に、処刑と羽生は言っていた、と玲が不快そうに吐き捨てた。

「羽生には歪んだ正義感があった。あの男は警察官の不正を許せなかった。性格的なものなのか、警務部勤務が長かったためか……」

羽生自身が捜査費を私的に使っていますと言った俊に、彼の中では必要悪だった、と玲が額の汗を拭った。

「不正行為をしている悪徳刑事摘発のためにやむを得ずしたことで、自分は正しいと笑っていた」

勝手な言い草だ、と川名が吐き捨てた。

「どうして拉致監禁した谷村をすぐ処刑しなかったんですか？」そこがわかりません、と俊は首を傾げた。「七カ月半も監禁しています。リスクしかなかったはずですが」

谷村一人だけが中国人マフィアと繋がっていたのではないと羽生は考えていた、と玲が言った。

「彼は組織犯罪対策部全体に疑いを持っていた。組織ぐるみの汚職があったのではないかと……そのために、谷村の事情聴取をしていた」

「事情聴取？」

本人はそう言っていた、と玲が右腕を押さえた。

「事実を話せば解放すると言うと、谷村は数人の名前を上げた。でも、羽生には刑事という意識があったから、証拠がないのに処刑はできないと考えた。谷村の証言の裏を取ろうとしたけど、それには時間がかかった。七カ月半という長い時間、谷村を監禁していたのはそのためよ。でも、個人が立証できることじゃない」

当たり前です、と川名が大きな音を立てて洟をすすった。調査のために半年以上を費やし、不正行為をしていた確証が取れたのは関川刑事だけだった、と玲が口に手を当てて小さく咳《せき》をした。

「長い拘禁生活のため、谷村は判断能力を失っていたようね。あの夜、羽生は谷村を連れて二人で関川の部屋へ行った。あんたか、という声を聞いたと隣人が証言していたけど、それは関川が羽生に対して言った言葉だった。年齢は羽生の方が上だけど、懲戒免職処分を受けた元刑事は先輩じゃないと考えたんでしょう」

そうだったのか、と川名がつぶやいた。警察を辞めた後、暴力団に入ったと説明し、情報を買いたいと言った羽生を関川が部屋に入れた、と玲が言った。

「後は説明するまでもないでしょう。薬物を混入した酒を飲ませてから谷村に関川を殺害させ、死体を解体して異様な形にレイアウトした。目的は警察への警告。不正行為をする悪徳刑事は誰でもこうなる、という意味よ」

「では、谷村元警部殺しも同じ理由だったんですか？」

挑発でもあった、と玲が疲れた声で言った。

「弁護士一家殺人事件を模倣したのは、ここまでしても真相を見抜くことができない無能な者しか警察にはいない、という羽生の嘲笑だった。あの男はわたしの想像やプロファイリングを遥かに超えた、最悪の犯罪者だった」

羽生はなぜここへ水無月さんを拉致したんですか、と俊は屋上を見回した。

「尾行されていると気づき、本庁への連絡を妨害しようとした？　それとも、ここで水無月さんを殺すつもりだったのか……」

どちらでもない、と玲が首を振った。

「羽生はわたしが監視に加わっていることに気づいていた。何度か車を降りてトイレに行ったけど、それを見ていたんでしょう」

「それで？」

羽生は最初から自殺するつもりだった、と玲が言った。

「このマンションについても、事前に調べて部外者でも屋上へ上がれると知っていたそうよ。ただ、最後にわたしに言っておきたいことがあると……」

口をつぐんだ玲が、顔を手のひらで押さえた。目からひと筋涙がこぼれた。

「羽生は二〇〇九年の南青山弁護士一家殺人事件、今年四月の弦養寺公園バラバラ殺人事件の犯人は自分だと告白した。警察が捜していたジャックは自分だと……」

額を強くこすった川名が小さく呻いた。本当ですか、と俊は二人の顔を交互に見た。

「動機は何です？　被害者はいずれも警察官ではありません。殺す理由はないはずです」

羽生の中で、被害者はすべて有罪だった、と玲がため息をついた。

「弁護士はその前年に市民を負傷させた暴力団員の裁判で、無罪を勝ち取っていた。雑貨店夫婦は新興宗教の幹部で、十人以上の信者を洗脳し、全財産を奪っている。すべて死刑に値すると羽生は考え、処刑を実行に移した」

二件の事件は同一犯によるものだと自分は考えていた、と川名が言った。

「共通する何かがある。それは警察に対する挑戦の意図だと……班長、それでもわからないことがあります。なぜ羽生は殺害現場で意味不明の行動を取ったんですか？」

うつむいた玲の肩が大きく揺れた。大丈夫ですか、と杏菜が背中に手を当てた。

一九九九年十一月、都内で小学生の誘拐殺人事件が発生した、と顔を伏せたまま玲が小声で言った。

「わたしがプロファイリングを担当し、小学生の自宅近くに住んでいた一人暮らしの独身男性を事情聴取することになった。あの頃、わたしは経験不足で、早急に結論を出さなければならないというプレッシャーもあった。確信を持てないまま、プロファイリングの結果を報告したのは事実よ。男は事情聴取の翌日、電車に飛び込んで自殺した」

川名の額に深い皺が刻まれた。その男は羽生の中学時代の親友だった、と玲がショートボブの髪を両手で押さえた。

「半年後、真犯人が逮捕された。四十五歳の性犯罪常習犯だった。わたしの行ったプロファイリングが親友を殺したと、羽生は繰り返し責め立てた。お前のせいで親友が自殺したと……」

溢れた涙が頬を濡らしている。一連の殺人の真の動機は、と俊はハンカチを差し出した。

「誤ったプロファイリングをした水無月さんへの復讐だったんですか？　そのために現場で不可解な行動を取り、大量の証拠を遺したと？」

涙を拭った玲が、何度も首を左右に振った。

「彼は自分の歪んだ正義感に照らし合わせて、処刑するべき人物を選び、殺害した。それも動機だけど、わたしに対する憎悪の方が大きかった。重大事件が発生すると、犯人像のプロファイリングが行われる。それを知っていた羽生は、プロファイラーが出動せざるを得ない殺人事件を起こした。弁護士一家の事件では現場に数百点以上の証拠を遺し、雑貨店夫婦殺しでは死体を同サイズに切り刻むという意図不明の処置をした。それは、正確なプロファイリングができるのか、というわたしへの挑戦だった」

どうかしている、と川名が横を向いた。わたしへの憎悪が羽生を支配していた、と玲が肩を落とした。

「あの男は親友を殺したわたしを恨み、法律では裁けない悪事を犯した人間を捜し、殺していった。彼の中で、それは正義だった。羽生にとってはわたしも殺人者で、犯した罪を償うべきだと笑っていた」

病院へ行きましょうと言った杏菜に、すぐ終わる、と玲が手を振った。

「彼は自分がジャックだと認め、逮捕してみろと挑発した。立つことさえできないわたしを車椅子ごと蹴り倒し、首を絞めて、自分の無力さを思い知れと……でも、羽生はわたしを殺さなかった。その代わり、もっと重い罰を与えた、死ぬまで悔やみ続けろと叫び、わたしの目の前で屋上から飛び降りた」

何もできなかった、と玲が何度も車椅子の車輪を叩いた。顔に絶望の色が浮かんでいた。

「勝ったのは羽生。わたしは……あの男に負けた」

とにかく病院へ、と杏菜が車椅子の後ろに回った。救急隊員がエレベーターホールへ向かっていく。

ぼくには理解できませんとつぶやいた俊に、容疑者、被疑者はもちろん、参考人として警察に呼ばれただけでパニックを起こす者は少なくない、と川名が煙草をくわえた。

「取り調べを受けたことが原因で離婚した者、会社を辞めざるを得なくなった者、自殺した者、そんな例は過去にいくらでもある。自分たちにそんなつもりはないが、最悪の結果を迎えたこともあった。羽生は水無月班長を憎むしかなかったんだろう」

「ですが、そのために殺人を犯すというのは……絶対に間違っています」

当たり前だ、と川名が洟をすすった。

「誤ったプロファイリングをした水無月班長の責任は重い。だが、それなら内部告発でも何でもすればよかったんだ。プロファイリングの無力さを証明するために殺人を続けた羽生は、外道《げどう》以下だよ」

数人の刑事と鑑識員が屋上に上がってきた。後は任せよう、と川名が俊の肩に手を置いた。

2

羽生の死亡が確認されたと連絡があったのは一時間後だった。杏菜からは、玲の負傷が浅く、全治二週間の軽傷で済んだと電話が入っていた。

川名と共にＰＩＴルームに戻ると、大泉と原が疲れた表情でデスクに座っていた。お疲れ様、と大泉がうなずいた。

「水無月班長と春野さんも、一度こっちに戻ってくるそうだ。とにかく、決着がついてよかった」

まだ全部終わったわけじゃありませんよ、と川名が暗い目で言った。確かにそうだけど、と大泉が頭を掻いた。

「でも、ＰＩＴとしてはこれ以上何もできない。関川、谷村事件はもちろんだけど、ジャックによる二件の事件の再調査も始まるだろう。だけど、犯人が自殺しているからね」

プロファイリングはできません、と原がうなずいた。疑問点は残っています、と俊は言った。

「羽生が警察を懲戒免職になったのは二〇一〇年でした。その時点で、過去の事件のデータベースにアクセスできなくなっていたはずです。でも、退職以降に判明した新事実についても彼は知っていました。どうやって調べたんでしょう」

谷村元警部だろう、と川名が言った。

「関川も加わっていたのかもしれん。奴らがデータベースにアクセスして、羽生に情報を渡していたんじゃないのか」

考えにくいですね、と俊はパソコンの横にスマホとタブレットを等間隔に並べた。

「関川刑事が本庁勤務になったのは二〇一〇年で、羽生の名前も知らなかったはずです。どうしてそんな相手に情報を渡す必要があるんですか？」

警務部の人間かもしれん、と川名が低い声で言った。

「周囲から浮いていたというが、警察官には絆がある。理屈じゃ割り切れないところがあるんだ。特殊捜査官採用のお前にはわからんだろうがな」

立ち上がった原が、ＰＩＴルームのドアを開けた。杏菜が左手だけで押す車椅子に乗った玲が入ってきた。右腕のブラウスの袖から、白い包帯が覗いている。

たいした傷じゃない、と玲が自分のデスクに回った。

「金沢一課長から、今夜記者会見を開くと連絡があった。一連の事件の犯人は羽生元警部補だったと発表するそうよ」

ほっとしたように、杏菜がため息をついた。中野区にある羽生のマンションから証拠が出たそうですね、と原が言った。

「弁護士一家と弦養寺公園、二件の事件の被害者の携帯電話、その他所持品が発見されたと聞きました。谷村と関川についても、何か出てくるんじゃないですか？」

おそらく、と玲がうなずいた。

「シリアルキラーには、トロフィーを収集するタイプがいる。一種の記念品ね。エド・ゲインは殺害した人間の皮膚を使って、衣服や家具を作っていた。羽生が谷村や関川の所持品を隠し持っている可能性は高い」

夜のニュースを見るのが嫌だねえ、と大泉が唇をすぼめた。

「単なる不祥事じゃない。懲戒免職になったとはいえ、警視庁の元刑事が連続殺人犯だったとなると、凄まじい非難を浴びることになるよ」

わたし自身もです、と玲がつぶやいた。ＰＩＴルームに沈黙が流れた。

3

金沢一課長が記者会見を開くと連絡が入ったのは、八時ちょうどだった。これまでの経緯から、玲と大泉、そして川名が会見場へ向かった。

警視庁広報部のカメラも入り、撮影している。ＰＩＴルームにいた俊たちのパソコン上に、その映像が流れていたが、予想通り記者たちからの質問は厳しいものばかりだった。

警視庁警務部に所属していた元刑事が連続殺人犯だったというのは、管理能力に問題があったのではないかという指摘に、言葉少なく金沢が答えていた。

警視庁の責任じゃない、と原がボリュームを下げた。

「羽生は単に退職したわけではなく、懲戒免職処分を受けている。警察官としての適性がない人間が犯した罪の責任を取れと言われても、答えようがないだろう」

一課長は頭を下げれば済むかもしれませんけど、とデスクのファイルを整理していた杏菜が囁いた。

「羽生が殺人を続けた動機が、誤ったプロファイリングへの復讐とわかれば、責任を問われるのは水無月班長です。いずれは公表しなければならないんでしょうけど、今は触れてほしくありませんね」

今日の会見で、金沢一課長がそこまで詳しいことを話すはずがない、と俊はパソコンから目を離した。

「捜査は始まったばかりだ。警察が不利になるようなことを、あえて言う必要はない」

九時前、谷村及び関川殺害事件の資料を捜査一課に届けるために杏菜がPITルームを出た。僕は帰るよ、と電話に出ていた原が立ち上がった。

「大泉さんも川名さんも、こっちへは戻らない。水無月班長は一課の会議に出るそうだ。実際には事情聴取だろう。過去の事件のプロファイリングについて、いろいろ聞かれるんじゃないかな」

マウスに手を当てたまま、俊はうなずいた。羽生が一連の殺人事件の犯人だとわかったが、今後はその動機が問われることになる。

玲のプロファイリングミスが殺人の真の動機だと明確になれば、PITの存続にも関わってくるかもしれない。

名倉のことは聞いたかい、とバッグを肩にかけた原が言った。

「いきなり現れた羽生に、妻子を殺されたくなかったら、数日匿えと脅されたそうだ。奴は人間の弱点をよく知っている。言いなりになるしかなかったんだろう」

お先に、と大きな欠伸《あくび》をした原が出て行った。マウスを繰り返しクリックしながら、わからないと俊はつぶやいた。

事件の全体像は理解できる。独善的で歪んだ正義感の持ち主だった羽生が、法律では裁けないが、もっと罪深いことをしていた人間を殺害した。妻を病気で亡くしたことも、心の傾斜を大きくした理由だったのかもしれない。

そして、玲のプロファイリングミスで親友を失ったことが、最大の動機だったのだろう。事件の現場を不可解な状況に演出したのは、玲に対する憎悪と、挑戦の意図があったからだ。

大きな枠組みとしては、そういうことになる。不自然なところはない。だが、小さな違和感があった。

名倉は羽生に脅されていたと原が言っていたが、それも違和感のひとつだ。名倉に羽生をかばう理由はないから、脅されてやむを得ず匿ったと言うのはその通りだろう。妻子を人質に取られたら、誰でも従うしかない。

わからないのは羽生の行動だ。いくら疎遠だったとはいえ、なぜ従兄弟の名倉を脅したのか。

刑事だった羽生なら、警察が潜伏先として親戚の家をマークすることは考えなくてもわかったはずだ。僅かにでもリスクがある場所に、近づく理由はない。

赤の他人の家に押し入り、自分の存在を他言したら家族を殺すと脅した方が、リスクは遥かに少ない。どれだけ脅しても、黙っているかどうかわからないのは名倉も同じだ。

名倉の家を監視していたのは、玲と志茂田刑事の二人だけだった。羽生はそれに気づいていた。

志茂田が現場から離れた隙に逃げるのは簡単だ。車椅子の玲が後を追うことはできない。あの時点で関東近県、更に遠くへ移動すれば、逃げ切れたかもしれない。だが、羽生はマンションの屋上から飛び降り、自殺している。玲への復讐はそこで完結したということなのか。

他にも疑問点がいくつかあったが、すべては点に過ぎない。それを繋ぐ線を捜すため、データベースの検索を続けた。

クリックしていた手が止まったのは、夜十一時過ぎのことだった。

4

紙コップにコーヒーを注ぎながら振り向くと、車椅子の玲がＰＩＴルームのドアを開けようとしていた。

ドアを大きく開くと、ありがとう、と微笑んだ玲がデスクの前まで移動した。

「もう帰ったと思ってた」

そのつもりでしたが、と俊は別の紙コップにコーヒーを入れて、玲のデスクに載せた。

「調べておきたいことがあったので……水無月さんこそ、疲れてるんじゃないですか？　一課の連中に事情を聞かれていたんですよね」

そんな生易しいものじゃない、と紙コップを取り上げた玲が形の整った唇を曲げて笑った。

「あれは取り調べね。羽生の親友が自殺した件について、根掘り葉掘り聞かれた。言い逃れをするつもりはない。小学生誘拐殺人事件で、わたしのプロファイリングに誤りがあったのは事実よ」

どんな仕事でもミスはあります、と慰めるように俊は言った。当時の状況はすべて話したと玲がうなずいた。

「わたしの処分は彼らが決める」

それは違うでしょう、と俊は首を振った。

「プロファイリングは捜査支援ツールのひとつで、絶対的なものじゃありません。もしミスがあったとしても、それだけで処分されるなら、プロファイラーを目指す者はいなくなります」

黙ったまま、玲がコーヒーに口をつけた。班長のことが心配でした、と俊はデスクの正面に回った。

「羽生の自殺を止められなかったわたしが、警察を辞めると？」考えていないとは言わないけど、と玲が苦笑した。「あなたが心配することじゃない」

そうではありません、と俊は紙コップをデスクに置いた。

「班長は羽生と親しかったんですか？」

まさか、と玲がデスクに置いていた白衣に袖を通した。

「羽生はわたしの二期先輩になる。でも、本庁勤務はわたしの方が六年ほど先だった。彼が本庁に上がり、警務部に配属されたことは知っていたし、会議で顔を合わせたこともある。でも、親しいわけではなかった。警務部と捜査支援担当のプロファイラーでは、立場が違い過ぎる」

確かにそうです、と俊はうなずいた。

「警務部は人事、会計などを取り扱う管理部門ですが、羽生は不祥事の捜査を担当する〝警察内警察官〟で、捜査畑の刑事でした。捜査部門と支援部門の間には、目に見えない壁があります。親しい関係になりようがないというのは、その通りです」

何か言いたいことがあるのね、とデスクの上で玲が両手の指を組み合わせた。俊は手近の椅子を引き寄せて、腰を下ろした。

下手に策を弄《ろう》しても意味はない。すぐに玲は意図に気づくだろう。相手は精神科医の資格を持つ日本トップクラスのプロファイラーだ。率直に聞きます、と俊は口を開いた。

「羽生が従兄弟の家に隠れていたことを、班長は知っていたのではありませんか？」

なぜそう思うの、と玲が車椅子に背中をもたせかけた。室田係長に確認しました、と俊はタブレットのメール画面を開いた。

「名倉の家を監視するのは、班長の希望だったということです。室田係長の命令ではなく、班長が名倉の家を選んだと」

室田係長はわたしの立場を理解していた、と玲が指を組み替えた。

「捜査支援部門のプロファイラーでも、わたしは自分を警察官だと思っている。現場に出て働きたいというのは、誰でも同じはず。だけど、車椅子の警察官が危険が伴う現場に出動することはできない。そのジレンマを解消するため、室田係長に危険度が低い現場の監視班にわたしを配置するよう頼んだ。名倉の家を選んだのは、最もリスクが少ないと判断したからで、あの家に羽生が潜伏しているとは思ってもいなかった」

腑《ふ》に落ちません、と俊は目の前の紙コップを二センチ右にずらし、玲の紙コップと線対称の位置に置いた。

「班長ほど優秀なプロファイラーなら、羽生の心理、そして行動を読むことができたはずです。警察が最も危険レベルが低いと考える場所は、まったく同じ理由で羽生にとって最も安全な場所になります。どうしてそれが見抜けなかったんです？」

「プロファイリングが絶対に正しいとは限らないと言ったのは君よ、と玲が微笑んだ。

「プロファイラーは神様じゃない。犯人の心理をすべて読み切れるなら、未解決事件は今の半分以下に減っている」

名倉の家を監視していたのは二人の刑事だけでした、と俊は言った。

「その一人が班長で、羽生の一連の殺人の動機は班長のプロファイリングミスに対する復讐だった。偶然にしてはできすぎてませんか？　もし班長があの場にいなかったら、羽生はどうするつもりだったんでしょう」

東京から逃げて、わたしが過去にプロファイリングを手掛けた事件を模倣した殺人を続けるつもりだと言っていた、と玲がデスクを細い指で叩いた。

「関川殺しで弁護士一家殺人事件を模倣したようにね。そうすれば、わたしのプロファイリングミスのために自殺した人間がいると世間が知り、わたしが絶望するだろうと……正直に言えば、君が羽生の名前をわたしに報告した時から、彼の動機がわたしへの復讐だという予感はあった。でも、認めるのが怖かった」

「何をです？」

羽生がジャックだという事実、と玲が大きく息を吸い込んだ。

「わたしのミスで一人の人間が自殺した。弁護士一家を殺害したのはそのためで、この不可解な状況でプロファイリングができるのか、というわたしへの挑戦よ。あの一家を被害者に選んだのは、羽生の歪んだ正義感が弁護士を有罪だと認めたためもあったんでしょう。あの事件に関して、わたしはほぼ完全なプロファイリングをしたつもりだけど、羽生の罠にはまっただけだった」

無言で俊は肩をすくめた。でも、彼にも計算ミスがあった、と玲が言った。

「偽装工作が完璧過ぎたために、警察もマスコミもわたしのプロファイリングが正しいと信じたことよ。恥を掻かせるためにしたことが、かえってわたしの立場を正当化してしまった。怒った羽生はわたしをマンションの階段から突き落とし、歩行不能にしたけど、それでも許すことができなかった」

弦養寺事件もですかと尋ねた俊に、もちろんと玲がうなずいた。

「谷村も関川も、わたしへの復讐のために殺したと言っていい。自殺した親友の恨みを晴らすために、羽生は殺人を続けた。それを認めれば、わたしは自分の誤ちを認めなければならなくなる。それが怖かった」

ぼくが羽生の名前を出した時、班長はすべての事件の関連性に気づいたはずです、と俊はぬるくなったコーヒーに口をつけた。

「羽生がジャックだという確証はなかったかもしれません。でも、可能性はあると考えたのでは？　警察しか摑んでいない事実を知っていること、大量の物的証拠を遺し、現場に長時間留まるなど不可解な行動を取ったこと、死体を同サイズに切断したこと、すべては捜査の攪乱を狙ったためで、それができるのは警察官だけです。二件の事件はどちらも動機が不明でしたが、羽生が犯人ならその穴も埋まります。班長は羽生をジャックだと疑っていたはずだと、ぼくは思っています」

確実な証拠はなかった、と玲が顔を伏せた。

「二件の事件の犯人はそれぞれ別だと捜査一課は考えていたし、わたしへの復讐が動機なら、もっと違う方法もあったはず。確信がないまま、意見を上げることはできない」

それだけではないでしょう、と俊は首を振った。

「意見上申のためには、班長自身が過去のプロファイリングミスを認めなければならなくなる。保身のためとは言いません。班長はそんな人じゃない。ＰＩＴ存続のために事実を言えなかった、とぼくは考えています」

玲の視線が横に逸れた。あなたのミスのために一人の人間が自殺に追い込まれたのは事実です、と俊は話を続けた。

「それを報告すれば、PITという部署、そしてプロファイラーの存在意義が問われることになったかもしれません。プロファイリングの有用性を信じている班長にとって、優れたプロファイラーを育成し、指導することが何よりも重要だった。だから意見を上げることができなかった」

答えるのが難しい、と玲がため息をついた。

「君の指摘には正しいところもある。でも、人間の心は簡単に割り切れない。自分を守ろうと無意識のうちに思っていたかもしれない。PITを存続させるために、沈黙しようと思ったことがないとは言わない。だけど、すべての事件の犯人が羽生だという確証がなかったから、意見を上げなかったというのも嘘じゃない」

コーヒーはどうです、と俊は立ち上がった。わたしはいいと玲が言ったが、構わず新しいコーヒーをいれ、また椅子に腰を下ろした。

「話を戻しますが、羽生が名倉の家に隠れていたことを、班長は知っていたとぼくは考えています。根拠を話してもいいですか？」

玲がうなずいた。班長はその前から羽生と連絡を取っていたはずです、と俊はタブレットを開いた。

「ぼくが羽生の名前を報告したのは八月八日です。十三日、班長は羽生の所在を調べるように命じています。翌十四日朝、ぼくは防犯カメラ画像検索によって、羽生のアジトが中野区内にあることを突き止めました。それは班長の予想を上回るスピードだった」

確かにそうね、と玲がうなずいた。

「AIの性能に感心したのを覚えている」

上に報告しましょうと大泉さんが言ったのは覚えていますか、と俊は言った。

「ですが、班長はそれを止めた。中野区全域ということでは、一課の刑事たちも動けないというのがその理由でした。そこでぼくは区域を特定するために、羽生の動きを調べ、十五日には町名、番地、そして春野さんのヒントもあって、空き家をアジトにしている可能性が高いことがわかっていました。ここまで条件を絞り込んだにもかかわらず、状況が明確になるまで動いてはならない、と班長はぼくたちに命じました。自分の判断で八係に報告しようとした川名さんを叱責してもいます。理由はひとつしかありません。班長は羽生にアジトが割れたと伝え、逃げる時間を稼がなければならなかった。そのために室田係長と協議し、刑事たちが動かないようにしていたんです」

「どうしてわたしが羽生に協力しなければならないの?」

脅迫されていたからです、と俊はデスクの電話を指した。

「関川、谷村殺害の容疑で、羽生の捜査が始まっていました。彼には協力者が必要で、脅迫に屈するのは羽生の親友を自殺に追い込み、罪の意識を持っていた班長しかいません。羽生に中野に近づかないよう警告した後、監視が緩い名倉の家に潜伏することを勧めた。自分が名倉家の監視班に加わり、志茂田刑事が休憩のため現場を離れた時、逃亡を幇助《ほうじょ》するとも言ったはずです。だから羽生は名倉のマンションに身を隠した。わからないのは、班長が羽生の脅迫に屈した理由です。なぜそんなことを？　PITのためですか？」

しばらく黙っていた玲が、君にはプロファイラーの素質があるとつぶやいた。

「あの男はわたしのプロファイリングミスについて、マスコミに公表すると脅してきた。でも、屈するつもりはなかった。わたしはかなり前から警察を辞めることを考えていたし、辞表も用意していた」引き出しを開けた玲が、一通の封筒を取り出した。「でも、あの時は違った。わたしが考えていたのは、羽生に協力するふりをして、あの男の動向を確認することだけ。逮捕するにはそれしかないと思っていた」

「連絡を取るようになったのはいつからです？」

関川刑事が殺された翌日、羽生が偽名で電話をかけてきた、と玲が言った。

「PITの直通電話は警視庁ホームページにも載っている。電話があったのはその時だけで、わたしはプライベートで使っているメールアドレスを教えた。その後はメールのやり取りが続いた。君が言うように、中野のアジトの件も、名倉の家を教えたのもわたし。でも、すべてはあの男を逮捕するためだった。これ以上一般市民を犠牲にするわけにはいかない。あの男を止めることができるのは、わたししかいなかった」

「名倉の家族は？　危険だと思わなかったんですか？」

羽生が必要としていたのは安全な潜伏先で、名倉の家族に手を出すことはないとわかっていた、と玲が言った。

「彼の逃亡の手助けをするとわたしはメールに書いていたから、名倉の家族を殺害するメリットはない。ただ、羽生がその裏を読んでいたことまではわからなかった」

班長を拉致し、あのマンションの屋上に向かった、と俊はうなずいた。

「班長への復讐を完遂するため、自ら命を絶った。それで事件は終わりです。でも、どうしてもわからないことがあります」

「何？」

羽生が殺害した二件の被害者ですが、と俊は額に指を押し当てた。

「弁護士一家殺人事件に関しては、羽生もまだ警察にいたわけですから、情報を調べることもできたでしょう。ですが、弦養寺公園バラバラ殺人事件の被害者夫婦について、羽生が知っていたはずがないんです。既に警察を辞めていますし、情報を得るルートもありませんでした」

羽生にも同期の刑事がいた、と玲が小さく首を振った。

「マスコミ関係者かもしれない。谷村元警部だったということも——」

あなただと思ってるんです、と俊は空になった紙コップを握り潰した。

「もっと前から、羽生に脅迫されていたのではありませんか？　そう考えると辻褄《つじつま》が合います。あなたは羽生の親友の死に対し、罪の意識があった。保身やPITのためではなく、もっと根源的な贖罪《しょくざい》意識です。あなたはPITに入ってくる情報を羽生に供与していた。羽生はそれを元に犠牲者を選んでいった。共犯とは言えなくても、何らかの罪に問われてもおかしくありません」

それを言うために残っていたのね、と玲が微笑んだ。

「さっきも言った通り、羽生と連絡を取るようになったのは、関川刑事が殺害された後よ。それ以前に接触したことはない。でも、君は信じないでしょうね」

わからないんです、と俊は立ち上がった。

「もしぼくの想像通りだとしても、あなたが羽生との通話記録やメールを残しているはずはありません。とっくに処分しているでしょう。ですが、証拠はなくても罪は罪です。すべてを話してくれませんか」

まだ金沢一課長も高槻理事官も本庁舎に残ってる、と玲がハンドリムに手をかけた。

「二人で話すより、第三者がいるところで自分の意見を言いなさい。わたしも自分の考えを話す。自己弁護するつもりはない。一緒に来なさい」

俊は先に立ってPITルームのドアを押し開いた。背中に鈍い衝撃があった。

何があったのかわからないまま、首だけを捻って背後に目をやった。玲が立っていた。

5

惜しいところまで迫ってたのよ、と微笑みながらナイフを抜いた玲が俊のスーツで血を拭った。

「ただ、詰めが甘かった。裏の裏まで考えるのが刑事の仕事だと、前に教えたはずだけど」

叫ぼうとしたが、声すら出せないまま、膝が崩れた。背中に当てた手のひらが、真っ赤な血で濡れている。

頭が混乱していた。いったい何が起きたのか。玲に刺されたのはわかったが、なぜ彼女が立っているのか。車椅子がなければ、動くことさえできないはずだ。

両脇に腕を差し入れた玲が、俊の体を軽々とドアから離れたデスクの陰に引きずり込んだ。女性とは思えない力だった。

「自宅マンションの階段からジャックに突き落とされて腰の骨を折り、それ以来歩けなくなった」

だからわたしは車椅子のプロファイラーになった、と玲が白衣のポケットから取り出したハンカチで手早く傷を押さえ、外した俊のベルトできつく縛った。

「自分で飛び降りただけで、誰もわたしを突き落としていない。マンションの防犯カメラに不審者が映っていなかったのは当然よ。足の骨を折るつもりだったの。腰骨が折れたのは計算外だった」

でも、警察の人間や医者に歩くことができないと信じ込ませるためには、その方が好都合だったと玲が言った。

「自力で歩けない人間を疑う者は誰もいない。そうやってわたしは行動の自由を得た」

どうしてそんなことを、と掠れた声で俊は尋ねた。口の中に溜まっていた唾を吐くと、赤い血が混じっていた。

話しておかなければならないことがある、と玲が椅子に腰掛けて足を組んだ。

「君を死なせるつもりはない。すぐ救急に通報する。わたしを信じて」

助けてくださいと手を伸ばした俊に、聞きなさい、と優しい声で玲が言った。

「八歳の時、両親を交通事故で亡くした。その後、教師だった叔父に引き取られた話はしたはずね」

壁で背中を支えたまま、俊はうなずいた。大きな声を出すことができない。

「高校三年生の時、失火に見せかけて家に放火し、叔父を殺した」玲が菩薩像に似た笑みを浮かべた。「そんなに驚かなくていい。理由があるの。叔父は小児性愛者で、わたしを引き取った直後から性的な行為を強要した。抵抗したけれど、八歳の子供が大人にかなうはずもない。どんなにおぞましく、汚れたことをされたか、どれだけ言葉を尽くして説明しても、誰にも理解できないでしょう。十年間、暴力と毎晩のように続く性的虐待に怯えて暮らしていた」

警察や学校に訴えることはできなかったんですかと囁いた俊に、教育熱心で人格者の仮面を被った叔父を誰もが信じていた、と玲がため息をついた。

「わたしが何を言っても、取り合ってくれる者は一人もいないとわかっていた。叔父の支配から逃れるためには、殺すしかなかった」

吐き気が込み上げてきて、俊は口を押さえた。背中が燃えるように熱い。

あの男を殺したことに後悔はない、と玲が笑顔で言った。

「でも、常に怯えがわたしの中にあった。大学に入ってからも毎晩悪夢を見て、夜中に跳び起きるような、そんな毎日が続いた。ドアがノックされ、開けると警察官が立っている」叔父殺しの罪で逮捕される夢ばかり見ていた、と玲が天井を見上げた。「精神科医を志したのは、自分のトラウマを克服するためだった。警視庁に入庁したのはサスペンス映画に憧れたからじゃない。叔父の死に関する捜査状況を知りたかったから」

でも悪夢は毎晩続いた、と玲が目をつぶった。

「自殺するしかないところまで、追い詰められていた。あの時、叔父を殺す以外の選択肢はなかったけれど、どんなに非道で悪辣《あくらつ》な男でも、人を殺したという罪の意識がわたしを苦しめ続けた。でも、ある時を境にすべてから解放されたの」

何があったんですと掠れた声で言った俊に、悪夢を一掃してくれた人がいた、と玲が右頬にえくぼを浮かべた。

「わたしがプロファイリングを担当した、北九州市の児童連続殺傷事件の犯人を覚えてる？　彼は中学生で、取り調べは慎重に行う必要があった。女性の方が話しやすいだろうという上層部の判断もあって、わたしは誰よりも長く彼と二人だけで話した。それは彼の希望でもあった。彼がわたしを選んだの。初めて二人だけで会った時、お姉さんも人を殺したことがあるよね、と彼はにこにこ笑いながら言った」

「……認めたんですか？」

そんなはずないでしょう、と玲が首を振った。

「彼も二度と言わなかった。その代わり、彼は子供たちを殺すことがどれほどの歓びだったか、悦楽《えつらく》だったかを詳しく話した。異常だとわかったけれど、紡ぎ出す言葉のすべてがわたしを浄化していった。宗教や哲学の話をするつもりはない。ただ、わたしの魂が彼に共鳴し、救済されたのは事実よ」

「殺人を正当化するつもりですか」

俊はウエストポーチを探った。スマホが指先に触れたが、何かに引っ掛かって取り出すことができない。

わたしは彼から学んだ、と玲が言った。

「殺人は人間にとって、何にも勝る愉悦だと。それを証明するために、わたしは南青山の弁護士一家を殺害した」

「あなたが殺した？　羽生が犯人だと――」

あの事件には多くの不可解な謎がある、と玲がうなずいた。

「犯人の動機はもちろん、殺害後の行動も含め、すべてが謎と言っていい。ただ、現場の状況があまりにも混乱していたために、最も重要なポイントが警察の意識から外れることになった。犯人がどうやって家の中に入ったのか、それを見逃している」

そんなことはない、と俊は頭を振った。

「犯人は二階の浴室の窓から侵入した、と報告書にありました」

どうして違和感を持たないのかわからない、と玲が首を傾げた。

「犯人があの家に入ったのは夜八時。水道管を伝って二階へ上がったと考えられているけど、誰かが見ていれば必ず通報したはず。夜八時なら、誰かが近くにいてもおかしくない。どんなに頭が悪い犯人でも、それがどれほど危険な行為かわかったはず。つまり、犯人はそんなことをしていなかった。二階から侵入したというのは偽装に過ぎない」

「では、どこから家に入ったんです？」

玄関から、と玲が警察手帳を取り出した。

「わたしはチャイムを鳴らし、インターフォンに出た弁護士に警察手帳を提示して、近所の家に泥棒が入ったので、被害がないか確認のため付近の家を訪問していると言った。女性の刑事を警戒する者はいない。弁護士はすぐドアを開けて、家に入れてくれた。その場でわたしは彼を刺し殺した」

警察は犯人の動きにもっと注意を払うべきだった、と学生に講義をするような口調で玲が話し続けた。

「二階の窓から侵入した犯人は、そのまま一階へ降り、玄関前の廊下で弁護士を殺害し、リビングにいた息子を絞殺し、その後二階の子供部屋に上がって母親と娘を刺殺したと、現場検証の結果、警察は結論を出した。実際にわたしが殺したのもその順番よ。でも、考えてみて。二階の窓から家に入った犯人が、どうして子供部屋を素通りして、一階へ降りなければならないの？　犯人にとって、殺害する順番は関係ない。そこに気づかなかったのは、警察の大きなミスよ」

「殺害後、長時間現場に留まったのはなぜです？」

わたしは警察の捜査手法について詳しい、と玲が微笑んだ。

「警察にとって都合のいいストーリーを作ることがすべての目的だった。犯人は誤って自分を傷つけ、血痕を残した、その他にも指紋、体液、髪の毛などDNAを特定できる物的証拠、着ていた服や靴を慎重に配置していった。朝までの十時間は、そのために使ったの。冷蔵庫の食べ物を漁《あさ》り、すべての部屋を荒らした。被害者のパソコンを使って旅行会社のサイトにアクセスしたのもそうだけど、犯人像として設定したのは二十代の男性で、殺人はもちろん犯罪に不慣れな人間だと警察が考えるように誘導した。あの現場にあった三百点以上の遺留品は、すべてわたしが入念に選び抜いた物だった。初動捜査がその後の捜査の方向を決定づける。それを知っていたわたしにとって、誤誘導は難しくなかった」

「でも、血液や体液は？　どうやって入手したんです？」

ボランティアでカウンセリングをしている、と玲が言った。

「検査のために必要だと説明すれば、ほとんどの人が採血に応じてくれた。採尿はもっと簡単。指紋はカウンセリングに訪れた人が飲んだグラスから採取した。当然、前科のない人を選んでいる」

玲の声は冷静そのものだった。快楽殺人者のように、殺人に性的な興奮を感じているのではない。

玲に動機はない。ただ殺すために殺している。

目の前にいる白衣を着た女性は、人間ではない。別の何かだと俊は悟った。

わたしは自分が正しいと思っていない、と玲が形の整った眉を動かした。

「殺人を正当化する羽生のような下衆《げす》とは違う。ただ、警察に対して不安がある。組織の縦割りが徹底し過ぎているために、横の連携が取れない。警視庁内部だけではなく、他の道府県警察との関係はもっと酷い。事件をパターンで認識しているから、想定外の事態が起きると何をどうしていいのかさえわからなくなる。今も自白だけを証拠として有罪になる者がいる。蒼井くん、警察を欺くのは簡単なの。彼らが望むストーリーを提示すれば、小学生のように単純に引っかかる。どうかしているとしか思えない」

どうかしているのはあなただ、と肩で息をしながら俊は言った。

「警鐘でも鳴らしているつもりですか？　結局、羽生と同じなんですね」

玲がデスクにあったハンドタオルを差し出した。俊は震える手でそれを摑み、顔を拭った。

羽生がわたしに目をつけたのは、事件後三カ月が経った頃だった、と玲が白衣の襟を直した。

「当初、あの事件は大量の遺留品や犯人を特定するＤＮＡを検出できる血痕などが残っていたため、すぐに解決できると誰もが考えていた。でも、そうならなかったのは君も知っている通り。ネットを中心に、警察官の関与を疑うスレッドが立つようになり、対処のために警務部が捜査の実態を調査することになった。羽生はわたしのプロファイリングに矛盾があることに気づいて、事情を聞きに来たの」

矛盾とは何ですと尋ねた俊に、それは大きな問題じゃなかった、と玲が手を振った。

「あんなカオスのような現場で、矛盾がない方がおかしいでしょう。ただ、今後同じような事件が起きれば、彼がわたしに疑いの目を向けることがはっきりした。だから、弁護士一家を殺害したと自分から告白した」

「告白……」

羽生の性格はわかっていた、と玲が言った。

「あらゆる犯罪を憎み、そのために警察官になった。でも、現実には法で裁けない犯罪がある。職務怠慢や不正行為が警察内で横行していることを知り、絶望していた。真面目で職務に忠実な男だったけれど、組織の中では浮いていた。妻の死もあって孤独が心を蝕《むしば》み、彼の正義感が歪んでいるのが目に見えるようだった」

カウンセラーのあなたなら、羽生の心理状態を知ることも容易だったでしょう、と俊は声を振り絞った。極端に偏向している人間の精神状態はわかりやすい、と玲がうなずいた。

「あの弁護士が暴力団の側に立って、無罪を勝ち取ったことが殺人の動機だと話し、すべては正義の裁きだったと彼の心理を誘導するのは簡単だった」

彼はわたしに強い共感を抱き、依存するようになった、と玲が足を組み替えた。

「これは想像だけど、わたしの存在とは関係なく、羽生はいずれ人を殺していたでしょう。彼の中で、社会に対する不満は沸騰寸前だった。彼はわたしの行為を正当だと認め、自分も正義の使徒になると誓った。その瞬間、彼にとって殺人は聖なる義務になった」

わたしがあの弁護士一家を殺したのは、地理的環境がベストだったからで、他に理由はないと玲が言った。

「羽生とわたしは違う。あの男は何もわかっていない」

あなたに動機はなかったんですねと言った僕に、動機のある殺人は美しくない、と玲が首を振った。

「羽生が捜査費を私的に使い込んで懲戒免職になったのは、あなたに協力するためだったんですか？」

それはわたしにもわからない、と玲が男のように肩をすくめた。

「ただ、羽生は警察を辞めたことで、自由を得た。わたしは彼に情報を提供し、法律で裁けない者を罰するよう示唆した。わたし自身も殺人を続けた。動機のない殺人をね。疑われることはないはずだったけれど、気づいた者がいた」

「川名さんですね？」

彼には驚かされた、と玲がＰＩＴルーム内を見回した。

「弁護士一家殺人事件、弦養寺事件の犯人が同一人物だと、報告書を読んだだけで直感した。他にも同じ考えを持つ刑事が数人いる。職業的な直感は侮《あなど》れない。君と同じように、わたしも彼を古いタイプの刑事の典型だと思っていたけれど、そこは見誤っていた。でも、彼はもう少し踏み込むべきだったかもしれない。二〇一一年以降、わたしと羽生が殺した人間は二十三人いる。そこまでは川名くんも見抜けなかった」

どうかしてる、と俊は吐き捨てた。目が霞み、視界がほとんど利かなくなっている。

川名くんは上司のわたしに意見書を提出した、と玲がデスクのファイルを開いた。

「証拠がないという理由で、待つように伝えたけど、彼はああいう性格でしょう？　動こうとしないわたしに苛立って、高槻理事官に直接意見書を上げた。理事官は現場経験も豊富だし、何かあると直感したんでしょう。わたしに二件の事件の再調査を命じた」

「それで？」

退職警察官を調べるべきだという意見が出るのはわかっていた、と玲が言った。

「川名くんもすべてを読み切っていたわけではなかったけれど、犯人、つまりジャックは警察の捜査に詳しく、警察に対し挑発の意図がある者と考えていた。元警察官が疑われるのは当然よ。いずれ、羽生が容疑者リストに載る。わたしは彼に姿を隠すよう指示した。あの男が逮捕されたら、わたしのことを話すのは考えるまでもない。彼を殺すしかなかったの」

口封じですかと言った俊に、誰でも自分の身は可愛い、と玲が微笑んだ。

「でも、羽生もわたしの意図に気づいた。それから連絡が取れなくなった。わたしと彼は架空名義の携帯電話、あるいはネットの掲示板を通じて連絡を取り合っていたけど、電話はずっと電源を切っていたし、掲示板で呼びかけても返事はなかった。そうなると、わたしには彼を捜すことができない。車椅子を降りて捜し回るわけにはいかないでしょう? だから君をPITに呼んだ」

まさか、と俊は顔を上げた。そうよ、と玲がうなずいた。

「ビッグデータ解析のプロフェッショナルなら、膨大な画像データの中から必ず羽生を見つけてくれると信じていた」

「ぼくを利用するために、PITに異動させたんですか?」

皮肉は止めなさい、と玲が指を振った。

「羽生が去年の十二月末に谷村を拉致し、都内で監禁したことはわかっていた。谷村と中国人マフィアの癒着は、わたしが彼に情報を与えたの。組対全体が汚職にかかわっていると示唆したのもわたし。羽生は谷村を拘束し、共犯者がいるはずだと尋問を繰り返した。谷村が関川の名前を吐いたのがいつだったのかはわからないけど、羽生には処刑するための証拠が必要だった。でも、警察官ではない彼に捜査はできない。確証を得るため、七月の上旬、羽生はわたしのプライベートアドレスにメールを送ってきた。すぐにわたしは関川が中国人マフィアに情報を流していたという警務部の報告書をコピーして送り返した」

そんな報告書はなかったはずです、と俊は言った。

「関川刑事のことはまだ警務部も調べ始めたばかりで、本人の事情聴取も行われていなかったと聞いています」

偽の報告書を作ったの、と玲がうなずいた。

「結果として、羽生は関川を殺した。弁護士一家殺人事件を模倣したのは、わたしへのメッセージ。頭部や腕を切断したり、遺書を書かせたのは、犯人が異常者と偽装するためだったのだろうけど、本当のところはわからない。羽生の心は、かなり前から壊れていたから」

その後また羽生と連絡が取れなくなったけど、わたしが送ったメールを読んでいることはわかった、と玲が言った。

「彼は谷村を殺し、あきる野市の廃病院に遺棄した。彼の亡くなった祖父が一時期あきる野市に住んでいて、土地勘があったのは後で知った。ただ、わたしにとって大きな問題が起きていた。君のビッグデータ解析のために、捜査一課も羽生が一連の事件の犯人だと考えるようになっていた」

羽生が逮捕されたら、わたしの身が危なくなると玲が苦笑した。

「だから君に命じて、都内の防犯カメラ画像をすべて検索させた。想定外だったのは、AIの処理能力の高さよ。羽生を発見したこと、中野区にアジトがあることを突き止めたのは、わたしの予想より十時間以上早かった」

あなたは室田八係長に報告しようとしていた川名さんを止めた、と俊は首を小さく振った。

「他の刑事に羽生を発見、逮捕させるわけにはいかなかった。そうですね？」

あの時点で、わたしと羽生の連絡手段はメール以外なかった、と玲がため息をついた。

「一課に君のビッグデータ解析の結果を報告し、包囲態勢を整えることを優先するべきだった」

と進言して、刑事たちの動きを封じた。同時に、アジトが見つかったと羽生にメールを送った」あの時ほど真剣に祈ったことはない、と玲がまた苦笑した。「返信があった時、わたしがどれほど安堵したかはわからないでしょう。その後、逃走資金を渡すとメールで伝えた。羽生は警備会社に勤めていた時の貯金をほとんど使い果たしていたから、お金が必要だったの。だから、あのマンションに呼び出すのは簡単だった」

「マンションに部外者が入れることは、あなたが事前に調べていたんですね？」

もちろん、と玲がうなずいた。

「羽生はわたしのことを足に障害があると信じきっていたから、疑うことはなかった。彼はわたしが何人もの人間を殺していることも知らなかった。単に情報を与えてくれるだけの存在と思っていたの」

油断している人間の隙をつくのは誰にでもできる、と玲が言った。

「あなたもそうだったでしょう？　あっさり背中を向けたのは、わたしに危害を加えられると想像もしていなかったから。マンションの屋上で、金の入った封筒を落としたふりをすると、拾うために羽生が屈み込んだ。わたしは隠し持っていた鉄パイプで後頭部を殴り、意識不明になったあの男をかつぎ上げて、屋上の柵から突き落とした。その鉄パイプは搬送された病院のゴミ箱に捨ててきたから、捜せば見つかるかもしれない。わたしが上半身のトレーニングをしていたのは、あなたも知っているはず。羽生を背負ったまま、二メートルの柵を上ることくらい、簡単だった」

前置きが長くなったけど、本題はここからなの、と玲が俊の顎に手をかけて顔を上に向けた。

「聞きなさい。わたしは逃げるけど、なぜ君にすべてを話したのか、その理由を教える」

理由、と俊は目をこすった。玲の顔に輝くような笑みが広がっていた。

6

君にすべてを伝えなければならなかった、と玲が囁いた。

「羽生も、Vを名乗って猟奇殺人を繰り返していたあの女も、そして多くのシリアルキラーもそうだけど、彼らには殺人の意味がわかっていない。でも、君は違う。美を理解できる、選ばれた人間よ」

何を言ってるのかわからない、と弱々しく俊は首を振った。二十年前のことを思い出しなさい、と玲が顎を強く摑んだ。

「人間は不快な記憶を封印できる。それは精神を正常に保つための防衛本能で、誰にでも備わっている能力よ。だから、君は覚えていない。君の両親が殺されたあの事件のことを」

馬鹿なことを言うな、と俊は玲の手を振り払った。

「自分の親が殺されたんだ。忘れるわけがない」

君は記憶を都合よく操作している、と玲が言った。

「あの日、小学校の旅行から家に帰り、殺されていた両親を見つけ、警察に110番通報したと担当の刑事に話したわね？　嘘ではなかったけど、実際に通報したのは両親の死体を発見した三時間後だった。その空白の時間は、混乱のために生じたものだと警察は判断した」

混乱しないはずがない、と俊は額を伝う冷たい汗を指で拭った。呻き声が漏れる。背中に熱した鉄の棒を突っ込まれたようだ。

「家に帰ったら、両親の死体があった。ショックを受けるのは当たり前だし、どうしていいのかわからなかった。ぼくは十歳だったんだ。そんな子供に何ができると？」

納得できる理由ね、と玲がうなずいた。

「だから、その三時間について誰も詳しく調べようとしなかった」

その後、君はPTSD（心的外傷後ストレス傷害）のケアのため、カウンセラーにかかったと玲が自分を指さした。

「それがわたしだったことは覚えてる？　いえ、覚えてないでしょう。両親の死体を発見してから数カ月間の記憶を、君は封印している。思い出したくもないはず」

覚えていない、と俊は小さく首を振った。当然ね、と玲が微笑んだ。

「わたしは君と話し、空白の三時間があることに気づいた。いくつかの心理テストを繰り返しているうちに、君が犯人の顔を見ていたとわかった」

「見ていない」

玲がデスクから別のファイルを取り出した。表紙に〝蒼井俊・カウンセリングレポート〟とあった。

「君は確実に犯人と団地内で時間と空間を共有している。その時に顔を見た。もちろん、知らないおじさんだ、ぐらいにしか思わなかったでしょう。帰宅後、両親の死体を発見した君は、すぐに犯人の後を追った。犯人は君のお父さんと争った際、凶器のナイフで腹部を刺されて傷を負っていたから、通路に残っていた血痕を追ったのかもしれない」

それは想像に過ぎないと言った俊に、君は当時十歳だったけど、頭のいい少年だったから、自分が何をするべきかわかっていたと玲が言った。

何も覚えてないと首を強く振ると、汗が飛び散った。意識が薄れ始めている。

君の判断力には感心するしかない、と玲が話を続けた。

「逃げる方向はいくつもあったし、三鷹の駅に向かったと考えてもおかしくないのに、迷わず団地の裏手にあった造成中の雑木林に行き、そこで古井戸に落ち、足を骨折していた犯人を見つけた」

俊は震える手で汗を拭った。犯人は瀕死《ひんし》の状態だったはず、と玲が落ち着いた声で言った。

「君は犯人と話している。助けてくれと懇願されたでしょう。救急に連絡をすれば助かったかもしれない。でも、君は何もしなかった」

その時君がどんな顔をしていたか、わたしはいつも想像していたと玲が額に指を当てた。

「誰よりも美しかったはず。君の心を満たしていたのは、純粋な悦《よろこ》びだった」

やめろ、と言った俊の口から少量の血が飛んだ。頭の中で何かが大きく鳴っていた。

君は自宅から造成地まで続いていた犯人の足跡を自分の靴で消してから家に帰り、そこで初めて警察に通報した、と玲がファイルを開いた。

「両親の死体を発見してから通報まで、三時間という空白の時間があったのはそのためだった」偽の証言もしている、と玲が別のページをめくった。「団地の近くにいた不審な男が駅の方へ向かっていったと、刑事に話しているわね？　警察は犯人の負傷の程度をわかっていなかったし、逃げるために駅へ向かったと考えるのは、常識的な判断と言っていい。

そのため、駅周辺に人員を集中配備し、捜索を行った。結果として、犯人が雑木林の古井戸から発見されたのは二日後で、もちろん死んでいた。つまり、あの男を殺したのは君よ」

殺してなんかいない、と俊は荒い息を吐いた。君は犯人がどこにいるか、誰にも言わなかったと玲が首を振った。

「それは殺人よ。君はそれを望み、悦《たのし》んでさえいた。あの時、君は人生で一番神に近づいていた。犯人の命を小さな手に握り、ただ沈黙しているだけであの男を殺した。そう、君は人殺しなのよ」

もういい、と俊は吐き気を堪えながら掠れた声で叫んだ。君には殺人の美しさが理解できる、と玲が肩に手を置いた。

「わたしはカウンセラーとして、それを知った。その後、君が警視庁にコンピューター犯罪特殊捜査官として入庁したのは偶然だけど、わたしにとっては必然だった」

「必然?」

「歩くことができない無力な女性プロファイラーを装っていたけど、川名くんたちが一連の事件の共通点に気づいたように、誰かがわたしの存在を知る日は刻々と迫っていた。逃げるのは簡単だけど、後継者が必要だった」

何のことだ、と俊は崩れそうになる体を腕だけで支えた。絶望感が全身を覆っていた。

「ただの残虐趣味のサディストではなく、殺人の美を真の意味で理解できる者が警察という組織にいなければならない。殺人という崇高な行為を続けるためには、警察官であることが絶対条件になる。わたしの後継者は君しかいない」

君を刺したのは殺すためじゃない、と玲がファイルを閉じた。

「急所は外している。君は錯乱したプロファイラーに刺された被害者として、安全なポジションを得ることになる。わたしがそうだったように」

このひと月のことが、俊の中でフラッシュバックした。俊自身も、杏菜も、大泉も、原も、川名でさえ車椅子の玲に配慮していた。

心理的に鉄壁のアリバイを手に入れた君が何をしても、誰にも疑われないと玲が言った。

「わかるでしょう？　君がわたしに代わって、殺人を続けるの。芸術としての殺人、美としての殺人を」

美しい殺人なんてないと叫んだ俊に、殺人そのものはそうだけど、と玲がうなずいた。

「わたしには世の中のすべてがぼやけて見える。何もかもがね。視覚だけではなく、聴覚も、嗅覚も、味覚もそうよ。でも、人を殺すと、すべてがはっきりする。どんなに小さな音でも聴こえるし、匂いさえ形として認識できる。水を飲んだだけで、何が含まれているかわかる。その瞬間、世界が輝いて見える。あの美しさを一度知った者は、それを忘れられなくなる。君も同じだと、わたしは知っている」

「同じ？」

君も現実に違和感を持っている、と玲が俊の肩に手を置いた。

「精神科医の立場から言えば、君は強迫性障害よ。常にネクタイを直したり、机の上の物が斜めになっていると直さずにはいられないのは、不完全恐怖の典型的な症状。物に触れる時、三度繰り返すのは数唱《すうしょう》強迫。君はそんな自分に苛立っている。だから、周囲とうまく調和できない。自分が病気だと思っているでしょう？　でも、それは違う。君ではなく、君を取り巻く環境の方が病んでいるの。君も美しい世界を見たいはず。そして、どうすればいいかもわかっている」

ぼくは人殺しじゃない、と俊は水をかぶったように濡れている額を手で拭った。君は人殺しよ、と玲が微笑んだ。

「両親を殺害した犯人を放置し、死に至らしめた。自分の悦びのためにあの男を殺した。わたしにはわかる。あの男が苦しんで死ぬことを望み、願い、その通りになった。君はわたしの側の人間なの。あの時、君にはすべてが美しく、輝いて見えたはず」

一瞬意識が途切れ、頭の中を光が走り抜けた。照らされたのは、十歳の自分だった。

7

タッチャンと別れ、家に帰り、リビングで両親の死体を見つけた。恐怖と混乱で、頭の中が真っ白になった。

それからしばらく、記憶はぷっつりと途切れている。何も思い出せない。

気がつくと、外に飛び出していた。エレベーターから降りてきたレインコートの中年男が犯人だとわかっていた。

猛暑日だったためか、外には誰もいなかった。犯人がどこへ逃げたか、考えたのは一瞬だった。団地の裏手に向かったのを見ていた。

すぐに犯人を追うため、駆け出した。宅地造成のため、裏の雑木林で工事が始まっていたが、日曜日に誰もいないのは知っていた。

二十年前、三鷹市内にはまだ雑木林が多かった。櫟《くぬぎ》や欅《けやき》の大きな木が延々と並び、地面からは名前も知らない草が陽光を求めて懸命に葉を伸ばしていた。

どれぐらい歩き続けただろう。夕焼けで空は赤く染まり、蟬の鳴き声だけが響いていた。

男の背中が見えたのは、一時間ほど経った頃だった。

叫びながら飛びかかっていったのは、両親を殺された怒りのためだったのか、それともパニックに陥った小動物が、自暴自棄になって攻撃を仕掛けるのと同じ心理だったのか。自分でもわからない。

だが、男の体に触れることはなかった。よろけて足を踏み外した男が、背中からゆっくりと古井戸に落ちていった。

近づいて覗き込むと、暗い穴の底に男が倒れていた。足が不自然な形で曲がっていたことを、はっきりと覚えている。

助けてくれ、という弱々しい声が聞こえた。足が折れた、上がれない、そんなことを泣きながら言っていた記憶もある。

落ちていた石や木の枝を投げつけながら、男の様子を見ていた。助けを求めていた声が次第に小さくなり、ほとんど聞き取れなくなった。

荒い呼吸音だけは聞こえていたから、生きているのは間違いなかったが、このまま放置しておけば死ぬこともわかっていた。

暗い穴の底で、男が醜く歪んだ顔を上げた。忙しなく息を吸っては吐き、震える腕を伸ばして助けを求めている。それが男を見た最後だった。

家に戻り、110番通報した。駆けつけてきた警官に保護されたのはその十分後だ。事情を聞かれたが、何もわからないとしか答えなかった。

翌日になって、帰宅してからの話をしたが、団地に戻る途中、知らない男とすれ違ったと嘘をついた。三鷹駅の方へ行ったと思うと言ったが、それは造成中の雑木林と逆方向だった。

両親を殺された十歳の男の子が嘘をつくはずがない。すべての刑事が俊の言葉を信じた。雑木林に犯人が逃げたと考えた者は、一人もいなかった。

古井戸で死んでいた犯人が発見されたのは、事件から丸二日後のことだ。それですべてが終わった。

犯人が死体となって発見されたと聞かされた時、自分は何を考えていただろう。あの時、古井戸の底から助けを求めていた男に対し、憐《あわ》れみは一切感じなかった。死ねばいいと思っていた。胸を満たしていたのは暗い憎悪だった。

玲が言ったように、あの時の自分には明確な殺意があった。十歳の子供にも、人を殺したいという欲望はある。

もっと残酷なことを考えていた記憶が蘇《よみがえ》った。雑木林には大きな石がたくさんあり、それを男の頭に落とせば、簡単に殺せただろう。

だが、そうしなかったのは、男の苦痛が長引けばいいと考えたからだ。いつまでも悲鳴や呻き声を聞いていたかった。あれはまるで、完成されたオペラのようだった。

美しい音楽に包まれ、何もかもが輝いて見えた。夢のような光景だった。

「あの男を殺したのは……ぼくです」

床に膝をついた玲が、強く俊を抱きしめた。でもあなたとは違う、と掠れた声で俊は言った。

「今ならはっきりわかる。あの時、ぼくは間違っていた。警察にあの男のことをすべて話すべきだった。だけど……どうしてもできなかった」

後悔があった。両親を殺されたことを理由に、あの男を裁き、命を奪う権利は自分にない。

大学生になった頃、周囲の人間が父の跡を継いで警察官になることを勧めたが、それを拒んだのは、心の中に明確な恐れがあったからだ。

自分のような人殺しが警察官になってはならない。そんなことが許されるはずもない。

会社の人間関係がうまくいかず、転職せざるを得なくなったが、警視庁に入庁したのは技術者としてで、刑事としてではなかった。それが自分を許せるラインの限界だった。

体を離した玲が、慈母のような笑みを浮かべた。信じられないほど、その顔は美しかった。

ＰＩＴルームの電話が鳴った。ゆっくりと手を伸ばした玲がスピーカーホンのボタンを押すと、川名です、という大声が聞こえた。

「どうも妙です。羽生の死体の検視結果が出ましたが、奴は背中から落ちています。そんな飛び降り自殺、聞いたことありませんよ。後頭部に不自然な裂傷も見つかりました。あの時、班長は屋上にいましたよね。何があったんです？」

明日話しましょうと通話を切った玲が、俊の肩にそっと触れてから立ち上がった。

「君とは合わないようだけど、川名くんはいい刑事よ。羽生の死にわたしが関係していると気づいたんでしょう。プロファイリングもビッグデータ解析も、まだ刑事の直感にはかなわないのかもしれない」

わたしは逃げる、と玲が顔を近づけた。

「すぐ救急に連絡するから、安心しなさい。近いうちにメッセージを送る。よく考えなさい。君はわたしの側にいる。本当の美を理解できる、選ばれた希有《けう》な人間なのよ」

俊はジャケットの前を開き、震える手で拳銃を構えた。

羽生捜索の際、拳銃の携行を許可されていた。特殊捜査官の俊も例外ではない。

不意に玲が俊の唇に自分の唇を重ねた。俊はその胸に銃口を突き付けた。

「動いたら撃つ」

撃ちなさい、と体を離した玲が背中を向けた。

「わたしを殺せば、君は真の自分に気づく。殺人が崇高で美しいものだと理解する。世界がどんなに美と輝きに満ちているかを……それでわたしの目的は達せられる」

もうひとつ、と顔だけを向けた。微笑が浮かんでいた。

「さっきも言った通り、ここを出たらすぐに119番通報する。君を死なせるつもりはない。でも、わたしを撃ったらどうなる？　立ち上がることができない君も失血死することになる」

どうだっていい、と俊は引き金に指をかけた。

「動くな、本当に撃つぞ！」

わたしを撃てば君も死ぬ、と玲が歩を進めた。狙いを定めた銃口が激しく震え、手から銃が滑り落ちた。

最後に見たのは、美しい笑みを浮かべてドアを押し開いた玲の横顔だった。

エピローグ　二〇一七年、八月二十三日

ストレッチャーに乗せられたところで、意識が戻った。すぐ病院に搬送します、と救急隊員が耳元で叫んでいる。

水無月さんは、と俊は唇を動かした。

「彼女はどこに？」

ここには誰もいません、と救急隊員が答えた。エントランスから表に出ると、救急車が待機していた。立っていた川名と杏菜の顔に、不安の色が浮かんでいる。

「水無月班長がすべての事件の――」

ストレッチャーごと、後部ドアから救急車に押し込まれた。わかってる、と後ろから乗り込んだ川名がスマホを耳に当てた。

俊の手を握った杏菜の目から、大粒の涙が溢れている。サイレンを鳴らした救急車が走りだした。

川名のスマホから、水無月を探せという高槻理事官の怒鳴り声が聞こえた。

「蒼井を死なせるな。聞いてるのか、川名！」

大丈夫です、と川名がスマホを手で覆った。

「ただ、歩行が困難になる可能性が――」

どこかで着信音が鳴っていた。杏菜が俊のジャケットのポケットに手を入れ、スマホを取り出す。画面に水無月という表示があった。

スピーカーホンに、とつぶやいた俊の指を取って、杏菜が画面をスワイプした。無事だったようね、という玲の声が救急車内に流れ出した。

「あなたに死なれると困る。119番通報が間に合って良かった」

どこにいるんです、と俊は痛みを堪《こら》えながら声を振り絞った。

「すぐ緊急配備が始まります。必ず見つかります。その前に自首してください」

まだやらなければならないことがある、と玲が小さく笑う声がした。

「パターン化している警察の動きの裏をかくのは簡単だと言ったはず。君は治療に専念しなさい。いずれ、また会うことになる」

どこにいるんだと川名が怒鳴ると、通話が切れた。班長のGPSを、と叫んだ声にサイレンの音が重なる。無駄です、と俊は首を振った。

「とっくにオフにしてますよ。あの人はぼくたちが何をするか、検問の配置まですべて知ってる。逮捕することはできません」

ふざけるな、と怒鳴った川名の声が聞こえなくなった。何も見えない。
救急車がフルスピードで走り続けていることしか、俊にはわからなかった。

解説

千街晶之《せんがいあきゆき》（ミステリ評論家）

衝動的な犯行ならともかく計画犯罪の場合、今どき、現場に指紋を残す犯人はいないだろう。それは、指紋が個人の特定に繋がるという情報が一般常識化しているからだ。指紋の存在自体はかなり古くから知られていたものの、それが犯罪捜査に活かされるようになったのは一九世紀末からである。一九〇七年には、科学捜査の知識を作中に積極的に取り入れたイギリスのミステリ作家リチャード・オースティン・フリーマンが、指紋を扱ったミステリの嚆矢《こうし》とされる『赤い拇指紋』を発表した。当初は専門的だったこの知識が流布《るふ》して、今や一般人でも、同じ指紋を持つ人間はいないという情報を共有するようになったわけである。

同様に、声紋、ポリグラフ、筆跡鑑定、ルミノール反応、ＤＮＡ型鑑定、逆探知……等々の捜査技術も時代とともに発展し、それにつれてミステリ小説やドラマなどのエンタテインメントにおける捜査の描写にも盛り込まれ（例えば、一昔前の刑事ドラマでは誘拐事件を描く際、逆探知の時間を稼ぐため犯人からの電話への応答を引き伸ばそうとする描写がよく見られたけれども、通信解析技術が発達した現在においては逆探知が間に合わないということはない）、一般常識化していったが、それらを通して犯罪者も捜査に関する知識を身につけ、裏をかこうとするようになった。まことに、捜査技術の発展と犯罪の高度化はいつまでも終わらぬいたちごっこであり、ミステリで描かれる警察の捜査もそれを如実に反映している。

そんな捜査技術の発展を俯瞰《ふかん》できる警察小説が、五十嵐貴久の『ＰＩＴ　特殊心理捜査班・水無月玲』（《小説宝石》二〇一七年一月号～十二月号連載。二〇一八年九月、光文社刊）である。

著者は二〇〇一年、『ＴＶＪ』を第十八回サントリーミステリー大賞に応募して優秀作品賞に選ばれ（刊行は二〇〇五年）、同年『リカ』で第二回ホラーサスペンス大賞を受賞した。この『リカ』は翌年に刊行され、著者のデビュー作となった。

その後、著者はミステリ、歴史小説、青春小説など幅広い分野で活躍を続けているが、ミステリに限定しても、常軌を逸した怪物的なストーカー女性が登場するサイコ・サスペンス『リカ』はその後シリーズ化され、ＴＶドラマ化・映画化もされるなど著者の看板作品となったし、他にも、コンゲーム小説の傑作『Fake』（二〇〇四年）、アーサー・コナン・ドイル作品のパスティーシュ『シャーロック・ホームズと賢者の石』（二〇〇七年）など内容は多彩を極めている。ただし、その中でも警察小説に分類される作品はかなり多く、ひとつの大きな系譜となっていると言えるだろう。

なお、本書とタイトルの印象が似ている警察小説に、同じ光文社から刊行された『SCS　ストーカー犯罪対策室』（二〇一七年）がある。しかし、こちらはストーカー対策の部署を舞台にしたオムニバス形式の作品（物語全体を通した謎が最終章で明かされる長篇とも言える）であり、同一シリーズというわけではない。

《小説宝石》二〇一八年十月号掲載のエッセイ「AIによる犯罪捜査の可能性」で、著者は本書の成立事情について次のように述べている。

本書はプロファイラーとAIの専門家（SE）が複数の猟奇殺人の謎に挑むというエンターテインメントになっていますが、今後AIを中心とする科学捜査が進んでいくと予想されますし、他の多くの職業がそうであるように、2030年前後には「警察の仕事」あるいは「警察という組織」の概念が現在とまったく違ってくるのではないでしょうか。

そんなことをふらふらと考えつつ、書かせてもらいました。私の個人的な想いとしては、探偵が天眼鏡で床の埃を見つけたり、刑事たちが猛暑の中、大汗を掻きながら歩き回るようなスタイルが残ってほしいのですが、どうやら近い将来、そういう小説は書けなくなるのでしょう。

もっとも、究極のデジタルより古めかしいアナログの方が威力を発揮する場合があるのも本当で、何もかもＡＩの判断が正しいというわけでもありません。いろいろやり尽くされた感のあるミステリー小説ですが、可能性は大いにあると思っています。

行動科学的知見を用いて、過去の犯罪の統計から犯人の特徴や行動パターンを推論するプロファイリングは、一九九〇年代あたりから刑事ドラマの題材としても扱われるようになっているので、今や一般にもお馴染みだろう。一方、防犯・捜査・警備などにＡＩやビッグデータを活用する動きは近年加速化している。二〇一七年に神奈川県座間市で九人の男女が相次いで殺害された事件においても、警察のビッグデータ分析捜査が犯人逮捕に役立ったという。現在の警視庁では、プロファイリングもビッグデータ分析も、二〇〇九年に設立された捜査支援分析センター（ＳＳＢＣ）が担当している。犯罪の広域化や電子化に伴い、従来の捜査では限界があった領域に対応したセクションであり、今後、その役割はより重要度を増すに違いない。

さて、本書のタイトルを見ると、水無月玲《みなづきれい》というキャラクターが主人公を務めるのかと思ってしまいそうだが、実際に読みはじめると、視点人物として登場するのは蒼井俊《あおいしゅん》という人物である。三十歳、警視庁ＳＳＢＣのコンピューター犯罪特殊捜査官、階級は巡査部長だ。彼はある日、捜査一課直属の特殊心理捜査班（ＰＩＴ）への異動を命じられる。

その異動自体は内定していたものだったが、十月の予定がいきなり七月に前倒しになったことに彼は困惑する。世間を騒がせている連続バラバラ殺人事件「V事件」にとうとう三人目の犠牲者が出たことが、彼の異動予定を早めたらしい。PITの班長の水無月玲警部は、PITのプロファイリングと、俊のビッグデータ分析能力を組み合わせることで、Vと呼ばれる連続殺人犯の早期逮捕が可能になると考えているという。

PITは、班長の水無月、班長代理で総務担当の大泉実篤《おおいずみさねあつ》警部補、川名基三《かわなもとぞう》巡査部長、原茂之《はらしげゆき》巡査部長、春野杏菜《はるのあんな》巡査という顔ぶれで、そこに俊が加わっても六人という小所帯だ。中でも杏菜は水無月の熱狂的な信奉者である一方、川名は昔ながらの「刑事の勘」を重視するタイプであり、メンバーの足並みが揃っているとは言い難い。

そもそも、俊からして「だいたい、プロファイラーとか精神分析医とか、ああいう連中をぼくは信用していないんです。あれはちょっと性能のいい占い師に過ぎません」という辛辣《しんらつ》な見解の持ち主であり、PITへの異動を渋っていた。ただ、それだけが理由というわけでもなく、彼は肩書こそ巡査部長だが実態は技術職のエンジニアであり、また凄惨な現場を見るのが苦手なため、現場への臨場を嫌がっている。実際にPITに着任してからの彼の言動も、かなり協調性に欠けるものだ。

こういう顔ぶれが東京都内で続発するV事件の犯人を相手にすることになるのだが、それとは別に、過去に起きた二つの未解決殺人事件も捜査の対象となる。ひとつは、二〇〇九年に南青山で起きた弁護士一家殺人事件。弁護士とその妻と二人の子供が惨殺され、犯人は現場からすぐには立ち去らず十時間近く留まっていた形跡があった……という異常な犯罪だ。もうひとつは、今年四月に杉並区弦養寺《げんようじ》公園で、夫婦が細かく切り刻まれた遺体となって発見された事件。いずれ劣らぬ残忍な犯行とはいえ、場所も手口も異なっており、被害者に共通点も関連性もない。常識的に考えて二つの未解決事件に関係はありそうにないが、川名によると「刑事の勘」に引っかかる部分があるという。

また、弁護士一家殺人事件の犯人は水無月とも因縁があった。彼女は当時、事件のプロファイリングを担当していたが、何者かに階段から突き落とされて重傷を負い、それ以降、車椅子なしに移動できなくなった。水無月はその意味でも、二つの事件を再調査して、自分を不自由な身にした犯人に償わせるつもりのようだ。

こうしてこの物語は、過去の未解決事件と現在進行形の連続殺人という複数の犯罪の捜査を絡め、更に後半には別の事件も起こるという極めて複雑な構成で進んでゆく。それらの事件を通して、俊が専門とするＡＩのビッグデータ分析と水無月たちのプロファイリングに、川名の「刑事の勘」も加えれば三つの捜査技術が、大都会の群衆に紛れ込んだ姿なき真犯人を絞り込んでゆくプロセスが描かれるのだ。果たして、先に犯人を見つけるのはどの捜査技術なのだろうか。

なお作中の未解決事件は、発生年や場所などは変えてあるものの、実際に起きた二つの未解決殺人事件を連想させるシチュエーションとなっている。これは、実際の事件に対する著者の推理というわけではなく（もしそうなら事件の状況をもっと現実寄りに再現する筈だ）、捜査手法の進化によってそれらの未解決事件にもいずれ決着する日が来るだろうという著者の期待の表れかも知れない。

本書は、警察の最先端の捜査と二転三転する展開、そして型破りな結末……と、さまざまな要素が溢れ返らんばかりに盛り込まれた作品であり、現代における警察小説のあるべき姿を模索する著者の志が窺える一冊である。

参考文献

『人工知能は人間を超えるか ディープラーニングの先にあるもの』 松尾豊（KADOKAWA）
『日本の「未解決事件」100の聖域』（宝島社）
『未解決事件 犯人を捜せ！』（日本ジャーナル出版）
『この1冊でまるごとわかる 人工知能&IoTビジネス 実践編』（日経BP社）
『AI 今知っておくべきこと』（笠倉出版社）
『警察 科学捜査最前線』（宝島社）
『警察組織の謎』（三才ブックス）
『「警察組織」完全読本』（宝島社）
『昭和・平成「怪事件の真相」47』（文藝春秋）
『昭和・平成 日本の凶悪犯罪100』（宝島社）
『犯罪者プロファイリング――犯罪を科学する警察の情報分析技術』 渡辺昭一（KADOKAWA）
『犯人は知らない科学捜査の最前線！』 法科学鑑定研究所（メディアファクトリー）
『サイバー犯罪とデジタル鑑識の最前線！』（洋泉社）

『殺しの手帖』（洋泉社）
『ハイテク犯罪捜査入門―基礎編―』大橋充直（東京法令出版）
『警視庁科学捜査最前線』今井良（新潮社）
『犯罪科学捜査　接触あるところ痕跡あり』ザカリア・エルジンチリオール著・高林茂訳（三修社）
『できるポケット＋ ビッグデータ入門 分析から価値を引き出すデータサイエンスの時代へ』小林孝嗣＆できるシリーズ編集部（インプレスジャパン）
『ＩｏＴまるわかり』三菱総合研究所編（日本経済新聞出版社）
『ＶＲビジネスの衝撃「仮想世界」が巨大マネーを生む』新 清士（ＮＨＫ出版）
『ＡＩ 人工知能 知るほどに驚き！の話』ライフ・サイエンス研究所編（河出書房新社）
『殺人捜査のウラ側がズバリ！わかる本』謎解きゼミナール編（河出書房新社）
『法医学現場の真相――今だから語れる「事件・事故」の裏側』押田茂實（祥伝社）

初出
「小説宝石」二〇一七年一月号〜二〇一七年一二月号
二〇一八年九月　光文社刊

※電車のダイヤなどは、二〇一八年時点のものです。
※この作品はフィクションであり、実在する人物・団体・事件などには一切関係がありません。

光文社文庫

PIT 特《とく》殊《しゆ》心《しん》理《り》捜《そう》査《さ》班《はん》・水《み》無《な》月《づき》玲《れい》

著　者　五《い》十《が》嵐《らし》貴《たか》久《ひさ》

2021年10月20日　初版1刷発行

発行者　鈴木広和
印　刷　新藤慶昌堂
製　本　榎本製本

発行所　株式会社　光文社
〒112-8011　東京都文京区音羽1-16-6
電話　(03)5395-8149　編集部
8116　書籍販売部
8125　業務部

ISBN978-4-334-79254-1　Printed in Japan

組版　萩原印刷